좋은 시의 비밀 1

좋은 시의 비밀 1

정진명 지음

학민사
Hakmin Publishers

책 머 리 에

저는 처음 세상에 시인으로 나섰습니다. 1987년에 이른바 시로 등단을 한 것입니다. 그리고 뒤이어 사범대를 나온 까닭으로 교사가 되었고, 자연스레 학생들에게 시를 가르치는 일에 익숙해졌습니다.

쓰는 것과 가르치는 것은 전혀 다른 일입니다. 쓰는 것은 혼돈 속에서 새 길을 찾는 것이지만, 가르치는 것은 이미 찾은 길을 안내하는 것입니다. 가르치는 것에 익숙해지면 쓰는 것으로부터 저절로 멀어진다는 점을 평생 경계하고 살았지만, 제가 경계한 그 만큼 성과를 내지는 못한 것 같습니다. 제 시보다 잡글이 더 사람들의 관심을 끌곤 했기 때문입니다. 그렇다면 제 본래 자리는 시가 아닌지도 모르겠습니다. 이제 와서 후회하기에는 너무 늦었지만, 그래도 시인으로 보낸 평생을 헛된 것이라고 생각지는 않습니다. 그 덕에 한창 자라는 젊은 아이들과 평생을 즐겁게 호흡했기 때문입니다.

여기에 정리한 것은 제가 평생 학생들과 어울리며

느끼고 생각한 내용들입니다. 문예이론이 서구에서 흘러든 것들이 자리 잡은 현실에서 우리의 시각으로 시를 새롭게 본다는 것은 결코 쉬운 일이 아닙니다. 그리고 보려고 한다고 해서 보이는 것이 아닙니다. 그렇지만, 쓰는 방법을 누군가에게 전달하려고 하다 보니 뜻하지도 않게 그런 기회가 저에게 찾아왔습니다. 그것을 글로 정리한 것입니다.

모든 사람들에게 시가 편하게 다가갔으면 좋겠습니다. 처음부터 시가 쉽게 쓰이고 쉽게 읽히고 하는 것이 우리에게는 그렇게 어렵단 말인가! 그렇지 않다는 한 마디를 하려고 이렇게 긴 말을 하게 되었습니다.

이 글을 책으로 엮어준 학민사에게 고마움을 전합니다.

용박골에서

정진명 삼가 쓰다.

CONTENTS

군 소 리

2004년의 일입니다. 중학교 아이들에게 시 쓰기를 시키다가 좀 더 자세히 가르쳐주려고 서점과 도서관에서 중고생들이 참고할 만한 쉬운 시 창작 안내서를 찾아보다가 깜짝 놀랐습니다. 일반인과 대학생을 위한 창작 안내서는 몇 권 있지만, 중고생이 볼 만한 안내서는 단 한 권도 없었던 것입니다.

며칠 고민하다가 '에잇, 내가 한 번 써 보지 뭐.' 하고 결심을 했습니다. 저 나름대로 20년간 학교 현장에서 학생들을 지도한 경험이 있기 때문입니다. 그래서 그 동안 아이들을 가르쳤던 기억을 살려, 마침내 중고생을 위한 시 창작 안내서를 한 권 썼습니다. 그것이 『중고생을 위한 시 창작 강의』입니다. 그렇지만 대여섯 군데 출판사로부터 퇴짜를 맞고 난 후에, 종이책 출판은 인연이 아니라고 생각하고 인터넷에 원고를 공개했습니다.(다음카페/dosanym 참조.) 그리고 제 원고가 출판사들로부터 퇴짜를 맞은 직후에 유명시인 몇몇이 약속이나 한 듯 학생들을 위한 시 창작 안내서를 냈습니다. 그렇지만, 중고생들이 참고하기에는 여전히 어려운 책이었습니다. 판에 박힌 어른들의 시론을 학생들에게 소개하는 차원이었기 때문입니다.

중고생을 위한 창작 안내서는 어른을 위한 안내서와는 발상부터 완전히 달라야 합니다. 제가 교직생활 경험에서 깨달은 사실입니다. 그래서 저는 시를 보는 방법부터 완전히 바꾸었습니다. 단순히 감상하는 법이 아닌, 시인들이 창작하는 방법의 비밀을 엿보는 것이 핵심입니다. 저는 창작법의 핵심원리를 3가지로 압축하고, 학생들이 현장에서 쓴 작품을 인용하여 창작의 비밀을 쉽게 설명했습니다.

2009년에는 어느 일간지의 요청으로 위의 창작이론을 좀 더 쉽게 풀어서 1년간 연재했습니다. 창작법의 연장선에서 시를 감상하는 방법을 설명하고 거기에 맞는 작품을 설명한 것입니다. 여기서 셋으로 압축한 창작법을 '시의 3원소'라고 정리했습니다. 무한한 색깔이 색의 3원소인 빨강 파랑 노랑이 섞인 결과인 것처럼, 다양한 시도 창작의 원리는 이 세 가지 원리로 압축된다는 내용입니다.

2017년이 되었습니다. 그 동안 돈이 되지 않을 제 원고를 책으로 많이 내준 학민사로부터 연락이 왔습니다. 교직 생활 30년을 기념하여 저의 책을 내주겠다는 것이었습니다. 그때 머릿속에 떠오른 것이 『우리 시 이야기』였습니다. 앞서 시에 관한 이런저런 작업을 하였지만 어딘가 허전하여 좀 더 완벽한 책을 만들고픈 욕심이 들었는데 마침 출판 제안이 들어온 것입니다. 그래서 서슴없이 원고를 써 보냈습니다. 그것이 2018년에 나온『우리 시 이야기』입니다. 제목을 이렇게 무겁게 정한 것은 그 전에 제가 낸 책들의 항렬 때문입니다. 『우리 활 이야기』부터 시작해서『우리 철학 이야기』까지 5종의 책을 이런 시리즈 제목으로 썼습니다. 그래서『우리 시 이야기』가 된 것입니다.

이런 책을 쓸 때 가장 곤란한 것이, 인용할 작품들입니다. 작품이 없으면 이론이 있어도 설명하기가 어렵습니다. 그런데 마침 제가 충북예술고에 근무하면서 학생들에게 시 쓰기를 시키곤 했습니다. 정말 명작이 많이 나왔습니다. 그래서 기꺼이 그 때의 작품들을 이 책에 인용했습니다. 아니나 다를까, 책을 읽는 분마다 학생들의 작품이 정말 좋다고 감탄을 합니다. 작품이 책의 품격을 한결 높여준 경우라서 저도 좋았습니다.

이런 글을 마치면서 가장 아쉬웠던 점은 더 많은 작품들을 보여주지 못한다는 것이었습니다. 작품의 이해와 감상은 원리만 알아갖고는 안 됩니다. 그 원리가 실제 작품에서 어떻게 적용되는가 하는 것을 알아야만 자신이 작품을 쓸 때 응용할 수 있습니다. 지난 번 책에서는 주로 제가 가르친 학생들의 작품을 중심으로 소개했기 때문에 우리가 익히 알고 있는 기성 시인들의 작품에는 그런 원리들이 어떻게 적용되었는가 하는 것을 확인할 기회가 없었습니다. 시중에 나온 많은 시 해설서들은 거의가 연구나 감상을 위한 방향으로 초점이 맞추어졌기 때문에 시 창작에 뜻을 둔 학생들이 보기에는 문제가 없지 않습니다.

그래서 언젠가 시 창작을 배우는 학생들이 이해하기 쉬운 책을 따로 만들어야겠다는 생각을 하다가 이번에 이렇게 책을 내게 되었습니다. 제목을『좋은 시의 비밀』이라고 했습니다. 전체 내용은 자유시가 시작된 1920년대부터 최근까지 나온 작품들인데, 분량이 많아서 두 부분으로 나누었습니다. 이미 우리에게 잘 알려진 해방 전후 시기의 시들을 한 권으로 묶고, 1960년대 이후에 나온 시들을 한 권으로 묶는데, 우선 1권부터 선보입니다. 이 책에서는 이미 알려진 시들이 어떤 발상에서 시작되어 시를 쓰는 단계로 나갔는가 하는 것을 보여주고자 했습니다.

이 책은 시 창작을 하고자 하는 학생들을 상대로 썼습니다. 그런 까닭에 다른 연구서나 일반 소개서와는 작품을 보는 시각이 다릅니다. 작품이 어떤 발상에서 시작되었는가 하는 것을 이해하는 것이 시를 감상하는 가장 중요한 일입니다. 시상의 발화점을 찾는 것이 시를 올바로, 그리고 풍성하게 읽는 가장 좋은 방법입니다. 그런 까닭에 창작이 아니라 감상을 하려는 분들에게도 많은 도움을 주리라고 확신합니다.

정말 깊은 감상은 시 창작의 비밀을 엿보아야만 한다는 점에서 감상이 주 관심사인 사람에게도 이 글은 아주 중요합니다.

지난번 책에서는 시의 창작 원리를 설명하는데 힘을 쏟았습니다.

그 뒤로 작품을 보는 눈이 달라졌다는 생각이 혹시 드시나요? 한 명이라도 그런 학생이 있다면 큰 다행이고 성공이라고 하겠습니다.

그런데 고민이 있습니다. 지난번 책에서는 제가 가르치던 중고등학교 학생들이 쓴 작품을 많이 소개했습니다. 당연히 시가 짧으면서도 이해하기도 쉬운 그런 것들이 많았지요.

그런데 혹시 제가 추천했던 시집들을 사보면서 고개를 갸우뚱거렸을지도 모르겠습니다. 아니, 틀림없이 그렇게 했을 것입니다. 심하면 저를 욕했을지도 모릅니다. 무슨 놈의 시가 이렇게 어렵냐, 왜 이렇게 재미가 없냐, 이런 시집들을 추천했냐 하는 식으로 말이죠.

핑계 같습니다만, 변명을 하자면 이렇습니다. 전에도 말했듯이, 시인들이 하는 고민은 여러분이 지금 하는 고민과 많이 다릅니다. 시인들은 거대 담론에 매달립니다. 그것은 어른이 되면서 좀 더 중요하다고 생각되는 일들을 만나기 때문입니다. 하지만, 여러분은 지금 조국의 미래에 대해서 자기 일처럼 고민하는 사람들은 없을 것입니다. 여러분은 지금 통일이나 환경의 문제보다는 말장난이나 말 재미에 더욱 관심이 있을 것이기 때문입니다. 그런데 시인들이 즐겨 노래한 내용 중에는 그런 재미를 충족시켜줄 만한 것이 별로 없습니다. 그렇기 때문에 재미가 없는 것입니다.

이것은 시를 재미없게 쓰는 시인들의 문제이기도 하지만, 아직 자신의 고민을 벗어나서 이웃과 함께 살아가야 할 큰 고민을 하지 않은 단계의 여러분 자신 때문이기도 합니다. 이 말은, 잠시 후면 여러분도 여러분이 재미없다고 투덜거리던 그 자리에 도착할 것이라는 말입니다. 그때가 되면 말재주나 말장난으로 낄낄거리던 지금 여러분의 그 수준에 대해 투덜거리게 됩니다. 사상성이 없다고 말이지요.

그러나 완벽한 시는 언제나 이 양쪽에서 다 박수를 받는 작품이지요. 그런 작품이 모든 시인한테서 나와야 되는데, 그게 안 되기 때문에 이런 일이 발생하는 것입니다. 어른이 돼서 읽어도 재미있는 작품을 여러분 스스로 쓰는 수밖에 없습니다.

고민이 하나 더 있습니다. 지난번에는 중학생들이 따라 읽어도 크게 어렵지 않은 수준에서 글을 썼습니다만, 이번에는 그게 잘 될지 장담을 할 수가 없습니다. 그것은 저의 능력이 부족한 탓도 있지만, 이번에 다룰 여러 시 중에 중학생들이 이해하기 어려운 그런 내용도 꽤 많기 때문입니다. 도저히 이해할 수 없는 그런 내용이 들어있는데, 그것을 설명한다는 것은 어려운 일입니다. 설령 설명을 한다고 하더라도 그것을 내 일처럼 실감나게 느끼기는 어려울 수도 있습니다. 시를 설명하는 일은 이래서 힘듭니다. 사람들의 경험과 관심이 모두 제 각각이기 때문에 그런 관심 밖의 시를 끌어다가 설명을 한다 해도 제 느낌으로 감상하기 어려운 점이 많습니다.

중학교 학생들은 아이에서 어른으로 가는 중간 단계입니다. 너무 쉬운 말로 길게 설명하면 지루하고, 너무 어려운 말로 하면 알아듣지를 못합니다. 고등학생만 되어도 이해할 수 있는 일 중에는 중학생들이 이해하기 어려운 부분이 있습니다. 바로 그런 부분이 어른들이 쓴 시에는 적지 않게 나옵니다. 그래서 설명하는 수준 역시 지난번보다는 조금 높일 수밖에 없다는, 아주 안타까운 고백을 드립니다. 이런 일은 저의 능력보다는 시가 담고자 하는 내용에서 생기는 경우가 대부분임을 미리 말씀 드립니다.

하지만, 어려운 시라고 하더라도 저는 최대한 중학생들이 이해할 수 있는 방법과 말로 설명을 하려고 합니다. 이미 어른의 경지에 도달한 고등학생들은 이 책을 읽다가 혹시 너무 자세해서 지루하다고 생각하면 그냥 지나가면 되겠습니다.

그리고 또 한 가지 주의할 것은, 이 책은 감상도 감상이지만 창작의 비밀을 이해하는 데 주안점을 두고 썼다는 사실입니다. 같은 작품이라도 창작자의 시각으로 보는 것과 감상자의 시각으로 보는 것은 아주 다릅니다. 건축업자가 바라보는 아파트와 입주자가 보는 아파트가 다른 것과 같습니다. 그렇기 때문에 이 책에서는 창작을 하고자 하는 사람들이 배워야 할 점을 중심으로 설명하고자 합니다. 단순히 감상만 하고자 하는 사람들은 지루한 곳은 그냥 넘어가면 되겠습니다. 그리고 단순히 감상을 위한 안내서들은 시중에 많이 나옵니다. 이 책의 다른 점도 이런 부분입니다.

이 책에 실린 작품들은 여러분이 이미 많이 보아온 것들입니다. 그러나 감상자로서 시를 대할 때와 창작자로서 시를 대할 때가 어떻게 다른가 하는 것을 깨닫게 될 것입니다. 창작자로서 시를 감상한다는 것은 시인이 어떻게 이 시를 쓰게 되었으며, 어떤 발상에서 시작해서 어떻게 시상을 전개시켜 나갔는가, 하는 것을 이해한다는 뜻입니다. 단순히 내용이 좋다 나쁘다 판단하는 것을 넘어서, 어떻게 생각을 하여 이런 상상력을 일으키게 되었는가 하는 것을 이해하는 것이 중요합니다. 창작자들은 누구나 이런 고민을 하기 때문입니다. 그리고 남의 작품에서 그런 특징을 찾아내 내가 그와 유사한 상황에 처했을 때 재빨리 적용하여 활용하는 것입니다. 감상을 창조의 순간에 활용할 수 있는 방법을 배우는 기회로 만드는 것입니다. 그리고 남의 시에서 창작의 비밀을 알아내는 것은 자신의 시 쓰기 능력을 깊게 하는 가장 빠른 방법입니다. 물론 남의 시를 깊이 이해하는 데도 가장 좋은 방법이죠.

시란 무엇인가?

첫째마당

창작의 비밀과 감상의 원리

창작과
감상
사이에는 큰 차이가 있습니다. 감상은 보이는 대로 따라가면 되지만, 창작은 전혀 없던 어떤 형식을 만들어내야 하기 때문입니다. 있는 것을 따라가는 것과 없던 것을 만들어내는 것은 아주 다릅니다. 없던 것을 만들어낼 때는 반드시 그것을 만들어낸 계기가 있기 마련입니다. 그리고 어떤 때는 그 계기를 파악하느냐 그렇지 못하느냐에 따라서 작품에 대한 이해가 완전히 달라질 정도입니다. 특히 상황 설명을 하지 않고 생각을 직접 드러내는 시에서는 이 계기가 아주 중요합니다. 이렇게 어떤 작품이 발생하게 된 계기를 '발상'이라고 합니다.

시는 가장 짧은 문학입니다. 시가 이렇게 된 까닭은 그런 감정을 갖게 된 상황에 대한 설명이 생략되기 때문입니다. 다른 갈래, 예컨대 소설이나 수필에서는 반드시 어떤 상황에서 일이 일어난다는 것을 설명해야 합니다. 사람들 사이의 갈등이 생겼으면, 그 갈등이 언제, 그리고 어디서 생긴 것인가 설명을 한 다음에 사건이 벌어집니다. 그런 사건에 대한 설명으로 이야기를 끌어갑니다.

그러나 시는 안 그렇습니다. 노을을 보다가 감동을 했으면 그 감동한 내용만을 토해놓지, 그 노을을 어디서 보다가 감동했다느니, 그때의 주변 환경이 어땠느니 하는 설명은 하지 않습니다. 그런 설명을 하면 구차해지지요.

그렇기 때문에 시에서는 때로 어떤 상황에서 시가 나왔는가 하는 발상을 이해하는 것이 시를 제대로 이해하는 지름길이 됩니다. 그래서 유난히 발상을 잘 이해해야 합니다. 발상을 이해하는 길이 가장 빠르고 정확한 감상에 이르는 길입니다.

앞서 나온 『우리 시 이야기』에서 바로 이 점을 중심으로 배워보았습니다. 이번 책에서는 이미 널리 알려진 시들이 어떤 발상으로 해서 어떻게 지어졌는가 하는 것을 알아보겠습니다. 그러기 위해서는 창작의 원리를 간단히 요약할 필요가 있습니다.

01 ___ 시의 창작 원리 3가지

시의 모습은 자유시라는 말의 '자유' 그대로 아주 다양합니다. 언뜻 보면 종잡을 수 없을 만큼 시의 모습은 다양합니다. 그런 가운데서 어떤 원리를 발견하는 것은 어떻게 보면 위험하기까지도 합니다. 그래서 그런지 여태까지 시의 형식을 원리 면에서 몇 가지라고 정리한 사람은 없었습니다.

바로 이런 고민 때문에 옛날에 서당에서 시를 공부할 때는 모범이 될 만한 시를 뽑아서 몽따 외워버렸습니다. 그 교과서가 바로 『고문진보』입니다. 시를 몽땅 외웠다가 그와 유사한 상황을 맞닥뜨리면 그대로 응용하여 쓰는 것입니다. 그렇지만 옛날도 아닌 지금에는 이런 방법을 적용하기는 참 어렵죠.

시를 쓰는 일은 단순한 감상의 방법만 가지고는 안 됩니다. 수천수만 가지로 나타나는 시의 형식을 다 외우고 있다가 그것을 활용한다는 것은 너무나 어려운 일이기 때문이죠. 어차피 창작을 하다 보면 자신이 활용하는 방법의 가짓수가 제한됩니다. 시를 쓰는 사람이면 누구나 고민하는 것이죠. 그리고 우리는 지금 그런 고민을 하는 중입니다.

그러나 발상을 바꾸면 어려운 일도 아닙니다. 시의 겉모양이 아니라 창작의 비밀을 밝혀내면 모든 시에 적용되는 가장 중요한 원리를 몇 가지 알아낼 수 있습니다. 따라서 창작 원리의 핵심만 파악하면 수많은 시의 모습을 몇 가지 종류로 가르는 것도 어려운 일이 아닙니다. 시의 양상이 아무리 다양하다 해도 창작자의 시각으로 바라보면 창작 원리의 비밀을 몇 가지로 추릴 수 있습니다. 다음이 그것입니다.

① 빗대기 - 동일시의 시학 : [1]형

② 그리기 - 이미지의 시학 : [2]형

③ 말하기 - 이야기의 시학 : [3]형

①은 어떤 사물이나 상황에 나의 심정을 빗대어 쓰는 것으로, 시에서 가장 흔히 볼 수 있는 형식이라고 했습니다. 비유나 상징 같은 것이 여기에 해당하는데, 시에서 가장 큰 힘을 발휘하는 방법이죠.

②는 상황을 그리듯이 제시해서 마음속에 마치 그림의 한 장면이 떠오르도록 하는 방법입니다. 자신의 생각이 제시된 이미지 뒤로 숨어서 나중에 한꺼번에 이해하게 되는 방법입니다.

③은 수필이나 일기를 쓰듯이, 자신의 생각을 특별한 표현에 의존하지 않고 직접 나타내는 것입니다.

그리고 이밖에도 이 세 가지 방법을 섞어서 쓰는 방법이 있습니다. 거기에 '변형과 종합의 시학'이라는 이름을 붙였습니다. 이 방법에는 위의 세 가지 중에서 어느 하나를 가장 중요한 방법으로 여기고 거기에다가 나머지 것들을 추가해서 활용하여 여러 가지로 다시 나눌 수 있다고 했습니다. ① ② ③까지 추가하여 우리가 활용할 방법을 모두 나누어보면 다음과 같습니다.

[1]형 / [2]형 / [3]형

[1+2]형 / [1+3]형 / [2+3]형

[1+2+3]형 / [2+1+3]형 / [3+1+2]형

이 밖에도 ① ② ③의 순서를 순열배합에 따라 더 나눌 수 있지만, 그 이상의 나누기는 복잡하기만 할 뿐, 실제로 활용할 때는 큰 효과가 없기 때문에 더는 나누지 않겠습니다. 숫자는 앞으로 시를 읽고 그 시는 어떤 방식이 중요하게 사용되었는가를 표시할 때 간단하게 하기 위해서 정한 것입니다. 무슨 시학이니 무슨 시학이니 하면 한없이 복잡해지고, 용어를 판단하다가 머리만 아플 것이기 때문입니다.

가령 '이 시는 [3+1]입니다' 라고 설명을 하면, 여러분은 '아하! 말하기[3]의 방법에 비유[1]를 추가해서 쓴 시로구나.' 하고 이해를 하면 되겠습니다. 이것은 우리가 서로 지켜야 할 약속입니다. 그리고 이 책 말고 다른 시집을 읽을 때에도 각 시의 한 귀퉁이에 연필로 이 번호를 써 놓으면 여러분은 자신만이 아는 방법으로 그 시를 간단히 분류할 수 있습니다. 그렇게 되면 다음에는 시를 굳이 읽지 않아도 '아, 이 시는 이런 방식으로 쓴 시였지', 하고는 쉽게 이해할 수 있을 것입니다.

02 시의 가락, 운율

시는 원래 노래였습니다. 그러니까 시는 우리가 입으로 부르던 노래를 글로 적은 것입니다. 지금은 시를 입으로 읽지도 않고 책에 쓰인 대로 따라가면서 눈으로 받아들입니다만, 이런 전통은 그리 오래된 것이 아닙니다. 기껏해야 자유시가 출현한 이후의 일입니다. 그리고 이 전통은 아주 강하게 남아서 많은 시인과 시 단체들이 시 낭송 모임을 열기도 합니다.

그런데 노래 가사를 글로 적어놓으면 많은 문제가 생깁니다. 여러분이 좋아하는 요새 노래를 가사로 적는다고 생각해 보십시오. 노래를 아는 사람은 적어놓은 그 가사를 보고서 다시 부를 수 있지만, 그 노래의 가락을 모르는 사람은 내용을 읽기만 할 뿐, 어디서 목소리를 높여야 할지, 소리를 어디서 얼마만큼 길게 끌어야 할지 전혀 알 수 없게 됩니다. 말하자면 시는 옛날에 이렇게 노래를 글로 적어놓았던 것이었습니다.

이렇게 가락을 알 수 없게 되자, 사람들은 어떻게 하면 음의 높낮이와 길이를 표현할 수 있을까 하는 것을 고민하죠. 고민 끝에 서양에서는 콩나물 대가리처럼 생긴 음표와 악보를 만들어내고, 동양, 그 중에서도 한국에서는 정간보라는 것을 만들어냅니다. 정간(井間)이란 네 모를 잘게 나눈 것입니다. 이런 식으로 말이죠.

太		太		黃	
太			林	林	

이런 모양을 보면 한자의 囲을 닮았다고 해서 정간(井間)이라고 하는 것이고, 그런 모양을 닮은 악보라고 해서 정간보(井間譜)라고 했습니다. 井은 우물을 뜻하는 말입니다. 옛날에 우물에 아이들이 빠지지 말라고 커다란 나무를 이런 식으로 높이 쌓아올렸습니다. 이 우물 모양을 닮은 악보는 한글을 만든 세종대왕이 독창해낸 것입니다. 세종대왕은 한글을 만들었을 뿐만이 아니라, 세계 어디에도 없는 이 기발한 악보를 만들어서 우리나라 음악사의 한 획을 그은 분입니다.

이렇게 시는 소리의 속성을 악보에 넘겨준 뒤로도 계속 입으로 낭송하는 세월을 함께 했습니다. 그러다 보니 읽는 가락이 저절로 시에 남게 되고, 시인들은 그것을 시에서 활용하게 됩니다. 그런데 글을 읽는 것은 그 말을 쓰는 민족의 언어습관과 밀접하게 연결돼 있습니다. 특히 유럽 여러 나라의 언어는 우리의 언어와는 달리 악센트가 있습니다. 그런 언어는 악센트가 있는 바로 그 부분에 힘을 주어서 읽어야 하기 때문에 그 악센트를 한 행에 몇 개나 배치하느냐 하는 것에 따라서 저절로 갈래가 나뉩니다.

우리는 여기서 아주 중요한 사실을 알 수 있습니다. 다른 문학 갈래와 달리 시에는 행이라는 것이 있습니다. 문장의 완성 여부와 상관없이 끊는 것이 바로 그것입니다. 산문에서는 볼 수 없는 일이죠. 이 행은 읽는 사람에게 필요한 호흡의 길이를 나타낸 것입니다. 옛날에 시는 노래로 하는 것이었기 때문에 끊어 읽는 단위를 지정해주어야만 낭송자가 그 호흡에 맞추어 시인의 의도를 살릴 수 있었던 것입니다. 그래서 여기까지 끊어서 읽어라 하는 뜻으로 시인은 행을 끊었던 것이고, 그런 관행이 계속 남아서 형태가 자유로워진 지금도 행을 끊는 것입니다.

지금은 시를 눈으로 읽지만, 그럴 때에도 사람은 마음속으로 입을 움직이면서 따라갑니다. 그때 행은 바로 이렇게 끊어 읽는 지시를 하는 셈입니다. 그러니까 시인의 의도가 행을 끊는 곳에서 나타나기 때문에 눈으로만 읽더라도 독자는 행에서 호흡을 한 번 끊어주어야 한다는 뜻입니다.

뒤집어 얘기하면, 시를 쓰는 사람은 함부로 행을 끊을 것이 아니라 나름대로 자기 호흡을 가지고 행을 끊어주어야 한다는 말입니다. 그리고 오래 시를 쓰다보면 시인마다 그 호흡이 있습니다. 그렇기 때문에 행을 끊을 때에도 조심스럽게 끊어야 하고, 시를 쓰고 난 뒤에도 몇 차례 소리를 내어서 읽어보아야 한다는 것이 바로 이런 점을 지적한 것입니다.

그러면 악센트가 없는 우리는 어떡하면 좋을까요? 우리말은 표준어에서는 음의 높낮이가 거의 다 사라졌습니다. 일부 사투리에만 표가 날 만큼 억양이 남아있지요. 예를 들어 경상도나 함경도 쪽으로 가면 그런 억양을 볼 수 있습니다. 경상도 말은 힘이 들어가는 부분을 잘 들어야만 말이 통합니다. 대부분 다른 지역의 사람들은 서울에 와서 생활을 하면 금방 서울말을 배웁니다. 그러나 경상도 사람들은 잘 적응하지 못합니다. 겨우 적응해도 사투리의 억양이 남아서 누구나 경상도 사람임을 눈치채게 됩니다. 억양은 버리기 어려운 습관입니다. 그리고 의미의 맥락을 정확히 짚어주는 기능을 합니다.

어떤 서울 남자가 오랜 고민 끝에 경상도 아가씨한테 데이트를 신청했습니다.

저, 아가씨, 시간 좀 내주시겠습니까?

이렇게 했겠지요. 그러니까 경상도 아가씨가 눈을 빤짝이면서 이랬습니다.

언제예!

그러니까 서울 총각은 시간을 묻는 줄 알고 오늘 저녁에 만나자고 했습니다. 그러니까 아가씨의 반응은 이랬습니다.

어데예!

서울 총각은 이제 통했다 싶어서 어느 찻집이라고 장소를 말했습니다. 그리고는 그곳 그 시간에 가서 기다렸는데, 아무리 기다려도 나오지를 않는 겁니다. 그래서 다음날 찾아가서 호통을 쳤습니다. 왜 약속을 해놓고 나오지 않느냐고 말이지요. 그러자 그 아가씨는 이렇게 화를 냅니다.

내는 그런 약속한 적 없는데예?

그러자 총각은 그러면 어저께 말할 때 언제예, 어데예라고 물은 건 뭐냐고 따졌습니다. 그러니까 경상도 아가씨는 배꼽을 잡고 웃더랍니다. 왜냐하면 경상도에서 언제예, 어데예 하면서 끝소리를 길게 끌면서 빼는 것은 싫다는 뜻이거든요. 끝소리를 높이면 의문형이지만, 끝소리를 빼면서 길게 끄는 것은 그렇지 않다는 부정형이었던 것입니다. 그러니 아가씨가 그 약속장소에 나갈 리가 없지요. 안 나간다고 대답을 했으니까요. 그런데 이 총각은 그런 내막을 몰랐고 아가씨가 오케이 한 줄 알고 혼자서 눈이 빠지게 기다린 것입니다. 억양으로 인한 우스갯소리입니다만, 이거 서울 총각한테는 심각한 일이지요.

경상도 아가씨가 허락할 때는 얌전한 아가씨는 가만히 있습니다. 그리고 화끈한 아가씨는 알겠다고 학실하게(?) 답을 하지요. 그렇다고 충청도 아가씨한테까지 묵묵부답을 예스로 해석하면 안 됩니다. 충청도 아가씨들이 묵묵부답이면 그건 노를 뜻합니다. 경상도 아가씨를 사귀다가 충청도 아가씨를 사귀는 학생들은 특히 조심하기 바랍니다.

이 억양은 사투리로 밀려서 그렇지, 훈민정음을 만들던 조선 초기만 해도 우리말은 억양이 분명한 언어였습니다. 그래서 훈민정음을 만들 당시에 여러 가지로 고민하던 끝에 음을 모두 넷으로 나누어, 글자 옆에 점을 찍어서 음의 높낮이와 길이를 표현했습니다. 그렇게 글자 옆에 찍어놓은 점을 방점(傍點)이라고 합니다. '傍'은 곁을 뜻하는 한자말입니다. 점이 찍힌 상태에 따라서 넷으로 나누었습니다. 평성, 상성, 거성, 입성이 그것입니다.

- 평성 : 낮은 소리. 점 표시 없음.
- 상성 : 처음엔 낮았다가 높아지는 소리. 점 둘로 표시.
- 거성 : 높은 소리. 점 한 개로 표시.
- 입성 : 촉급하게 끝나는 소리. 점은 상황에 따라서 표시.

다른 건 쉽지만 입성은 좀 설명을 해야 할 것 같습니다. 입성은 '촉급하게 끝나는 소리'라고 했습니다. 여기서 '촉급하게 끝난다'는 것은 예를 들면 받침이 ㄱ, ㅂ, ㅅ, ㅈ, ㅊ, ㅋ, ㅌ, ㅍ 같은 것으로 끝나는 말을 말합니다.

'화살촉'을 읽으면 '촉'에서 음이 딱 끊어집니다. 이런 식으로 끝나는 것을 말합니다. 다른 것과 구별하기 가장 좋죠. 이것은 옛날 중국에서 한시를 쓸 때 중요하게 여겼던 것입니다. 중국의 한자음이 지금은 많이 변해서 현재의 중국인들은 이 입성을 알지 못합니다. 그래서 한국인들이 자기네 말의 입성을 족집게 집듯이 골라내는 것을 보면 깜짝 놀랍니다. 우리나라의 한자음이 당나라 때의 한자음과 거의 비슷하다는 것을 그들은 잘 모르는 것이죠. 그러니까 당나라 때의 한시 쓰기 시합을 하면 오히려 중국 사람보다는 우리나라 사람이 더 정확하게 운을 골라 쓸 수 있다는 얘깁니다.

임진왜란 이후의 한글 서적에서는 이 방점이 모두 사라집니다. 귀찮아서 표시를 생략한 것이 아니고, 세월이 흘러서 그때쯤에는 굳이 방점을 표시할 필요가 없을 만큼 우리말에서 악센트가 약해진 것입니다. 그래서 방점을 표시한 기간은 훈민정음이 창제될 무렵의 몇 십 년 정도에 지나지 않습니다. 따라서 여러분이 혹시 옛날 서적을 뒤지다가 이 방점이 표시된 책을 보게 되면 잘 챙겨두기 바랍니다. 국보급 문화재일 가능성이 아주 높습니다.

우리 조상들이 악센트 때문에 한 고생은 상상을 초월한 것이었습니다. 한시를 정확히 지으려면 각운은 물론 평측법도 알아야 하는데, 운은 그렇다 쳐도 한자의 네 가지 소리를 잘 모르는 겁니다. 당연한 일이죠. 악센트가 거의 사라진 나라의 말에서 악센트를 구별한다는 것은 거의 불가능한 일이죠. 방법은 단 한 가지, 중국에 유학하는 겁니다. 그렇지만 당시에 그게 어디 쉬운 일인가요? 그래서 우리나라의 역대 시인 중에서 이 악센트를 정확히 구사한 사람은 얼마 되지 않습니다. 신라 말기의 유학파 출신인 최치원이 문집을 남겼는데, 그는 이 악센트를 정확하게 구사할 수 있는 몇 안 되는 시인 중의 하나였습니다. 그리고 고려 때의 이제현 정도가 아주 정확하게 악센트를 구사했습니다. 이제현도 중국 유학을 한 사람이죠.

그래서 조선시대의 선비들은 이런 콤플렉스를 극복하기 위하여 시에 필요한 한자를 4성으로 구분해서 몽땅 외우는 방법을 썼습니다. 제 친구 중에 성두현이라고, 성삼문의 십 몇 대 되는 후손이 있습니다. 걔네 집에 놀러 갔더니 퀴퀴한 한문 책이 있더군요. 자세히 보니까 바로

4성으로 한자를 분류한 책이었습니다. 그것을 넘겨보니 악센트를 모르는 우리 조상들이 한시를 쓰기 위해 몸부림친 정성이 한 눈에 들어와 정말 눈물겹더군요. 이해할 수 없는 것이다 보니 아예 외워버리는 방법을 썼던 것입니다. 한자문화권에서, 책을 떼었다는 것은 외웠다는 사실을 말합니다. 사서삼경을 외운 그 엄청난 암기력으로 남의 나라 운까지도 외워버린 것이니, 얼마나 눈물겨운 일입니까? 늘 이 사성 책을 끼고 다니면서 시를 쓸 때마다 참고했겠지요. 우리가 영어사전의 발음기호 위에다가 [′] 표시를 하는 것과 같은 일입니다.

이야기가 엉뚱한 곳으로 빠졌습니다. 다시 원위치 하겠습니다.

악센트가 사라지면 음의 길이만 남습니다. 그러니까 악센트가 사라진 우리말에서는 서양의 말과는 달리 음의 길이가 중요해집니다. 그래서 우리말에서는 이 길이만으로 음의 단위를 삼습니다. 그래서 그것을 음보(音步)라고 합니다. 음보란 걸음걸이에 맞춘 소리의 길이를 말합니다. 한 걸음을 옮길 때 읽는 소리의 길이를 뜻합니다. 우리 시에서는 이 음보를 기준으로 가락을 잽니다. 걸음은 한 쪽 발이 땅에서 떴다가 다시 땅에 닿는 길이를 말합니다. 왼발과 오른발의 사이는 발짝이라고 하지요. 한문에서도 이것을 보(步)와 규(跬)로 나눠서 적습니다.

걸어가면서 글을 읽는다고 생각해 봅시다. 그러면 한 걸음을 옮기는 사이에 우리가 할 수 있는 말의 길이는 제한됩니다. 물론 한쪽 다리를 들어놓고서 한없이 길게 얘기하면 소설이라도 읽을 수 있지만, 여기서 말하는 음보란 그렇게 억지로 나누는 것을 말하는 게 아니고 자연스럽게 걸어갈 때의 호흡을 단위로 하는 것을 말합니다. 민요는 그런 호흡을 단위로 전개되는 노래입니다.

새야 새야 파랑새야
녹두밭에 앉지 마라.
녹두 꽃이 떨어지면
청포장수 울고 간다.

같은 민요를 보면 한 행에 두 호흡으로 나뉩니다.

새야 새야 / 파랑새야
녹두밭에 / 앉지 마라.
녹두 꽃이 / 떨어지면
청포장수 / 울고 간다.

그러니 2음보가 두 번 반복된 것이죠. 이와 달리 3음보로 된 민요도 있습니다.

도라지 / 도라지 / 백도라지
심~심 / 산천에 / 백도라지
한 두~ / 뿌리만 / 캐어도
대바구니로 / 처리철철 / 넘는구나

이상에서 보듯이 우리나라의 노래에서는 악센트가 아니라 음의 길이가 중요하고 그 음의 길이는 음보로 나타납니다. 이것은 민요를 부르던 사람들이 길을 걸어가면서 흥얼거리며 불렀기 때문에 저절로 걸어가는 걸음에 가락이 따랐기 때문입니다.

음보는 크게 두 가지로 나눌 수 있습니다. 2음보와 3음보가 그것입니다. 그런데 이 두 음보는 우리 가락의 뼈대를 이루면서 서로 다른 분위기를 보여줍니다. 특히 노래보다도 시에서는 이 두 음보의 대립에 따라서 분위기가 아주 달라집니다.

먼저 3음보부터 보도록 하겠습니다. 2음보부터 보는 게 순서가 아니냐구요? 아주 날카로운 질문입니다. 그런데 시에서는 2음보를 활용한다기보다 이것이 너무 짧으니까 두 번 반복한 형태로 많이 나타납니다. 2를 두 번 반복하면 뭐가 되나요? 4가 되지요. 예컨대, 앞의 파랑새를 두 음보로 끊는 것이 아니라 4음보로 끊습니다.

> 새야 새야 파랑새야 녹두밭에 앉지 마라.
> 녹두 꽃이 떨어지면 청포장수 울고 간다.

분위기를 알 수 있죠? 어떻게 4음보가 나타난 건지 말이죠. 이 4음보를 활용한 것이 바로 시조입니다.

> 이 몸이 죽고 죽어 일백 번 고쳐 죽어
> 백골이 진토 되어 넋이라도 있고 없고
> 임 향한 일편단심이 가실 줄이 이시랴

유명한 시조라서 다들 기억하고 있죠? 고려 말의 충신인 정몽주의 시조입니다. 원래 정몽주는 개혁파였지만, 나라까지 바꾸자는 쪽은 아니었습니다. 반면에 정도전은 아예 나라까지 바꿔버리자는 쪽이었죠. 그래서 두 파가 고려 말에 대립을 했는데, 정몽주를 그대로 두고서는 안 되겠으니까 없애든가 꾀든가 둘 중의 하나를 택해야 했습니다. 그래서 정몽주의 의중을 떠보려고, 나중에 조선의 태종이 되는 이방원이 정몽주를 술집으로 불러서 시조를 한 수 읊습니다. 자신이 직접 읊었는지, 아니면 기생을 시켰는지 저는 그 자리에 있지를 않아서 잘 모르겠습니다만, 이 정도의 심각한 상황이면 직접 부르지 않았을까요? 다음 시조가 그것입니다.

이런들 어떠하리 저런들 어떠하리
만수산 드렁 칡이 얽혀진들 어떠하리
우리도 이같이 얽혀 천년만년 살고지고

삼척동자도 알 만한 내용이죠? 고려를 없애고 새로운 나라를 세우는데 같이 힘을 합치자는 쪽이죠. 만수산은 고려의 서울인 개성 근처에 있는 산이겠죠. 그러자 딸까지 고려의 우왕에게 내준 정몽주는 웃으면서 앞의 시조를 답가로 읊은 겁니다. 가슴속에 칼을 품은 이방원은 이 시조를 듣고 어떻게 판단했을까요? 당연하지요. 이 시조를 읊음으로써 이젠 서로 돌아올 수 없는 다리를 건넌 겁니다. 그리고 술자리가 끝났죠. 정몽주는 돌아가는 길에 선죽교라는 돌다리에서 이방원이 보낸 자객에게 철퇴를 맞아서 죽습니다. 자신의 운명을 미리 알고 정몽주는 말을 타고 갈 때 꽁무니를 보고 앉았다니, 이거 참 믿기 어려운 일이죠? 이렇게 해서 고려의 마지막 밤은 깊어갑니다.

시조는 이 4음보를 꼭 지킵니다. 2나 4는 짝수죠. 짝수의 특징은 다음의 변화가 예상된다는 점입니다.

쿵 - 짝 - 쿵 - 짝

을 반복하면 그 뒤에 다시

쿵 - 짝 - 쿵 - 짝

이 나올 거라는 예상을 하지요. 그런 예상을 두 번이나 반복해서 확신시켜주는 것이 4음보입니다. 따라서 안정된 느낌을 줍니다. 무언가 예상대로 짝짝 맞아 돌아가는 것이고, 그 예상은 읽는 사람으로 하여금 현재의 그 리듬에 흥을 맡기도록 합니다. 따라서 이런 노래를 즐기는 사람들의 심리는 변화보다는 안정된 상태를 바라는 그런 것이겠지요.

그러면 현재의 사회가 안정되기를 바라는 심리와는 어떨까요? 일정한 관계가 있지 않을까요? 시조는 조선시대의 사대부들이 즐긴 양식입니다. 그리고 사대부들은 선비를 말하는데, 이들이 조선을 다스리는 지배층이었습니다. 지배층의 오락인 시조가 4음보를 띠고 있다는 것과 지배층들은 현재의 체제를 유지하려는 속성을 보인다는 것은 어쩐지 잘 어울린다는 생각이 들지 않나요? 4음보를 이렇게 직접 갖다 붙이면서 해석하는 것은 좀 무리가 있을 듯하지만, 그런 경향을 보인다는 사실은 부인할 수 없습니다.

이렇듯이 짝수인 2와 4는 듣는 사람으로 하여금 안정된 느낌을 갖게 해줍니다. 그리고 변화보다는 반복을 좋아하는 경향을 나타냅니다. 그래서 시에서도 같은 느낌을 계속 반복할 때 2음보나 4음보를 지향하는 경향이 있습니다.

이왕에 여기까지 온 김에 시조의 운율에 대해서 더 알아보고 가겠습니다. 시조의 가락은 좀 독특한 점이 있습니다. 특히 종장 첫 구절이 그렇습니다. 종장이 뭐냐구요? 시조는 전체 3장으로 이루어졌습니다. 그래서 앞에서부터 초장, 중장, 종장이라고 그러지요. 그러니까 종장은 3번째 행을 말하는 것입니다.

그런데 종장은 앞의 초장이나 중장과는 음수율이 다릅니다. 음수율은 글자 수를 가리키는 겁니다. 앞의 시조를 다시 보면

이 몸이 죽고 죽어 일백 번 고쳐 죽어
백골이 진토 되어 넋이라도 있고 없고
임 향한 일편단심이 가실 줄이 이시랴

다음과 같은 규칙을 발견할 수 있습니다.

이 몸이(3) 죽고 죽어(4) 일 백 번(3) 고쳐 죽어(4)
백골이(3) 진토 되어(4) 넋이라도(4) 있고 없고(4)
임 향한(3) 일편단심이(5) 가실 줄이(4) 이시랴(3)

3-4-3-4 / 3-4-4-4 / 3-5-4-3

여기를 보면 초장과 중장은 모두 한 음보가 3이나 4로 일정한 반복을 보이는데, 종장은 3-5-4-3으로 5가 나와서 이 규칙을 깨고 있습니다. 이게 참 묘하지요? 이런 변화를 '구조적 강박'이라고 이름 붙여서 해석한 사람이 있습니다. 소리 내어 읽을 때에 강과 약의 박자가 작용하는 원리를 이용하여 시조의 가락을 분석하면서 음악을 전공한 서우석이라는 사람이 찾아낸 원리입니다.

시조는 3-4라는 규칙이 계속 반복됩니다. 초장에서 2회, 중장에서 2회 도합 4회를 반복하지요. 이와 같이 똑같은 가락이 반복되면 사람은 자신도 모르는 사이에 지루함을 느끼기 시작하고, 그 지루함을 벗어나려는 본능을 느낀다고 합니다. 그래서 그 벗어나려는 본능이 반복되는 규칙을 약간 흔들어 버립니다. 그렇다고 완전히 벗어나는 것은 아니고 변화를 느낄 정도로 반복의 규칙을 벗어나는 관성을 보인다는 것이죠. 그래서 3-4로 가던 가락을 3-5로 늘여버린다는 것입니다. 그러면 5 때문에 4를 예상하던 가락이 갑자기 늘어져버리면서 그것을 같은 시간 내에 읽어버리려는 본능이 작용하여 시의 가락에 긴장이 생긴다는 것입니다. 그리고 이렇게 허물어진 가락을 수습하느라고 끝 구절은 4-3으로 맺으면서 그 뒷수습의 흐름을 가볍게 한다는 것입니다. 이렇게 가락의 규칙 속에서 움직이는 강약의 작용이기 때문에 '구조적 강박'이라고 하는 것입니다. 참 신기한 일이죠? 그리고 그런 신기함을 발견해내는 관찰력 역시 신기하고 놀라운 일이죠?

어쩌다 보니 3음보부터 말한다고 해놓고는 2음보를 먼저 설명했네요. 4음보를 설명하려다 그렇게 됐습니다. 그러면 예정했던 3음보로 돌아가겠습니다. 2음보, 4음보가 짝수를 이루는 수여서 안정된 느낌을 준다면 3음보는 변화가 느껴집니다.

쿵 - 짝 - 짝 / 쿵 - 짝 - 짝

하는 것이 그것입니다. 그래서 경쾌한 느낌을 줍니다. 안정보다는 변화를 잘 드러내는 가락이죠. 그래서 변화가 많은 시대의 노래들은 2음보보다는 3음보가 많습니다. 고려가요에도 역시 3음보가 많이 나타납니다. 고려가요는 점잔을 빼는 조선시대의 선비들보다는 일반 백성들이 많이 부른 노래였기 때문에 그런 경향이 나타나는 것이죠.

내 님믈 그리사와 우니다니
산 졉동새 난 이슷ᄒᆞ요이다
아니시며 거츠르신들 아으
잔월 효성이 아라시리이다
넉시라도 님은 훈데 녀져라 아으
벼기더시니 뉘러시니잇가
과도 허믈도 천만 업소이다
말힛마리신뎌 읏븐뎌 아으
니미 날 ᄒᆞ마 니ᄌᆞ시니잇가
아소 님하, 도람 드르샤 괴오쇼셔

딩아 돌하 당금에 계샹이다
딩아 돌하 당금에 계상이다
션왕셩대예 노니와지이다
삭삭기 세몰애 별헤 나
삭삭기 세몰애 별헤 나
구은 밤 닷 되를 심고이다

위의 시는 〈정과정〉곡이고, 둘째 시는 〈정석가〉의 일부입니다. 운율을 보자는 것이니, 내용을 파악하려고 할 것까지는 없을 듯합니다. 모두 3음보로 이루어져 있습니다. 고려가요가 모두 다 이런 것은 물론 아닙니다. 4음보도 있지만, 남녀 간의 사랑을 과감하게 읊은 시대의 특성상 3음보의 경쾌한 율동이 많이 나타난다는 얘깁니다.

그런데 눈치 빠른 학생은 이렇게 물을 수 있습니다. 아까 2음보는 반복을 해서 3음보를 만들었는데, 이 3음보를 반복해서 6음보를 만들면 역시 같은 짝수 음보가 아닌가요?

그럴 수 있습니다. 2음보를 반복했는데 3음보라고 해서 반복하지 말란 법은 없겠지요. 그런데 안타깝게도 6음보로 늘여놓으면 그것이 가락으로 느껴지지를 않고 그냥 산문으로 보이는 모양입니다. 6음보라는 말은 없습니다. 그러니까 논리상으로는 그렇게 되지만, 음보가 4음보를 넘어서면, 그 이상은 음보로 인식되지 않는 모양입니다. 아니면 우리나라 사람들이 가락을 인식하는 폭이 2나 3, 또는 4음보에서 이루어진다는 말입니다. 그것을 넘어서면 산문으로 인식되는 것이죠. 그래서 6음보라는 말은 거의 사용하지 않습니다.

그러면 현대시에서는 어떻게 활용되는가 한 번 보겠습니다. 현대시에 접어들어서 운율을 가장 잘 사용한 사람은 김소월입니다. 먼저 3음보부터 보겠습니다.

먼 후일

먼 훗날 당신이 찾으시면
그때에 내 말이 잊었노라

당신이 속으로 나무라면
무척 그리다가 잊었노라

그래도 당신이 나무라면
믿기지 않아서 잊었노라

오늘도 어제도 아니 잊고
먼 훗날 그때에 잊었노라

3음보의 연속이라는 것이 눈에 얼른 들어오죠? 이 시의 비밀은 음보였던 겁니다. 이 시는 내용도 내용이지만, 이와 같이 배열했을 때 느껴지는 운율이 중요합니다. 운율이 잘 살아있다는 것은 저절로 읽어 가는 속도가 붙는다는 얘기고, 속도가 붙는다는 것은 이성이 판단하여 받아들이기 전에 몸속의 가락이 반응한다는 얘깁니다.

몸속의 가락이란 본능에 가깝습니다. 우리는 어머니 뱃속에서 심장박동을 느끼며 살기 때문에 박자가 직접 느껴집니다. 아기들이 엄마의 등에 업혀서 잠을 잘 자는 것은 심장 박동 소리에 대한 그런 본능 때문이라고 합니다. 그래서 가락은 본능에 호소하는 경향이 강합니다. 그래서 김소월의 시는 소리 내어 읽으면 저절로 몸에 와 닿는 그런 시입니다. 내용을 파악하기 전에 이미 소리가 가락을 받아들이는 그런 시입니다. 그래서 김소월의 시는 소리 내어 몇 번만 크게 읽으면 저절로 느껴지는 시입니다. 김소월보다 우리 가락을 잘 살린 시인은 아직 없습니다. 그리고 이성의 기능이 자꾸 강조되는 현대 생활의 생리상 앞으로도 그이처럼 우리 가락을 잘 살린 시인은 나오기 힘들 것입니다. 김소월의 독특한 위치가 재삼 확인되는 부분입니다. 김소월은 이것 한 가지만으로도 우리나라 시인 중에서 가장 위대한 시인이라고 저는 아주 확신을 갖고 단정해버렸습니다.

그런데 문제는 이와 같은 정해진 가락이 아니라 가락의 변형에서 생깁니다. 다음을 볼까요?

가는 길

그립다
말을 할까
하니 그리워

그냥 갈까
그래도
다시 더 한번...

저 산에도 까마귀 들에 까마귀
서산에는 해 진다고
지저귑니다

앞 강물 뒷 강물
흐르는 물은
어서 따라 오라고 따라 가자고
흘러도 연달아 흐릅디다려

아직도 가락이 눈에 잘 안 들어오나요? 그러면 연과 행을 무시하고 다시 배치하겠습니다.

그립다 / 말을 할까 / 하니 그리워
그냥 갈까 / 그래도 / 다시 더 한번…
저 산에도 / 까마귀 / 들에 까마귀
서산에는 / 해 진다고 / 지저귑니다
앞 강물 / 뒷 강물 / 흐르는 물은
어서 따라 / 오라고 / 따라 가자고
흘러도 / 연달아 / 흐릅디다려

대체로 3음보로 볼 수 있겠죠. 그런데 문제는 세 번째 음보 부분입니다. '하니 그리워', '다시 더 한 번'을 보면 한 음보가 감당할 수 있는 3~4글자가 아니라 5글자입니다. 이것을 한 음보로 읽어버리자니 길고, 그렇다고 3~2나 2~3으로 나누어 두 음보로 읽자니 호흡에 좀 모자랍니다. 이걸 어쩌지요?

그러면 이 5글자를 한 호흡으로 해서 긴 호흡이라고 보고 앞의 3~4글자를 합쳐서 7글자를 한 호흡으로 읽으면 2음보가 되겠지요. 그래서 7·5조라는 말이 나온 것입니다. 이 7·5조는 우리 시에서 아주 많이 볼 수 있는 가락입니다. 그런데 이걸 2음보로 보기에는 아무래도 너무 깁니다. 그래서 하는 수 없습니다. 3음보로 읽는 수밖에요. 그렇지만 5글자를 한 호흡으로 처리하기에는 벅차지요. 빨리 읽어야 하니까요. 그런데 그 속도 때문에 시의 흐름이 빨라집니다. 글쎄요. 이것을 무엇이라고 불러야 할까요? 시조처럼 '구조적 강박'이라고 할 수도 없고.

이렇게 전통의 음보를 변형시켜가면서 시의 가락을 태우는 수도 있습니다. 2음보나 3음보의 규격에 충실한 것도 좋지만, 우리가 적극 활용해볼 만한 가치가 있는 가락입니다. 그리고 이런 가락을 많은 시인들이 활용했습니다. 이 가락은 시가 옛날부터 노래였다는 점과 긴밀하게 연관되어 있고, 또 그것을 당연히 여기던 해방 전의 시인들은 자신의 시에도 그런 가락의 흔적을 많이 남겼습니다. 물론 자유시이기 때문에 그 전의 옛날 노래에서 보는 가락과는 많이 다릅니다만, 시의 가락을 유산으로 갖고 있던 세대이기 때문에 시인마다 독특한 가락이 잘 살아있습니다. 이에 대해서는 책 한 권을 소개하는 것으로 대신하겠습니다. 서우석이 쓰고, 문학과지성사라는 출판사에서 낸 『시와 리듬』이라는 책입니다.

시의 가락은 현대시에서도 꾸준히 살아서 전통을 이어갑니다. 해방 후에는 시의 가락을 김소월의 경우처럼 일부러 살려 쓰는 시인은 그리 많지 않습니다. 그렇지만 가락을 분명히 의식했구나 하는 생각이 드는 시인들도 적지 않습니다. 예를 들면 문병란과 박정만이 그런 경우입니다. 한 번 살펴보겠습니다.

바 보

문 병 란

바보는 아무도 무섭지 않다
남들은 순경만 보면 무섭다고 하지만
바보는 순경만 보면 히죽이죽 웃는다
바보의 눈에는 바보밖에 보이지 않는다
온통 바보로 가득 찬 세상
바보는 누구나 보면 히히죽 웃는다
바빠서 허겁지겁 달려가는 아저씨
남자 옆에 따라가며 깡총거리는 아저씨
바보의 눈에는 바보밖에 보이지 않는다
씀바귀꽃은 바보의 꽃이지요
바보는 도리도리 고개를 젓는다
바보는 해바라기처럼 빙글빙글 돈다
그러면서 어느 날 바보는 돌연 웃지 않게 되었다
그가 바보라는 것을 알았기 때문이다

아 우둔과 현명은 무엇인가?
나는 내가 바보임을 모르고 살았네,
열심히 외곬으로 똑똑한 척 뽐내며
나는 나를 속이며
나는 내가 바보임을 모르고 살았네,
내 소녀는 항상 천사여야 하고
그리고 나는 바닷가 왕국의 왕자
아나벨리는 늙어 할머니가 되고
나는 이제 별을 바라보지 않는다
바보는 자기가 바보임을 모른다
바보는 자기가 바보임을 알 때 불행해진다
아, 나는 내가 바보임을 아는 바보인가

이 시는 4음보의 색깔이 분명하게 드러나는 시입니다. 그런데 물론 다른 시에서는 이와 같이 선명하게 나타나는 경우가 많지 않습니다. 대부분 2음보와 3음보가 섞여있지만, 그래도 시를 죽 읽어보면 어딘가 낯익은 가락이 느껴집니다. 그것은 시 전체를 흐르는 어떤 가락이 있다는 얘깁니다. 아마도 전라도 지역에 전해오는 어떤 가락의 영향이 아닐까 짐작해 봅니다만, 좀 더 연구해야 할 부분입니다. 문병란은 광주 시인이거든요.

그런데 문제는 이런 형태의 가락이 이 시인한테서만 나타나는 것이 아니라 전라도 지역에 사는 시인들한테서 아주 많이 나타난다는 점입니다. 김준태, 양성우, 김용택, 곽재구, 나종영, 오봉옥 같은 시인들의 작품에 눈에 띄게 나타납니다. 그래서 어떤 때는 어떤 시인이 쓴 시인지 구별하기가 힘들 정도입니다. 그리고 그런 가락의 형태가 시에 처음으로 등장하는 것이 이 문병란 시인이라는 점입니다. 그래서 그 뒤의 시에 어떤 모델을 보여준 시인이라서 이 시인의 작품에 나타나는 가락의 중요성을 한 번 짚고 넘어가야 한다는 뜻으로 그 가락의 모습을 한 번 들여다본 것입니다.

머나먼 귀

박 정 만

까닭없이 자꾸만 바람부는 날
난초순 길어나듯 길어나는 귀
떨어지는 고요 하나 없는 곳에서
한 발의 바람귀에 듣는 목소리.

뭐더라, 뭐더라, 뭐더라,
연두빛 머나먼 귀 하나가 다가와서는
귀에 대고 속삭이는 너의 목소리.
귓속말로 속삭이는 너의 목소리.

이런 말씀 드리면 될지 몰라
봄치마 가득히 꽃을 따다가
그대 없는 창 앞에 쏟아놓고
쏟아놓고 돌아서면 될지 몰라.

그럴지도 몰라
그대 빈 하늘가에 꽃밭에
별자리 들어앉듯 촘촘히 들어앉아서
내 마음 속 어둠을 밝힐지도 몰라.

그러면 나는 그림자 같이
쫄래쫄래 그대 뒤를 따라가다가
연두빛 머나먼 귀가 되어
그대의 귀를 여는 고요가 되기나 할걸.

정말 그러기나 했으면 좋지
귀처럼 바람처럼 흘러가는 물굽이처럼
쫄래쫄래 그대 뒤를 따라나 가는
그림자가 되기나 했으면 좋지.

여기서는 현저하게 3음보가 나타나지요? 물론 이 시인의 시에서 이렇게 일관된 가락이 선명하게 감지되는 시는 그리 많지 않습니다. 그러나 시 전체를 죽 읽어나가다 보면 '아, 이 시인한테 무언가 가락이 있구나!' 하는 것을 느낄 수 있습니다. 가락은 음악성이기 때문에 음악을 공부한 분들이 이 분야에 달려들어서 연구를 해야 합니다. 저는 그럴 재주가 없기 때문에 그냥 이렇게 막연히 느끼는 것일 뿐입니다. 아마도 여러분들이 관심을 갖고 보아야 할 부분입니다.

시의 가락을 마치면서 음운에 대해서도 말하지 않을 수 없겠군요.

원래 음과 운은 다릅니다. '音'은 우리말의 닿소리에 해당합니다. 허파에서 나오는 바람을 입안의 어느 위치에서 막느냐에 따라서 결정되는 소리죠. 반면에 韻은 '音+員'의 구성에서 보듯이 같은 음이지만 홑소리(받침 포함)에 해당합니다. 그래서 한시에서는 이 닿소리와 홑소리에 해당하는 소리들의 어울림까지도 계산하여 시를 썼습니다. 자세한 것을 설명하기는 좀 그렇지만, 그렇다고는 해도 운의 규칙은 우리가 쉽게 볼 수 있는 것이어서 한 번 짚고 가겠습니다. 유종원의 한시가 생각날 겁니다. 지난 번 책에서 봤으니까요.

강 설

유 종 원

천 산 조 비 절
만 경 인 종 멸
고 주 사 립 옹
독 조 한 강 설

한 행이 5글자이니 5언시이고, 모두 4행이니 절구라는 것을 알 수 있습니다. 이 시의 형식은 오언절구죠. 그런데 이 절구에서는 맨 마지막 글자의 소리가 같은 값으로 끝나도록 배치해야 합니다. 밑줄 쳐놓은 것을 잘 보십시오. 모두 'ㅓ'와 'ㄹ'이 결합한 소릿값으로 끝나죠? 바로 이것을 운이라고 하는 겁니다. 절구에서는 '기-승-전-결' 네 구절 중에서 3번째인 전에만 운을 사용하지 않고 나머지는 다 사용합니다. 이건 한시의 약속입니다. 이것은 일곱 글자로 된 칠언시에서도 마찬가지입니다. 부호로 표시해 볼까요?

□ □ □ □ □ □ ■

□ □ □ □ □ □ ■

□ □ □ □ □ □ □

□ □ □ □ □ □ ■

■로 표시한 부분이 운을 지켜야 하는 부분입니다. 시상을 전개시키되, 같은 운으로 끝나는 말을 선택해야 하는 것입니다. 한자에 대한 해박한 지식을 갖고 있지 않으면 쓸 수 없는 고단수 놀이죠. 이런 규칙을 즉흥시에서도 써서 즐길 만큼 옛날 선비들은 시를 생활 속에서 활용했습니다. 이런 장난으로 평생을 일관하며 자신을 조롱한 사람이 조선 후기의 김삿갓이죠. 기회 닿으면 한 번 김삿갓의 시를 찾아보기 바랍니다. 정말 재미있고 절묘합니다. 그런 재미를 즐길 줄 알아야만 시도 잘 쓰게 됩니다.

03 말투 - 화자, 역설, 반어

말에는 그 말을 하는 사람의 특징이 담기기 마련입니다. 성격이 고분고분한 사람은 말도 역시 그렇게 하는 경향이 있고, 성격이 울끈불끈한 사람은 말도 역시 거칠게 나갑니다. 이런 식으로 말에 나타나는 그 사람의 특징을 말투라고 합니다. 한자로는 어조(語調)라고 하고 영어로는 톤(tone)이라고 하지요.

그런데 제가 본 여러 시 해설서 중에서 이것을 '말투'라고 하는 경우는 한 번도 못 봤습니다. 전부 어조라고 하고, 그냥 영어로 톤이라고 하는 경우도 있습니다. 참, 이상하지요. 그냥 우리말로 말투라고 하면 이상한가요? 저는 그냥 말투라는 우리말이 좋은데요. 제 생긴 대로 사는 것이니 이 책에서는 말투라고 하겠습니다.

시는 말을 글로 쓴 것이기 때문에 시에는 말하는 사람이 있고, 그 말의 특징이 있습니다. 시에서 말하는 사람은 화자라고 합니다. 화자란 '말하는 이'를 한자로 옮긴 것입니다. 말하는 이라고도 많이 쓰고, 화자라는 말도 많이 씁니다. 여기서는 편한 대로 섞어 쓰겠습니다.

화자와 시인은 같을까요? 다를까요? 이건 쉬운 질문이죠. 화자와 시인은 다를 수밖에 없습니다. 예컨대 한용운 시인은 성별로 따지면 남자입니다. 그런데 『님의 침묵』이라는 시집 속에서 말을 하는 사람은 여성입니다. 여러 가지 정황으로 보아서 그렇습니다. 또 김소월은 남자입니다. 그런데 김소월의 시집 『진달래꽃』에 나오는 목소리의 주인공은 여자입니다. 이와 같이 시인과 화자는 얼마든지 다를 수 있습니다.

그렇다고 꼭 달라야 하는 건 아닙니다. 다만 시인이 스스로 말을 한다고 하더라도 화자와 시인은 일단 서로 다른 존재라고 가정을 하고서 시에 대한 이야기를 하는 것이 보통입니다. 그리고 같은 시인이 쓰더라도 어떤 때는 기분이 좋아서 룰룰랄라 콧노래를 부르며 시를 쓸 수 있고, 어떤 때는 분노에 차서 화를 내는 시를 쓸 수도 있습니다. 그러면 어느 쪽이 시인의 본래 모습인가요? 이런 문제가 생기기 때문에 시인과 화자는 다르다고 보는 것입니다.

사람은 몸은 하나지만 사실은 사회생활을 하다보면 상황에 따라 여러 가지 지위에 서게 됩니다. 여러분은 집에서는 아들이나 딸이지만, 학교에 오면 선생님에게 배우는 학생이고, 선배 앞에서는 후배가 되며, 후배 앞에서는 선배가 됩니다. 여러분은 그때그때 행동을 다르게 합니다. 아빠한테 용돈을 타내기 위해서는 애교를 떨어야 하며 선생님에게 칭찬을 받기 위해서는 범생이처럼 굽니다. 그리고 후배에게는 위엄 있는 체하며, 선배 앞에서는 꼬리를 내리고 얌전한 체 합니다.

이와 같이 사람은 몸은 하나지만 자신이 처하는 처지에 따라서 다른 자격이 됩니다. 이상과 같은 여러 경우에 똑같이 처신할 수는 없습니다. 똑같이 처신하다가는 미친 놈 소리를 듣지요. 결국 한 사람이 상황에 따라서 여러 사람 노릇을 하는 것입니다. 바로 이와 같이 각기 다른 처지에서 하는 말의 분위기를 말투라고 하는 것입니다. 아빠를 대할 때의 말투, 선생님을 대할 때의 말투, 선배를 대할 때의 말투, 후배를 대할 때의 말투가 다를 수밖에 없지요.

시에서도 마찬가지입니다. 시인은 한 명이지만, 그 사람이 우울할 때 쓰는 말투, 기분 좋을 때 쓰는 말투, 마음이 급할 때 쓰는 말투, 여자를 꾈 때 쓰는 말투가 각기 시에 다르게 나타날 수밖에 없습니다. 그래서 시를 가장 잘 이해하려면 이 말투를 아주 정확하게 파악하는 것이 가장 빠른 길입니다.

다음 시 두 편을 보고 이야기를 계속하겠습니다.

님을 위한 행진곡

백 기 완

사랑도 명예도 이름도 남김없이
한 평생 나가자던 뜨거운 맹세
동지는 간데없고 깃발만 나부껴
새 날이 올 때까지 흔들리지 말자
세월은 흘러가도 산천은 안다
깨어나서 외치는 뜨거운 함성
앞서서 나가니 산 자여 따르라!
앞서서 나가니 산 자여 따르라!

세월이 가면

박 인 환

지금 그 사람 이름은 잊었지만
그 눈동자 입술은
내 가슴에 있네

바람이 불고
비가 올 때도
나는 저 유리창 밖 가로등
그늘의 밤을 잊지 못하지

사랑은 가고 옛날은 남는 것.
여름날의 호숫가, 가을의 공원
그 벤취 위에
나뭇잎은 떨어지고,
나뭇잎은 흙이 되고
나뭇잎에 덮여서
우리들 사랑이
사라진다 해도

지금 그 사람 이름은 잊었지만
그 눈동자 입술은
내 가슴에 있네

내 서늘한 가슴에 있네

어떤가요? 두 작품의 분위기가 사뭇 다르죠? 〈님을 위한 행진곡〉은 죽음의 분위기가 느껴집니다. 죽음을 두려워하지 않고 어떤 신념을 위해 자신을 몸 바치려는 강한 의지가 시 전편에서 우러나지요. 말투도 역시 나를 따르라는 식으로 명령형과 청유형이 뒤섞인 그런 방법을 취하고 있습니다. 이것은 나의 의지를 강하게 드러내고자 하는 말투입니다. 그와 달리 〈세월이 가면〉의 말투는 애잔하고 쓸쓸하죠. 옛날의 사랑을 회고하는 분위기이다 보니 말투도 조용조용하죠.

이와 같이 말투는 전하고자 하는 내용과도 관련이 있고, 그것을 말하고자 하는 사람의 의지와도 관련이 있습니다. 그래서 이런저런 여러 가지 상황을 고려해야만 판단할 수 있는 것이 말투이고, 이 말투는 시의 분위기를 결정하는 가장 중요한 조건입니다. 그리고 시인이 말하고자 하는 주제와 깊은 연관을 맺고 있습니다. 그래서 말투가 어떤가 하는 것을 살피는 것이 시를 정확히 이해하는 지름길입니다.

〈님을 위한 행진곡〉은 광주 민주항쟁으로 죽어간 억울한 원혼들을 달래기 위해서 지은 노래입니다. 가사도 좋지만 노래도 워낙 좋아서 지금은 시민단체나 노동단체에서 모든 의식을 행할 때 민중의례로 반드시 부르는 노래입니다. 운동권의 애국가라고 할 만큼 중요한 대접을 받습니다. 〈세월이 가면〉 역시 가요로 널리 알려진 작품입니다. 작곡을 하는 사람은 누구보다도 시의 말투를 잘 압니다. 그래서 그 시의 내용과 아주 잘 어울리는 가락으로 노래를 짓습니다. 말투는 시인의 태도를 이해하는 가장 중요한 것입니다.

이번에는 이 말투에 큰 영향을 끼치는 역설에 대해서 알아보겠습니다. 역설은 영어로 파라독스라고 합니다. 이것은 서로 앞뒤가 안 맞는 표현을 쓰는 것입니다. 예를 들면 우리가 흔히 쓰는 말 중에 '작은 거인'이라는 말이 있습니다. 덩치는 작은데 무슨 큰 일을 해냈을 때 쓰는 표현입니다. '거인'이란 원래 덩치가 큰 사람을 뜻합니다. 그런데 이럴 경우에는 덩치가 크다는 뜻이 아니라 큰 일을 해냈다는 뜻이죠. 그런데 이 앞에다가 '작은'이라는 수식어를 붙이면 '크다 : 작다'의 대립이 일어납니다. 서로 모순되는 일이죠. 그런데 그 크다와 작다의 내용이 서로 다른 것이기 때문에 실제의 내용에서는 모순을 일으키지 않습니다. 이렇게 언뜻 보면 모순인데, 내용을 살피면 서로 모순이 아닌 표현을 역설이라고 합니다.

모순과는 다른 말입니다. 모순(矛盾)은 중국의 고사에서 온 말로 창과 방패라는 말입니다. 옛날에 어떤 사람이 장터에서 창을 팔았습니다. 그러면서 뭐라고 큰소리를 쳤느냐면, 이 창은 어떤 방패도 다 뚫는다고 했습니다. 그래서 많이 팔았죠. 그 다음날 그는 방패를 갖고 나와서 팔았습니다. 역시 큰소리를 쳤습니다. 어떤 창도 다 막는다고. 그러자 어제 그가 한 말을 알고 있는 사람이 물었습니다. '그러면 어제 판 창으로 그 방패를 찔러 보라!' 그러니 어땠겠어요? 뒤통수를 긁으며 꼬리를 내리는 수밖에 없지요.

역설은 이와 달리 겉으로는 모순이지만 내용을 살펴보면 일리가 있는 표현을 말하는 것입니다. 이런 경우는 우리 주변에서 흔히 찾아볼 수 있습니다. 하나 더 보면,

작은 고추가 맵다

의 경우도 마찬가지입니다. 보통 생각하기에 작은 물건이라는 말이 갖는 선입견은 아기자기함입니다. 그런 아기자기함과 과격함은 잘 안 어울리죠. 그런데 '맵다'는 말은 아기자기함과는 잘 안 어울리는 과격한 말에 속합니다. 이렇게 잘 어울리지 않는 말이 서로 합쳐졌습니다. 그런데 사실 그럴 경우가 많거든요. 경기에서 작은 사람이 큰 사람을 이길 때 이런 표현을 많이 쓰지요. 그래서 이 경우에는 겉보기에는 작아서 약한 것 같은데 알고 보니 실제로는 강하다 이런 뜻입니다. 서로 모순이 되는 내용을 한 문장 안에 담고 있는 경우죠. 그래서 역설이라고 하는 것입니다. 이외에도 얼마든지 찾아볼 수 있습니다.

색즉시공 공즉시색 : 색은 곧 공이고, 공은 곧 색이다.

신토불이(身土不二) : 몸과 땅은 둘이 아니다.

의식동원(醫食同源) : 약과 밥은 같은 것이다.

겉으로 드러난 말이 뻔히 다른데, 같다고 말을 하고 있습니다. 이런 표현들이 모두 역설에 해당하는 것입니다. 시에서 한 번 볼까요?

님의 침묵

한 용 운

님은 갔습니다.
아아 사랑하는 나의 님은 갔습니다.
푸른 산 빛을 깨치고 단풍나무 숲을 향하여 난 작은 길을 걸어서 차마 떨치고 갔습니다.

황금의 꽃같이 굳고 빛나던 옛 맹세는 차디찬 티끌이 되어서 한숨의 미풍에 날아갔습니다.

날카로운 첫 키스의 추억은 나의 운명의 지침을 돌려놓고 뒷걸음쳐서 사라졌습니다.

나는 향기로운 님의 말소리에 귀먹고 꽃다운 님의 얼굴에 눈멀었습니다.

사랑도 사람의 일이라 만날 때에 미리 떠날 것을 염려하고 경계하지 아니한 것은 아니지만, 이별은 뜻밖의 일이 되고 놀란 가슴은 새로운 슬픔에 터집니다.

그러나 이별을 쓸데없는 눈물의 원천을 만들고 마는 것은, 스스로 사랑을 깨치는 것인 줄 아는 까닭에 걷잡을 수 없는 슬픔의 힘을 옮겨서 새 희망의 정수배기에 들어부었습니다.

우리는 만날 때에 떠날 것을 염려하는 것과 같이 떠날 때에 다시 만날 것을 믿습니다.

아아, 님은 갔지만은 나는 님을 보내지 아니하였습니다.

제 곡조를 못이기는 사랑의 노래는 님의 침묵을 휩싸고 돕니다.

이 시의 내용을 잘 살피기 바랍니다. 특히 밑줄 친 곳을 잘 보면 말이 안 되는 소리를 하고 있습니다. 님이 떠났는데, 나는 안 보냈다니? 겉으로는 모순이죠? 그러나 내용을 잘 살펴보면 님은 언제나 내 마음속에 있다는 얘기입니다. 이와 같은 표현이 시에서 큰 설득력을 얻을 수가 있습니다. 그래서 시에서 아주 유효하게 쓰이는 방법입니다.

적

김 수 영

더운 날
적이란 해면 같다
나의 양심과 독기를 빨아먹는
문어발 같다

흡반 같은 나의 대문의 명패보다도
정체 없는 놈
더운 날
눈이 꺼지듯 적이 꺼진다

김해동 — 그놈은 항상 약삭빠른 놈이지만 언제나
부하를 사랑했다
정병일 — 그놈은 내심과 정반대되는 행동만을
해왔고, 그것은 가족들을 먹여 살리기 위해서였다
더운 날
적을 운산하고 있으면
아무 데에도 적은 없고

시금치 밭에 앉는 흑나비와 주홍나비 모양으로
나의 과거와 미래가 숨바꼭질만 한다
「적이 어디에 있느냐?」

「적은 꼭 있어야 하느냐?」

순사와 땅주인에서부터 과속을 범하는 운전수에까지
나의 적은 아직도 늘비하지만
어제의 적은 없고
더운 날처럼 어제의 적은 없고
더워진 날처럼 어제의 적은 없고

밑줄 친 곳을 잘 보면 서로 모순되는 말을 하고 있음을 알 수 있습니다. 적은 늘비한데 적이 없다고 합니다. 그런 문장은 모순이지만 시에서 말하는 뜻을 살펴보면 내용은 모순이 아닙니다. 나름대로 그런 말을 하는 사연이 있는 것이죠. 그래서 역설인 것입니다.

이번에는 반어에 대해서 알아보겠습니다. 반어는 영어로 아이러니라고 합니다. 우리가 흔히 쓰는 말이죠. 역설은 대립 항이 드러나지만, 반어는 대립 항이 드러나지 않습니다. 그래서 이것은 겉으로는 무슨 뜻인지 알 수 없습니다. 내용을 잘 파악하면 그 말을 알 수 있습니다. 그래서 반어를 쓰면 이게 칭찬인지 비난인지 알 수가 없는 경우가 많습니다. 그 말을 한 분위기와 말을 한 사람의 태도를 보아야만 겨우 판별할 수 있습니다. 그래서 어떤 경우에는 끝내 무슨 소리인지도 모르는 경우가 많습니다.

예를 들면 이런 게 있습니다. 어떤 학생이 선생님에게 이런 말을 했습니다.

선생님은 나에게 산이었습니다.

이 말을 가만히 보면 비유로 되어 있습니다. 그래서 보통 쓰이는 것을 보면 산을 좋게 해석합니다. 높은 존재이니 우러러 보인다는 것이죠. 결국 존경심을 표현한 말이라고 보는 것입니다.

그러나 억울하게 학생과에서 혼나고 처벌받은 학생이 이 말을 했다면 어떻게 될까요? 그건 좋게 해석할 수 없겠죠? 비아냥거린 것으로 봐야 할 겁니다. 그때 이 말의 뜻은 어떻게 될까요? 아마도 선생님은 나의 앞길을 가로막은, 그래서 나에게 험한 인생길을 가게 한 존재라는 뜻이 될 것입니다. 완전히 욕하는 것이죠. 앞서 가진 뜻과는 정반대입니다.

이렇게 겉으로 드러나는 것만 봐서는 그 뜻을 알 수 없는 것을 아이러니, 즉 반어라고 합니다. 이 반어가 시에서 쓰일 때는 대부분 풍자인 경우가 많습니다.

반어와 역설의 차이는 모순되는 것이 함께 드러나느냐 숨느냐 하는 것입니다. '작은 거인'은 '작다 : 크다'의 대립 항이 겉으로 드러나는데 반어에서는 이런 대립 항이 나타나지 않습니다.

당신은 거인이야!

라고 말할 뿐이지요. 그러면 이 거인이 좋다는 말인지 나쁘다는 말인지는 알 수 없습니다. 그것을 말한 사람의 의중을 헤아리지 않으면 그렇습니다. 머리 큰 사람더러 이 말을 하면 욕이 되겠지요? 하지만 큰 일을 성공한 사람에게 이 말을 하면 칭찬이 되겠지요.

옛날에 우리가 농담을 잘 하던 말이 있습니다.

이 학생은 특공대네.

그러면 우리는 와 하고 웃었습니다. 왜냐하면 이 말은 '특별히 공부도 못하는 것이 대가리만 크다'는 말의 준말이었거든요. 특공대는 특별히 준비한 정예부대라는 말인데, 액면 그대로라면 칭찬이지요. 지금은 이렇게 하면 썰렁한 분위기가 생깁니다. 그러면서 여러분은 짜증난다는 듯이 이렇게 말하지요. '즐!' 근데 '즐'이 무슨 뜻이죠?

이런 반어는 우리 주변에서 얼마든지 찾아볼 수 있습니다.

그래! 너 잘 났어.

그래! 늬 똥 굵어.

옛날에는 똥 굵은 게 무슨 자랑거리였던 모양이죠? 하하하. 그러면 반어를 시에서 보겠습니다.

우리 세 식구의 밥줄을 쥐고 있는 사장님은

나의 하늘이다.

프레스에 찍힌 손을 부여안고

병원으로 갔을 때

손을 붙일 수도 병신을 만들 수도 있는 의사 선생님은
나의 하늘이다.

두 달째 임금이 막히고
노조를 결성하다 경찰서에 끌려가
세상에 죄 한번 짓지 않은 우리를
감옥소에 집어 넌다는 경찰관님은
항시 두려운 하늘이다.

죄인을 만들 수도 살릴 수도 있는 판검사님은
무서운 하늘이다.
관청에 앉아서 흥하게도 망하게도 할 수 있는
관리들은
겁나는 하늘이다.

높은 사람, 힘 있는 사람, 돈 많은 사람은
모두 우리의 생을 관장하는
검은 하늘이다.

이 시는 박노해 시인의 〈하늘〉이라는 시입니다.

하늘은 인간에 대해 공평무사하지요. 지위가 높은 사람이라고 해서 그의 머리 위에 하늘이 더 높이 뜰 리도 없고, 가난한 사람이라고 해서 하늘이 유난히 낮을 리도 없습니다. 그런 하늘을 반대로 말하고 있습니다. 하늘은 높은 것인데, 그런 작용을 하지 못한다고 하면 역설이 되지만 하늘이 높다는 얘기를 하지 않고 엉뚱한 방향으로 작용한다는 얘기를 하고 있습니다. '당신은 내게 산입니다'라고 하는 것과 같은 발상이죠. '당신은 내게 하늘입니다. 겁나게 높은 하늘입니다.'라고 말하면 이건 비아냥거리는 것입니다. 그 말투죠. 하늘이 갖는 원래의 의미와는 정반대입니다. 그래서 반어라고 보는 것입니다.

적 1

김 수 영

우리는 무슨 적이든 적을 갖고 있다
적에는 가벼운 적도 무거운 적도 없다
지금의 적이 제일 무거운 것 같고 무서울 것 같지만
이 적이 없으면 또 다른 적 — 내일
내일의 적은 오늘의 적보다 약할지 몰라도
오늘의 적도 내일의 적처럼 생각하면 되고
오늘의 적도 내일의 적처럼 생각하면 되고

오늘의 적으로 내일의 적을 쫓으면 되고
내일의 적으로 오늘의 적을 쫓을 수도 있다
이래서 우리들은 태평으로 지낸다

시에서 어째 말이 앞뒤가 안 맞는다는 생각이 들면 그건 틀림없이 반어입니다. 겉과는 정 반대되는 말을 하는 것이죠. 이 시도 그렇습니다. 우리에게는 적이 있는데, 태평으로 지낸다니! 말이 안 되죠. 그런데 내막을 알고 보면 그런 이유가 있습니다. 그렇지만 우리가 통상 알고 있는 태평과는 조금 다르죠. 태평스러워서는 안 된다는 것을 강조하기 위해서 일부러 겉으로 태평스러움을 강조하는 것입니다. 그래서 이렇게 태평스런 모습에서 그렇지 않은 것을 말하려고 하기 때문에 반어라고 보는 것입니다.

불 국

동남아 여러 나라에서 불교가 성행하여 국교로 삼은 나라에서는 젊은이들이 군대가듯 승려생활을 하는 것이 의무라지만 극동의 조그마한 나라에 비하면 그것은 아무 것도 아니다.

그 나라에서는 교육과정 전체가 수도와 수행으로 일관되어 있다. 어린이들은 태어나자마자 발끝으로 걷는 것을 배우며, 학교에 가면 딱딱한 책상에서 하루 종일 앉아있는 법을 배운다. 그들 앞에서 무슨 강의가 이루어지는가 하는 것은 중요하지 않다. 그렇게 묵묵히 6년을 앉아있으면 초등 수련 이수증이 나오고, 다시 3년을 더 앉아있으면 중등 수련 이수증이 나오며, 또 다시 3년을 더 앉았으면 고등 수련 이수증이 나온다. 압권은 그 다음이다.

12년 동안 앉아있는 훈련에 모두 도가 튼 나머지, 그 다음 4년은 어떤 짓을 해도 앉아있는 것과 똑같은 효과를 내는 것이다. 그래서 나머지 4년은 어디서 무엇을 하든 대학 이수증을 준다. 이미 자세 하나에서 모든 성취가 끝난 것이다. 나머지 인생은 탄탄대로이다.

이런 고행으로 완성된 체제이기에 그 나라에서는 고승들이 줄줄이 나타나며, 그들의 다비식 때마다 기네스북을 새로 써야 할 만큼 많은 사리알들이 나와 세계의 신도들을 놀라움과 거룩함으로 인도하는 것이다. 그런 엄청난 불국토가 저쪽 극동에 있다.

앞의 시들은 주로 일부분에서 반어가 이루어진 경우였습니다. 그런데 이 시는 어떤가요? 시 전체가 반어로 이루어져 있지요. 우리나라의 교육제도를 말하고 있는 것인데 이것을 읽고서 우리나라의 교육제도가 참 잘 됐구나 하고 칭찬하는 사람은 없을 것입니다. 겉은 칭찬을 하고 있지만 실제의 내용은 그 반대입니다. 이것은 시 안의 어느 곳에서 말해주는 것이 아니라 읽는 사람이 시의 분위기를 보아서 판단하여 알 수 있는 것입니다. 그래서 반어라고 봅니다.

다비는 인도 말인데, 시체를 불에 태우는 것을 말합니다. 불교는 인도에서 들어온 것이기 때문에 풍속 역시 인도의 것을 많이 닮았습니다. 그래서 불교에서는 중이 죽으면 불에 태웁니다. 장작을 사람 키만큼 쌓고서 주검을 그 위에 놓은 다음 불을 붙이죠. 다 타는데 보통 이삼일 걸립니다. 불기가 사그라진 재를 뒤지면 거기서 타지 않고 남은 것이 나옵니다. 작은 구슬 같은 것입니다. 사람의 몸에서 나온 것이죠. 그것을 사리라고 합니다. 사리 역시 인도 말에서 온 것입니다.

둘째마당

형식과 정신

사람이 사는 사회에는 이상하게도 서로 교류가 없는데 같은 현상이 나타나는 경우가 많습니다. 예를 들면 옷 같은 것이 그렇습니다. 세계 어디를 가든지 남자들은 대체로 바지를 입고 여자들은 치마를 입습니다. 물론 아주 특수하게 남자들이 치마를 입는 경우도 없지는 않습니다만, 대체로 남자가 바지를 입고 여자가 치마를 입는 풍속은 동양과 서양이 비슷합니다.

이것은 이상한 일이지만 분명한 일입니다. 그렇다면 이것은 어느 한 곳에서 발생해서 이웃으로 번졌다기보다는 인류의 문명이 전개되는 과정에서 어떤 공통된 원인이 작용하여 그렇게 된 것이라고 보아야 할 것 같습니다. 그렇다면 어떤 원인이 이런 현상을 세계 모든 민족에게 골고루 나타나는 현상으로 작용했을까요? 우리가 복식사의 전문가는 아니지만, 역사 시간에 배운 지식만으로도 이런 정도는 추론할 수 있습니다.

사람이 원숭이에서 진화해왔다면 처음엔 집단생활을 하되, 모계사회였을 것입니다. 채집 사회였겠죠. 모계사회에서는 여성이 중심이 되고 남자들은 여성의 생활을 돕는 정도에 그칩니다. 그러다가 이런 생활에 큰 변화가 나타나는데, 먹고사는 방식이 달라지기 때문입니다. 수렵이나 농경으로 접어들면 힘센 사람이 유리하고 그런 변화는 사람의 지위까지 바꾸어서 남성 중심으로 갈 수밖에 없을 것입니다. 특히 농경사회는 말할 것도 없습니다. 이렇게 되면 여성은 애를 낳아야 하는 불리한 조건에다가 힘도 약해서 생산력에서도 약자로 변할 수밖에 없습니다.

따라서 여성은 힘이 덜 드는 일을 맡게 되고, 남성은 힘이 많이 드는 일을 맡게 됩니다. 능력에 따른 지위 변화가 시작되지요. 그러면 여자는 주로 애 낳고 집안일을 거두는 수준에서 일이 맡겨지고, 남자들은 바깥에서 흙을 파고 땅을 일구는 힘든 일을 맡습니다. 말하자면 역할분담이 이루어지는 것이죠. 여기에다가 지배구조까지 가세하면 여자들은 남자들의 소유물 수준으로 전락합니다.

이러한 강제가 생활 속에서 일어나면 여자들은 오로지 선택 당하는 위치에 있게 되고, 남자들이 선택하기 좋은 조건으로 자신을 변화시켜 나갑니다. 모르긴 몰라도 치마는 이런 과정에서 나온 것이 아닌가 하는 추측을 합니다.

치마는 불편하죠. 우선 걷기가 불편합니다. 그런데도 그런 옷을 입고 있는 것은 그런 불편에 몸을 맡겨도 사는 데 지장이 없기 때문일 것이고, 그것은 치마를 입은 상태에서는 할 수 없는 일들을 누군가 해주기 때문일 것입니다. 물론 그 일이라는 것은 노동일 것이고, 당연히 남자의 몫일 것입니다.

이렇게 치마는 불편한 경제구조와 사회구조 속에서 약자인 여자들에게 강요된 복장이라는 결론을 추론할 수 있습니다. 그리고 한복을 보면 치마 속에 바지가 여러 겹 들어있다는 것이 그 증거가 되기도 합니다. 원래는 바지를 입었지만, 그 위에 치마를 덧씌운 구조인 것이죠.

이와 같이 우리가 무심코 실천하고 있는 양식들을 보면 그렇게 된 불가피한 사연이 있기 마련입니다.

그런데 시를 이야기하는 이 자리서 왜 옷 얘기를 꺼내느냐 하면 형식과 정신의 관계를 말하고자 하기 때문입니다. 위의 치마론이 사실인지 어쩐지는 복식사 연구자들에게 확인을 받아야겠지만, 여기서 강조하고자 하는 것은 치마라는 양식이 남성 우월주의가 작동하기 시작하는 시대의 산물이라는 것입니다. 남성들이 사회에서 유리한 위치를 차지하면서 약자인 여자에게 복종을 강요하는 한 형식으로 치마를 입혔다는 것을 말하고자 하는 것입니다.

여기서 치마는 일종의 형식입니다. 그런데 그런 치마에는 남성 우월주의라는 어떤 사고방식이 들어있다는 것입니다. 일종의 내용이랄 수 있는 것이지요.

01 ___ 시의 형식과 정신

시 또한 바지와 마찬가지여서, 어느 문화권이든지 다 나타나는 현상입니다. 중국이라고 해서 나타나고 아프리카라고 해서 안 나타나는 것이 아니라, 사람이 사는 모든 곳에서 다 나타나는 인류 보편의 양식입니다. 그런데 문제는 정형시의 출현입니다.

시는 말할 것도 없이 노래에서 나왔습니다. 그렇기 때문에 어느 민족의 시이든지 처음에는 노래에서 출발합니다. 여기서 노래란 민요를 말하는 것이지요. 민요란 말 그대로 백성들이 부르는 노래입니다. 그래서 맨 처음 단계의 노래는 특별한 형식이 없이 호흡에 맞추어 부르는 노래였을 것입니다.

그러나 사회가 분화되고 지배자와 피지배자가 갈리면 노래 역시 갈라집니다. 지배층이 즐기는 노래와 피지배층이 즐기는 노래가 달라질 것이고, 그에 따라 내용도 달라질 것입니다.

이 중에서도 일정한 형식을 지향하는 것은 특별히 지배층의 문화에서 볼 수 있는 일입니다. 일부러 자신들이 지배하는 백성들과 자신을 구별하기 위해서 자신들만의 풍속을 만들어 가는 것입니다. 그러기 위해서는 자신들만이 누릴 수 있는 어떤 형식을 찾고자 합니다. 어떤 형식을 추구하는 것입니다. 그리고 그 형식성은 그 사회 주체들의 공유형식이 됩니다.

예를 들면 우리나라에서 처음으로 정형시가 등장하는 것은 신라시대의 향가입니다. 향가는 처음에 민요를 닮아 4구체에서 출발해 신라중기를 넘어서면 10구체라는 정비된 정형시로 발전합니다.

제망매가

월 명 사 (月明師)

죽음과 삶의 길이
여기 있으매 머뭇거리고
나는 갑니다 하는 말도
못다 이르고 갑니까?
어느 가을 이른 바람에
여기 저기 떨어질 잎처럼
한 가지에 나고
가는 곳 모르는구나
아야 미타찰에서 만날 나
도 닦아 기다리겠노라.

우리가 배운 창작법에 의하면 [3+1]형이죠. 이야기의 시학에 동일시의 시학이 결부된 방법입니다. 제망매가란 죽은 누이를 위해 부른 노래라는 뜻입니다. 미타찰이란 천국이나 극락 쯤이 되겠죠. 형제의 관계를 한 가지에 돋은 잎사귀에 비유했습니다. 아주 적절하고 간결한 비유라서 쉽게 와 닿습니다. 이런 명징한 비유체계 때문인지, 향가 중에서도 아주 빼어난 것으로 평가받는 작품입니다.

이런 형식성은 신라인들이 스스로 즐길 수 있는 어떤 형식을 추구한 결과입니다. 그 노래를 부르면서 그들은 신라인으로서 동질감을 느끼고 거기서 어떤 감정의 일치를 체험하는 것입니다. 따라서 10구체 향가의 완성은 신라인들의 세계관이 어떤 완비된 형식을 추구한 결과인 것입니다.

그런데 세상에 신라 한 나라만 있다면 이런 전통의 시가양식이 계속 유지되었겠죠. 그러나 사정은 그렇지 못해서 신라 밖에는 중국이라고 하는 거대한 나라가 있습니다. 바로 이들의 관계가 새로운 시의 흐름을 좌우하는 변수로 작용합니다.

중국 문학을 배우다 보면 근체시라는 것이 나옵니다. 근체시란 지금의 시에 가까운 시대의 시를 말합니다. 지금이란 언제를 말하느냐 하면 바로 당나라 때입니다. 이것은 한시라는 양식이 당나라 때 완성되었음을 말합니다. 한시의 양식은 당나라에 와서 완성됩니다. 오랜 시간이 흐르면서 이루어진 것이기는 하지만, 대체로 이백과 두보에 이르러 완성된 것으로 봅니다. 이백을 시선이라고 하고, 두보를 시성이라고 하는 것은 이런 사연입니다. 이 두 사람을 본받으면 시는 된다는 얘깁니다. 그 전에는 여러 가지 시 형식이 존재했습니다. 그러나 당나라에 이르러 형식의 완성을 보면서 동양에서는 더 이상 형식상의 완성이 불필요하다고 할 정도로 정비된 형태를 이룹니다. 그때 완성된 형태는 그 후에도 거의 변함없이 2천년 동안 동양 시의 전형으로 정착했습니다.

그 형식은 행 단위로 보면 오언과 칠언, 길이로 보면 절구와 율시입니다. 한 행이 5자로 이루어진 시면 5언, 7자로 이루어진 시면 7언입니다. 전체 4행이면 절구, 그 곱인 8행이면 율시라고 합니다.

그런데 이런 형식은 중국 사회의 교양으로 정착하고, 그 교양은 국가 간의 교류로 인하여 이웃나라로 퍼져갑니다. 당연히 한자를 비롯한 중국의 여러 가지 풍속은 주변의 여러 나라에 영향을 끼치고, 그 주변에 있던 삼국에도 그런 영향이 밀려듭니다. 그리하여 중국의 상류층 문화를 배운 주변의 국가에서는 이런 형식을 받아들여서 자신들의 감정을 표현하는 도구로 사용합니다. 향가와는 달리 외부에서 들어온 어떤 형식이 지배층의 형식으로 정착하게 됩니다.

따라서 한시가 유입되면서 원래 있던 형식과 공존을 하는 양상이 됩니다. 이후 외래 양식인 한시가 지배층의 문화형식으로 정착하고, 그 주변에 고려가요, 가사, 시조, 민요가 존재하는 방식으로 우리나라의 문학사가 정리됩니다.

형식은 어떻든 어떤 내용을 갖추기 마련이고, 그런 관계가 시로 나타날 때 일정한 형식을 추구하게 됩니다. 한시는 물론 향가, 시조의 정형성이 그런 모습이고, 나아가 피지배층의 민요까지 형식성을 갖추게 됩니다. 말하자면 옛 시에서 어떤 정형화된 형식은 시라는 양식의 조건이었던 셈입니다. 따라서 형식은 그 형식이 있던 시기의 어떤 사상을 알게 모르게 드러내는 작용을 한다는 것을 알 수 있습니다.

그런데 이와 관련하여 조선시대로 들어오면 우리가 그냥 지나칠 수 없는 아주 중요한 문제가 하나 생깁니다. 성리학의 등장이 그것입니다. 물론 성리학은 고려 후기에 들어오지만, 그것이 사회를 움직이는 큰 흐름으로 정착한 것은 조선시대입니다.

02 ___ 시는 형식, 내용은 성리학

잠시 낚시 얘기 좀 하겠습니다. 여러분, 혹시 낚시 해보셨나요? 아빠가 낚시꾼이 아니라면 대부분 해보지 못했겠죠. 그러나 여기서는 낚시를 한 것이 중요하지 않습니다. 냇가에 낚싯줄을 드리우느라면 낚시란 참 묘한 도구라는 생각이 듭니다. 시골에서 물고기를 잡을 때는 둑을 막고서 바가지나 양동이로 물을 퍼낸 다음에 거기서 퍼덕이는 물고기를 손으로 잡는 것이 보통입니다.

그런데 물이 깊으면 사정이 달라지죠. 물을 퍼내기 힘드니까 물고기를 꾀어서 줄로 건져내는 것입니다. 이 얼마나 기발한 발상입니까? 우리가 늘 구경하는 것이니까 그러려니 하지만, 생각할수록 낚시는 절묘하고 신통방통한 일이 아닐 수 없습니다. 이 신기한 일이 이루어지려면 물고기가 어떤 것을 좋아하며 어떤 때에 움직인다는 것을 환히 꿰고 있어야 합니다. 낚시꾼 중에서 고수는 물고기가 움직이는 시간과 물때를 맞춰서 낚시를 드리웁니다. 땡볕 쬐는 대낮에 낚싯대를 들고 설치는 것은 틀림없이 초보 낚시꾼입니다.

낚시꾼이 물고기의 본능을 알려면 공부를 보통 해야 하는 것이 아닙니다. 선배 낚시꾼한테서 조언을 들어야 하고, 물의 흐름도 파악해야 하며, 물고기의 종류에 따라 어떤 미끼를 써야 하는가 하는, 아주 세세

한 부분까지 고려해야 고기는 걸려드는 것입니다. 이렇게 복잡하기 때문에 한 번 낚시에 빠져들면 헤어나지를 못하고 가정까지 팽개친 채 강으로 바다로 쏘다니는 것입니다.

그물질은 어떨까요? 그것 역시 별로 다르지 않겠죠? 고기가 잘 다니는 길목을 훑어야 하고, 어느 때 고기가 어떻게 이동한다는 것을 잘 알아야 잡을 수 있습니다.

이와 같이 눈에는 보이지 않는 고기를 잡는 낚시와 그물을 보면 여러분은 어떤 생각을 할까요? 이쯤 얘기하면, 시인 지망생들이라면 뭔가 뒤통수를 탕 하고 치는 것이 와야 하지 않을까요? 낚시를 비유로 해서 무언가 그럴 듯한 것을 이야기할 만한 것이 있지 않을까요?

물속의 보이지 않는 곳에서 유유히 움직이는 어떤 존재를 잡아서 건져 올리는 방법이 낚시와 그물이라는 도구입니다. 그런데 보이지 않는 세계에서 무언가를 낚아 올리는 방법이 꼭 물고기만의 일은 아닐 것 같습니다. 이 우주에는 사람의 눈에는 보이지 않는 법칙이 있습니다. 그런 법칙을 연구해서 정리한 것이 사상이고 철학이죠. 사상이나 철학은 왜 존재하는 것이냐면, 그것을 바탕으로 이 세상의 움직임을 예측할 수 있기 때문입니다. 혜성이 언제 나타나서 지구에 영향을 끼칠 것인가를 미리 예측한다면 어떨까요? 이 세상이 돌아가는 원리와 사람들 사이에서 일어나는 법칙을 알고 있다면 무슨 일이든 해결할 수 있지 않겠어요? 자, 이제 무언가 감이 오나요?

그렇습니다. 조선시대의 선비들은 낚시와 그물을 이 세상의 비밀을 밝히는 원리인 철학이나 사상에 비유를 하곤 했습니다. 자연을 관찰하여 거기서 어떤 법칙을 발견하는 것입니다. 그래서 물고기가 물 위로 뛰어오르는 것과 수리가 높이 날아다니는 것(魚躍鳶飛)에서 자연의 이법을 읽곤 했습니다.

그러면 이제 동양화에 왜 자꾸 낚시꾼이나 고기가 등장하는지 알겠죠? 그럴 듯한 산과 폭포가 있고, 그 밑에는 조각배가 있으며, 그 조각배 끝에는 한 늙은이가 웅크리고 앉아서 낚시를 드리우고 있습니다. 이 모습은 낚시꾼의 모습입니다만, 그 경우 낚시꾼은 그냥 물고기 잡는 사람이 아니라 그 그림을 그리고 감상하는 선비 자신이었던 것입니다. 이때 그물은 진리를 낚는 도구이고, 그림 속의 어부는 우주의 진리를 낚는 선비의 자화상인 것입니다. 이때 그물과 낚시는 성리학입니다. 성리학이라는 그물로 이 세상의 법칙과 실상을 건져 올리는 것입니다.

이렇게 되면 조선시대의 선비들이 자신을 무엇이라고 표현했을지 짐작할 수 있겠지요? 그렇습니다. 스스로 어부임을 자처했습니다. 어부가 어부의 노래인 어부가를 부르는 것은 당연하겠죠? 한 번 볼까요?

盡日泛舟烟裡去 有時搖棹月中還이라
　　이어라 이어라
我心隨處自忘機라
　　至匊怱 至匊怱 於思臥
鼓枻乘流無定期라
(종일토록 배 띄워서 안개 속으로 가다가 때때로 삿대를 저어서 달이 떠

야 돌아온다. 이어라, 이어라. 내 마음이 가는 곳에 스스로 모든 것을 잊는다. 지국총 지국총 어사와. 돛대를 두드리며 흐름에 몸을 맡기니 기약이 없도다.)

농암 이현보의 〈어부가〉 중 한 대목입니다. 어사와는 소리를 적은 것이죠. 이런 구절이 계속 이어집니다.

어부는 자연 속에 파묻힌 사람이죠? 원래는 처음부터 선비들이 어부임을 자처한 것은 아닙니다. 그런데 연산군 때 선비들이 사화로 갖은 희생을 치릅니다. 그래서 세상 일에 환멸을 느낀 나머지 세상을 등지고 자연 속으로 돌아간 사람들이 생깁니다. 그들이 바로 어부임을 자처한 것입니다. 자연 속에서 우주와 인간의 심오한 법칙을 낚고 감상한다는 발상이죠. 그 첫 출발이 이 〈어부가〉를 부른 농암이죠. 이름이 재미있죠? 농암(聾巖)은 귀머거리 바위라는 뜻입니다. 세상의 시끄러운 소리를 아예 듣지 않겠다는 발상 아니겠어요?

원래 〈어부가〉는 옛날부터 있던 노래였는데, 거의 잊혔다가 농암이 어렵게 찾아냈습니다. 그것도 전체의 곡을 다 찾은 것이 아니라 일부만을 겨우 찾아서 편곡을 했습니다. 그 전까지는 선비들이 어떻게든 벼슬 한 자리 해볼까 하고는 세상을 기웃거렸지만, 사화를 겪으면서 세상의 쓴맛을 보고는 자연 속으로 물러나는 사람이 생긴 것입니다. 그런 분위기에 맞는 소리가 인기를 되찾은 거죠. 그 작업에 유명한 퇴계 이황도 참여했습니다. 그래서 그 후에는 〈어부가〉가 자연 속으로 은거한 선비들의 단골이 된 것입니다. 이런 전통은 퇴계 이황을 거쳐서 선비들 거의가 심취했다가 드디어 윤선도에 이르러 〈어부사시사〉라는 거대한 작품으로 완성됩니다. 한 번 볼까요?

> 우는 것이 뻐꾸기가 푸른 것이 버들숲가
> 　이어라 이어라
> 어촌 두어 집이 내 속의 날락들락
> 　지국총 지국총 어사와
> 말가한 깊은 소에 온갖 고기 뛰노누나
>
> 연 잎에 밥 싸 두고 반찬일랑 장만 마라
> 　닫드러라 닫드러라
> 청약립은 써 있노라 녹쇄의 가져 오냐
> 　지국총 지국총 어사와
> 무심한 백구는 내 좇는가 제 좇는가

이 역시 이런 식으로 해서 계속 이어져나갑니다. 굉장히 긴 시죠. 제목이 〈어부사시사(漁父四時詞)〉니, 네 계절에 대해서 이런 식으로 모두 노래한 시입니다. 길 수밖에 없죠. 사시사철에 맞추어서 이런 노래를 부르며 즐긴 것입니다. 이 시에 의하면 시인은 아주 소박한 삶을 산 것으로 추정할 수 있습니다. 반찬도 없이 연 잎에다가 밥을 싸 가지고 풀로 엮은 모자를 쓰고 나들이를 나서니 말입니다. 왕의 스승으로서는 참 소박한 생활이랄 수 있죠. 그런데 실제는 이와 달랐습니다. 달라도 한참 달랐죠. 그러면 이 빼어난 작품을 만들어 놓고서 어떻게 놀았는지 잠깐 들여다볼까요?

부용동에 있어서 그는 항상 낙서재에 거주하고 있어서 아침은 닭울음소리와 같이 일어나 반드시 경옥주 한 잔을 마시고 옷매무새를 갖춘 후에는 자제들이 배우는 것을 보면서 강의를 하였다. 그리고 아침밥을 먹은 후에는 네 바퀴 수레를 타고서 관현악기를 수행시켜서 회수당이나 석실에 올라가 놀았다. 때로는 홀로 죽장을 짚고 낭영계에 나와 노래하였으나 날씨가 좋으면 반드시 세연정까지 갔다. 이때는 노비들에게 술과 반찬을 충분히 준비시켜 사람들을 작은 수레에 싣고 자신은 그 뒤에 따르는 것이 관례였다. 세연정을 갈 때는 곡수대의 뒷기슭을 통과하여 도중에 정성암에서 한 번 휴식하고 세연정에 도착하면 곁에 자제를 시종하고 논다니 여자들을 대열을 짓게 하여 작은 배를 연못에 띄우고 어린 남녀들의 찬연한 옷의 자태가 수면에 비치는 것을 보면서 자기가 지은 어부사시사를 유연히 노래 부르게 하고 혹은 배를 버리고 당상에 올라가 관현악기를 연주하게 하였다. 혹은 사람을 뽑아서 동쪽과 서쪽대로 나누어 서로 호응하며 춤추게 하였고, 혹은 춤을 잘 추는 자를 택하여 긴 소매로 옥수암 위에서 춤추게 하여 못에 떨어지는 그림자를 보고 즐기고 하였다. 혹은 바위 위에서 낚시를 드리워 고기를 낚기도 하고 혹은 동쪽과 서쪽의 섬에서 연을 따는 기쁨도 해보았다. 이와 같이 하여 하루의 기쁨을 마음껏 하고 저물 무렵에야 비로소 돌아왔다. 병환으로 누워있지 않는 한 이와 같이 하는 것을 일과처럼 계속하여 폐하지 않았다.*

---

* 『국문학과 자연』(최진원, 성대출판부, 1977)에서 재인용을 하되, 어려운 문장은 모두 쉽게 읽도록 풀었습니다.

부용동이니, 낙서재니, 회수당이니 하는 것들은 모두 건물이나 땅의 이름입니다. 고산 윤선도가 은거했던 전남 보길도에 있는 것들이죠. 지금도 가면 구경할 수 있습니다.

어떤가요? 여러분들이 보기에는 좀 심하다 싶죠? 하지만, 한 나라의 재상을 지낸 데다가 지금 임금의 스승인 사람이니 이 정도는 즐길 자격이 있다고 스스로 생각하지 않았을까요? 정도의 차이는 있지만, 조선의 선비들은 이런 식의 풍류를 즐겼답니다.

그런데 조선의 선비들이 이렇게 어부임을 자처한 것은 그들의 창안이기보다는 그들의 스승인 중국사람 주자를 흉내 낸 것입니다. 주자는 무이라는 골짜기에 살았는데, 그곳의 풍경을 즐기면서 그 안에서 성리학의 도를 찾고 즐기는 자신의 생활을 노래했습니다. 그리고 거기에 무이도가(武夷棹歌)라는 이름을 붙였습니다. 바로 이 시를 흉내 낸 것입니다. 도가란, 노를 저으며 부르는 노래라는 뜻입니다. 무이라는 골짜기에서 노를 저으며 부른 노래라는 뜻이죠.

조선시대를 떠받쳤던 사상이 성리학이었다면, 그것을 표현한 시의 형식은 한시였고, 노래인 시조와 자연히 결탁하여 시조가 거기에 참여를 했음을 알 수 있습니다. 그리고 조선시대의 중기를 넘어서면서 선비들이 세상을 피하고 자연으로 돌아가면서 어부사가 중요한 주제로 등장했다는 얘기까지 했습니다. 이와 같이 어떤 형식은 그것을 요구한 계층의 사상이 반드시 호응한다는 사실을 입증하기 위하여 이 길고 긴 논의를 끌어온 셈입니다.

그런데 이런 사상도 세월이 흐르자 경직되기 시작하여 나중에는 제 스스로는 더 이상 어떻게 고쳐볼 수 없는 지경에 이릅니다. 그런 시기에 바깥으로부터 아주 거센 파도가 밀려듭니다. 이른바 서구 열강의 등장을 말하는 것입니다. 여러분이 역사 시간에 배운 대로죠. 결국은 버티지 못하고 허수아비뿐인 대한제국을 끝으로 나라는 망하고 맙니다. 서구 열강의 교활한 방법을 배운 일본 제국주의가 비실거리던 조선을 한 입에 삼켜버린 것이죠.

이 무렵이 되면 한시를 쓰고 시조를 읊조리던 사람들의 세계로 이 세상을 고치기는 힘들다는 것이 만천하에 밝혀집니다. 결국은 서양의 방법과 정신을 배워서 그 전과는 전혀 새로운 방향으로 나아가는 것이 유일한 방법임을 뒤늦게 깨닫습니다. 그리고 일본이 그랬던 것처럼 서양의 사고방식과 생활을 배우기 시작합니다만, 때는 이미 일본에게 나라를 먹힌 상황이었습니다. 혼란을 겪을 수밖에 없지요. 이때부터 한국은 일제강점기로 들어가면서 자각한 백성들이 독립운동을 위해 몸부림치는 격정의 시대가 전개됩니다.

이것은 시에서도 마찬가지입니다. 조선시대의 시는 조선시대를 통치해온 선비들이 주류를 이루었고, 그들은 시라는 형식에 성리학이라는 내용을 담는 것을 당연한 일로 여겼습니다. 그런데 자신들이 그렇게 믿고 있던 체계인 국가가 망하고 임금도 죽어버리자, 갑자기 망연자실해진 것입니다. 이러지도 저러지도 못하는 사이에 나라는 망했고, 갑자기 사회의 밑바닥으로 굴러 떨어진 것입니다. 만인이 두루 평등한 세상이 되었으니, 백성의 꼭대기에 올라탔던 그들로서는 굴러 떨어진 꼴이 된 거죠.

그전까지 이어오던 한시, 시조, 가사 모두 더 이상 시대의 의식을 담을 그릇으로서 제 기능을 다하지 못하게 됩니다. 그때 우리 안에서 새로운 형식이 나와야 하는 것이 순서겠지만, 세상은 그렇게 한가롭지 못하여 바깥에서 들어온 시의 형식이 옛날의 시들을 대체하게 됩니다. 나라가 절딴 났는데 시라고 해서 온전할 리가 없는 것이지요. 그래서 외부의 세력을 등에 업고 등장하는 것이 자유시입니다.

따라서 자유시는 길게 보면 그 전까지 이어져오던 유학을 대신할 정신의 실험을 뜻하는 것이고, 새로운 형식을 모색하는 시도라고 보아야 합니다. 그런 과정에서 생겨난 것이 우리가 요즘 배우는 시인 것이죠.

여기서 한 가지 중요한 것이 있습니다. 그것은 정신의 문제입니다. 앞서 긴 논의를 한 까닭은 정신이 어떤 형식을 추구하는 과정에서 시의 양식이 생겼다는 것을 밝히는 일이었습니다. 그런데 이런 정신의 영향은 갑자기 외부에서 충격이 가해진다고 해서 어느 날 문득 사라지는 것이 아닙니다. 그 정신의 긴장은 오랜 기간 동안 이어져서 그 후 세대들은 그런 긴장의 연장선상에서 외부의 충격을 받아들이기 마련입니다. 디지털 시대가 들이닥쳤다고 해서 그전에 아날로그 세대를 살던 사람들이 모두 디지털 세대의 행동특성을 따라가는 것이 아닌 것과 마찬가지입니다. 아날로그 세대들은 시대가 디지털 시대로 돌입했으니, 하는 수 없이 거기에 따라서 메일도 보내고 인터넷 홈쇼핑으로 상품도 구입하고 하지만, 생활의 근본 태도는 아날로그 세계관에서 크게 변하지 않습니다. 옛날에 어른들이 가르쳐준 가치관으로 어른들을 공경하고 자식에 대해서는 가장으로서 책임을 져야 하고…, 이런 식의 생활을 이어갑니다. 껍데기는 디지털이지만, 속은 아날로그인 것입니다. 디지털 시대에도 아날로그의 세계관이 오랫동안 지속된다는 얘깁니다.

시도 마찬가지입니다. 조용필과 서태지를 경계로 해서 디지털과 아날로그 세대의 가요가 나눠듯이 자유시를 경계로 해서 겉모양은 현대시와 옛날시가 나눠지만, 그런 겉모습 밑에 잠복하고 있는 사상과 문화의 흐름은 어떤 식으로든 그런 겉모습에 영향을 끼치는 것입니다. 바로 이 부분에 대한 논의를 우리는 거의 하지 않은 채로 문학사, 특히 시를 논하고 있다는 점을 지적하지 않을 수 없습니다.

그러면 어떤 점에서 그런 영향을 확인할 수 있는가? 그것은 작품을 비교해보면 압니다. 즉 그런 영향을 받은 세대와 그렇지 않은 세대의 작품 수준이 다른 것입니다.

전에 시집 1천 권을 읽은 적이 있습니다. 1천 권을 읽으면서 느낀 또 다른 점이 바로 이것입니다. 즉 해방 후의 작품이 해방 전의 작품 수준을 도저히 못 따라간다는 것입니다. 물론 작품에 대한 평가라는 것이 어떤 관점에서 보느냐에 따라서 달라지겠지만, 세계를 인식하고 그것을 어떤 형식 속에 담아내는 정신의 작용이라는 측면에서 보면 이미 해방 전에 우리가 자유라는 이름으로 실험할 수 있는 모든 새로운 시 형식은 다 출현했고, 자리를 잡았습니다. 바로 이 점을 주목해야 합니다.

해방 전, 그러니까 근대시가 시작된 40년 동안에 그 후에는 따라갈 수 없는 수준의 작품들이 쏟아졌다는 사실은 많은 암시를 줍니다. 그런데 다른 부분은 몰라도 정신의 영역은 함부로 따라갈 수 없는 것입니다. 어떤 사회의 정신이 성숙하는 데는 적어도 수 세대가 걸립니다. 성리학이 고려 말에 들어왔지만, 그것을 정말로 토착화하는 데 성공한 것은 퇴계 이황에 이르러서입니다. 조선 중기죠. 그러니 한 300년이 걸린 셈입니다. 정신의 영역은 어느 한 사람이 뛰어나다고 해서 되는 것이 아닙니다. 여러 대에 걸친 수련과 연구의 결과죠.

그렇다면 근대시의 초창기인 40년만에, 이미 그 후에 나타난 여러 가지 시들의 원형이 그대로 다 성취되었다는 것은 무엇을 뜻할까요? 그것은 당시의 시인들이 그럴 만한 역량을 발휘할 수 있는 정신세계를 갖추고 있었다는 얘기밖에 안 됩니다. 그런데 그런 역량은 하루아침에 이루어지는 것이 아니라는 것을 말했습니다. 그렇다면 시인들의 정신세계를 그 만큼 높였던 사상이나 정신은 무엇이었을까요?

답은 간단하지 않을까요? 한두 세대에 이룰 수 없는데, 그것이 해방 전에 나타났다면 그 이전부터 진행되어오던 거대한 정신사의 흐름이 그 정체일 수밖에 없습니다. 당연히 근대인들이 그렇게 비판해 마지않던 유학, 즉 성리학의 흐름이 그것입니다. 유교식의 절제된 삶과 긴장이 유교식 제도를 버린 뒤에도 시의 형태로 나타난 것입니다.

해방 전의 시인들은 대부분 서당 교육을 받다가 신식 교육을 받은 사람들입니다. 그들이 어떤 정신의 배경 위에서 새로 닥치는 세상을 이해했는가를 여실히 보여주는 대목이죠. 그들의 몸속에 배어있던 사상이 아무 것도 아닌 줄로 알았는데, 새로운 세상이 본받을 만한 질서를 그들에게 보여주지 않자, 그 몸속에 배어있던 것이 새로운 형식을 찾아나서는 동력으로 작용했던 것입니다. 이것이 해방 전의 세대가 이룬 시의 성취를 그 뒤의 세대가 따라갈 수 없었던 가장 뿌리 깊은 원인이었던 것입니다. 그 정신의 높이에 이를 방법이 없었던 것이니, 어찌 보면 당연한 것이지요.

이런 점에서 해방 전의 세대들이 보여준 높은 수준은 정신의 영역에서 시작된 것임을 알 수 있고, 이미 해방 전에 자유시라는 이름의 새로운 형식 실험은 거의 끝난 셈입니다. 그 뒷세대는 앞 세대가 이루어놓은 그 영역을 배운 다음에 출발하는 운명인 것입니다. 따라서 우리는 앞 세대들이 써놓은 시를 교과서로 삼을 필요가 있고, 또 교과서에 해당하는 작품들에 대한 논의를 할 필요가 있습니다. 이 글은 그럴 목적으로 쓰이는 것입니다.

옛날 서당에는 책거리라는 것이 있습니다. 책 한 권을 배운 뒤에 친구들과 간단한 잔치를 하는 것이죠. 책을 다 배웠을 때 책을 '떼었다'고 말합니다. 이 때 떼었다는 것은 읽었다는 뜻이 아닙니다. 천자문을 떼었다고 할 때의 '떼었다'는 외웠다는 뜻입니다. 논어를 떼었다는 것은 논어를 외웠다는 것입니다. 조선시대의 교육은 원리를 가르치는 것이 아니라 이렇게 외우게 시키는 것입니다. 외워놓으면 어느 날 갑자기 머릿속에서 그것들이 서로 연결을 맺으면서 한 세계를 일구어놓습니다. 무식한 것 같지만, 아주 간편하고 분명한 방법이죠.

시 또한 마찬가지입니다. 우리는 이런 것을 본받을 필요가 있습니다. 해방 전의 세대들이 이루어놓은 시를 완전히 소화한 다음에 다음 단계로 나갈 필요가 있고, 그것은 그들로부터 정신의 긴장과 그것이 만든 형식을 배우는 것이 됩니다. 따라서 선배들의 시를 자세히 살펴볼 필요가 있습니다. 그 시들의 창작원리를 이해하면 우리는 어렵지 않게 좀 더 높은 경지의 작품을 쓸 수 있기 때문입니다.

03 현대시의 시대구분

그렇다면 저절로 시대를 구분해야 할 필요를 느낍니다. 2천 년대를 들어서고 있는 현 시점에서 보면 벌써 근대시 100년의 역사가 다 돼갑니다. 그렇다면 어디까지 그러한 전세대의 잠재력이 영향을 주었을까 하는 점입니다. 그것을 밝힌 다음에 그 영향의 끝자락까지 한 세대로 매듭을 짓고, 그 다음 세대를 규정하면 되지 않겠습니까?

저는 그 기준을 역사에서는 4월혁명이라고 봅니다. 이 사건을 기준으로 해서 우리나라는 모든 성격이 달라집니다.

현재 우리는 삶의 운영방식으로는 자본주의 시대를, 정치 원칙으로는 민주주의 시대를 삽니다. 그런데 삶의 방식을 결정짓는 경제구조는 우리가 선택하기 힘든 경우가 많습니다. 조선 후기부터 자본주의가 발생했다는 주장도 있고, 일제가 강제로 들여왔다는 주장도 있고 해서 뭐라고 단정 짓기 어려운 부분이 많습니다. 그만큼 그 전의 경제구조와 오늘날의 자본주의 형태는 연관이 있다는 얘깁니다.

그러나 정치의 문제는 다릅니다. 정치는 사람들의 의식의 문제이고, 이것은 이미 왕조사회가 망하면서 끝난 문제입니다. 이제는 백성이 주인이 되는 말 그대로 민주주의 시대입니다. 그런데 왕실이 망했다고 해서 사람들의 의식이 그날 바로 민주주의로 바뀔까요? 그렇지 않다는 것이 문제입니다. 왕실은 망했지만 사람들은 아직도 봉건시대의 관념으로 살고 있습니다. 그것은 어떤 위대한 지도자를 그리워하는 것으로 나타납니다. 자신이 세상의 주인인 세상을 살면서도 자신 밖의 어떤 위대한 인물을 기다리는 것이죠. 이런 모순이 진정한 민주주의를 막는 것입니다. 그래서 해방이 된 뒤에도 이승만이라는 대통령을 열렬히 받들었고, 그를 국부처럼 여겼습니다. 국부(國父)가 뭡니까? 나라의 아버지란 말입니다. 곤룡포만 안 입었지 왕과 똑같습니다. 체제는 민주주의이되 의식은 봉건왕조에 살았던 것입니다.

그런데 4월혁명은 이러한 의식을 뒤바꾼 경험이 되었습니다. 이로 인해 자신들이 왕으로 여겼던 대통령이 물러났고, 무기 하나 들지 않고 맨주먹 시위로 자신의 요구를 성취한 사람들은 그러한 체험을 겪으면서 진정한 민주주의를 깨닫게 됩니다. 이것이 4월혁명이 갖는 의미입니다.

4월혁명은 역사 시간에 배우기 때문에 아주 막연합니다. 수업 시간에 선생님의 설명을 들으면서 그것이 내 곁에서 일어난 일인 양 실감을 느낀다는 것은 참 어려운 일이죠. 무언가 비유를 해주어야 여러분들이 쉽게 이해할 텐데, 마땅한 게 없습니다. 굳이 비유하자면 386세대에게는 전두환 정권에서 노태우 정권으로 넘어가는 시점에 이루어진 전국에 걸친 시위의 열기랄까 그 정도일 것이고, 그 후의 세대에게는 붉은 악마의 시청 앞 광장 월드컵 응원, 그리고 세월호 진상규명부터 시작하여 박근혜 정부 탄핵에 이른 최근의 촛불 시위 정도가 그와 비슷할 것입니다. 아무도 하라고 하지 않았지만 누구나 달려 나와서 기꺼이 참여하는 것, 그것이 민주주의의 본질이자 핵심입니다. 그런 자발성이 처음으로 사회를 뒤집은 격변이 1960년에 일어난 4월혁명입니다. 따라서 4월혁명이 새로운 시대를 여는 이정표가 될 수밖에 없는 것입니다.

그런데 이 시대와 관련해서 시에서 특별히 주목해야 할 인물이 하나 있습니다. 김수영이 그입니다. 그 이전의 세대는 조선시대의 정신이었던 성리학의 영향 하에 있으면서도 그런 영향을 전혀 의식치 않은 채로 시를 썼고, 그리고 그 시들이 이룬 성취는 그들이 인정을 하거나 말거나 앞선 세대의 세계관이 작용한 것이라고 할 수밖에 없습니다.

그러나 김수영은 그렇지 않았습니다. 그의 시를 살펴보면 그 전의 시는 물론 그 후의 시와도 완전히 다릅니다. 도대체 어찌 하여 이런 시가 나왔을까 싶게 낯섭니다. 왜 이럴까요?

저는 그것을 정신의 문제라고 단정합니다. 김수영은 자신의 이전 세대들이 쓴 시를 누구보다도 잘 아는 사람이었습니다. 그러나 그런 세계관으로 시를 쓰는 것이 의미 없다고 판단했기 때문에 우리가 이상하다고 생각하는 그런 시를 쓰지 않았겠어요? 문제는 시의 형식이 아니라 정신이라고 보았던 것입니다. 따라서 그 전의 세계관에서 유래된 전통으로부터 최대한 멀리 달아나는 것이 진정한 현대시라고 생각했을 것이고, 그것이야말로 새로운 시대에 맞는 시라고 생각했을 것입니다.

그런데 앞서 말했듯이 정신의 문제는 하루아침에 이룰 수 있는 것이 아닙니다. 적어도 수 세대에 걸쳐도 이루어질까 말까 한 것이 정신의 문제입니다. 그러니 김수영 스스로 그런 영역을 만들 수는 없었을 것입니다.

그렇다면 답은 한 가지입니다. 바깥에서 들여오는 것이죠. 그런데 그 전에도 바깥에서 들여온 시는 많았습니다. 박용철, 김기림, 김광균 같은 시인들이 모두 외국시의 이론을 빌어다 썼으니까요. 그리고 그 후의 연구자들이 지적한 대로 이들의 시도는 실패로 끝납니다. 바로 이 실패를 거듭하지 않기 위해서 무엇이 필요할까요? 답은 먼저 실패를 경험한 사람들에게 있습니다. 즉 그들의 실패는 정신이 아니라 겉모양만 빌려온 까닭입니다.

따라서 실패를 하지 않는 원인은 간단합니다. 겉모양이 아니라 정신을 수입하는 것입니다. 그리고 김수영은 실제로 그렇게 했습니다. 김수영은 영문학 전공자입니다. 영어 번역으로 살림 밑천을 하기도 했습니다. 모더니즘에 대해 잘 아는 사람이죠. 모더니즘은 양식의 문제이기보다는 정신의 문제입니다. 그 정신을 빼놓으면 아무 것도 아닌 것이고 실패로 끝난다는 것을 김수영은 잘 알았습니다. 그랬기에 그의 시에는 그런 팽팽한 긴장이 살아있고, 그것은 시인의 정신이 긴장하지 않으면 안 되는 일입니다.

김수영의 시가 그 전의 시와 다르게 산문에 가깝다는 것과 길다는 것, 그리고 말하고자 하는 것이 현상이 아니라 현상의 배후에 있는 어떤 신념이란 것이 그가 어떤 정신으로 시를 썼는가 하는 것을 잘 보여줍니다. 김수영은 시에서 새로운 정신을 실험한 최초의 시인입니다. 불행히도 일찍 찾아온 죽음으로 그의 이런 정신은 중도에 그치지만, 성리학의 관성에 처음으로 반기를 들고 자신의 정신을 처음 세우려 했다는 점에서 오래도록 살펴보아야 할 인물입니다. 그래서 저는 김수영을 기준으로 시의 시대를 나누어야 한다고 봅니다.

김수영은 기존의 정신에 반발을 하면서 새로운 정신을 실험한 인물이기에 한 세대의 끝이자 새 세대의 출발점이 됩니다. 그래서 김수영을 기준으로 시대를 나누어서, 그 전에는 모색의 시대라고 하고, 그 후에는 개성의 시대라고 이름 붙여 보았습니다.

모색은 무언가를 찾는다는 말입니다. 수 천 년 동안 이어져온 시의 전통이 갑자기 밀려든 외부의 영향으로 일거에 소멸 당하고 아무 것도 없는 상태에서 새로운 형식을 찾아 여러 가지 실험을 하여, 그런 노력을 바탕으로 자유시의 기초를 다진 시대를 말하려 한 것입니다.

개성이란 개인의 특성을 가리키는 말입니다. 이미 자유시는 김수영까지 오면서 나름대로 어떤 형식성을 갖추는데 성공하여 현대인들의 정서를 표현하는 도구로 정착합니다. 따라서 그 후의 시대를 그 전의 시대와 똑같은 시각으로 본다는 것은 문제가 있습니다. 그렇다면 자유시의 실험이 일단 끝나고 나름대로 전통이 서기 시작한 후의 시대는 어떤 시각으로 보아야 할까요?

아마도 그것은 이미 시작된 전통의 두께를 형성하면서 풍부한 세계를 탐색하는 것이 될 것입니다. 풍부한 세계라는 것은 많은 사람들의 경험이 축적되는 것을 말합니다. 경험의 축적은 동일한 반복을 의미하는 것이 아니라 서로 다른 것들의 집적을 뜻합니다. 이때 서로 다른 것이란 시에서는 개성을 뜻합니다. 동일한 주제라고 하더라도 어떤 시각으로 보느냐 하는 것이 중요한 일이 되는 것입니다. 따라서 이 시대에는 개인의 체험을 독특한 시각으로 드러낼 능력을 갖춘 시인과 그런 시들이 조명을 받을 것입니다.

그렇다고 해서 개성이란 말이 다른 상황과 동떨어진 것을 말하지는 않는다는 얘기도 덧붙이고 가야겠습니다. 사랑이라는 것이 어느 시대나 노래되는 것이지만, 그것이 새로운 생명력을 갖는 것은 시인의 개성 때문입니다. 그렇다고 해서 그 개성이 남들이 노래한 적이 없는 어떤 특수사실을 노래하는 것은 아니겠지요. 시에서 개성은 생명입니다.

보론 __ 김수영의 시 세계

미완성으로 끝난 한국시의 자유 체험

김수영 시인에 대해서 좀 알아보겠습니다. 그런데 김수영은 참 난처합니다. 시도 어렵거니와 그의 시를 논하는 것은 더욱 어렵습니다. 그렇기 때문에 학생을 대상으로 하는 이 책에서 과연 이 이야기를 꺼내야 할지 말지 하는 것도 잘 판단하지 못하겠습니다. 그렇지만 김수영이라는 시인을 빼놓고서는 1960년대 이후의 시를 말할 수 없습니다. 그럴 만큼 중요한 인물입니다.

그래서 이야기를 하기는 합니다만, 혹시 읽다가 어렵거나 지루하다고 생각되면 그 즉시 눈을 떼고 다음으로 넘어가기 바랍니다. 굳이 지금 여러분이 이해하지 않아도 나중에 시간이 좀 흐르면 이해될 날이 올 것이기 때문입니다. 반드시 그렇게 됩니다. 따라서 이해가 안 되는 것을 억지로 읽으면서 스트레스 받을 필요가 없습니다. 그러니 머리가 아프기 시작하는 즉시 책을 덮기 바랍니다.

시인의 생애

먼저 김수영이 어떤 사람이기에 이렇게 중요한 취급을 하는가 하는 것을 알아보려면 그가 어떤 사람인가를 먼저 살펴야 할 것입니다. 특별히 설명할 것 없이 중요한 것만을 나열하겠습니다.

1921년	서울 출생.
1941년	동경 성북고등예비학교에서 연극 배움.
1943년	학병 징집을 피해 일본에서 겨울에 귀국하여 안영일, 심영 등과 연극을 함.
1945년	해방되어 중국에서 돌아옴. 연극에서 문학으로 전향. 처음으로 시 발표.
1950년	김현경과 결혼. 거제도 포로수용소 생활. 이후 53년까지 미군 통역관 생활.
1960년	4월혁명과 함께 왕성한 문학활동.
1968년	6월 15일 저녁에 집 근처에서 버스에 치여 다음날 사망.

자유시와 자유

우리는 지금 남의 나라 시 이야기를 하는 것이 아니라 우리나라의 시에 대해서 이야기하고 공부하는 중입니다. 우리나라는 역사가 5천년이 넘는 만큼 시의 역사도 그 만큼으로 올려 잡을 수 있습니다. 그 만큼 긴 역사를 갖추고 있다는 얘깁니다. 그런 가운데서 중국 문학의 영향을 받으며 오래 전부터 우리 나름의 시를 만들었고, 썼고, 즐겼다는 얘기를 앞서 했습니다. 그런 전통 위에서 지금부터 불과 100년 전에 서구 문물이 강제로 들이닥치면서 옛날부터 내려오던 시의 전통이 무너졌고, 그런 상황에서 이른바 '자유시'라고 하는 새로운 실험이 시작되었다는 얘기까지 했습니다.

우리가 자유시라는 새로운 형식을 실험하기 전까지 이어져온 전통 시는 노래의 일부분이었고, 또 그런 까닭에 일정한 형식을 갖추었습니다. 그런 정형성과 노래를 버리고 시가 출발한 까닭에 자유라는 이름을 얻었습니다. 그렇다면 그 전의 시와 자유시는 정말 다른 모습일까요? 정말 다르다면 어디가 어떻게 다를까요? 이 질문에 신중하게 대답할 필요가 있습니다. 바로 그 문제를 김수영의 시는 보여줍니다.

자유시의 '자유'는 형식의 자유를 말합니다. 겉으로 보이는 일정한 형식이 없다는 얘깁니다. 그러나 우리가 공부해온 바에 따르면 자유시에 쓰이는 거의 모든 내용과 형식이 옛날의 시에서도 발견된다는 사실을 알 수 있습니다.

시는 유토피아에 대한 열망과 그것을 실현할 수 없는 현실의 불리한 조건에 대한 분노를 노래한다고 했습니다. 그리고 그 방법으로 옛날부터 써온 시의 표현법, 예컨대 비유, 상징, 이미지, 말하기, 율격, 역설, 반어, 의인, 이밖에도 무수히 열거할 수 있는 그런 방법을 활용한다고 말했습니다. 그렇다면 방법은 똑같은데 겉으로 보이는 정형성만 허물어진 것이 우리가 지금 쓰고 보고 즐기는 자유시인 셈입니다. 겉모양만 달라졌지, 시가 노래하는 내용이나 방법은 전혀 달라지지 않은 것입니다. 이런 의문을 한 번쯤 가져볼 만하지 않은가요?

그렇다면 현대의 자유시는 이름만 자유일 뿐, 아직도 진정한 자유에 도달하지 못한 셈입니다. 시에서 진정한 자유란 겉으로 드러나는 정형성을 버리는 것은 물론 이러한 표현의 방법으로부터 풀려나는 것이어야 하고, 나아가 시에서 다루는 내용까지도 그 전의 사상과는 달라야 한다는 것입니다. 이 추론에 의하면 우리의 현대시는 앞으로 두 단계를 더 나가야만 진정한 '자유'시가 된다는 얘깁니다.

그렇다면 진정한 자유시를 쓰기 위해서는 기존의 표현 방법을 버리지 않을 수 없다는 결론에 이릅니다. 그런데 문제는 100년이 다 돼 가는 이 시점에서도 그런 시도를 한 시인이 김수영 한 명뿐이라는 것입니다. 그러니 그의 실험과 정신이 얼마나 독특하고 의미 있는 것인가 하는 것을 잘 보여주는 것입니다. 저는 처음 김수영의 시를 보았을 때 큰 충격을 받았습니다. 그 충격을 받았을 때의 두근거림이 지금도 여전합니다. 다음 시를 봅시다.

모르지?

— 新歸去來 5

李太白이가 술을 마시고야 詩作을 한 理由,
모르지?
구차한 문밖 선비가 벽장문 옆에다
카잘스, 그람, 쉬바이쩌, 에프스타인의 사진을 붙이고 있는 理由,
모르지?
老年에 든 로버트 그레브스가 戀愛詩를 쓰는 理由,
모르지?
우리집 食母가 여편네가 외출만 하면
나한테 자꾸 웃고만 있는 理由,
모르지?
그럴때면 바람에 떨어진 빨래를 보고
내가 말없이 집어걸기만 하는 理由,
모르지?
함경도친구와 경상도친구가 外國人처럼 생각돼서

술집에서는 반드시 標準語만 쓰는 理由,
모르지?
五月革命 이전에는 백양을 피우다
그후부터는
아리랑을 피우고
와이샤쓰 윗호주머니에는 한사코 색수건을 꽂아뵈는 理由,
모르지?
아무리 더워도 베와이샤쓰의 에리를
안쪽으로 접어넣지 않는 理由,
모르지?
아무리 혼자 있어도 베와이샤쓰의 에리를
안쪽으로 접어넣지 않는 理由,
모르지?
술이 거나해서 아무리 졸려도
의젓한 포오즈는
의젓한 포오즈는 취하고 있는 理由,
모르지?
모르지?

〈1961. 7. 13〉

여러분을 감안하면 한자를 한글로 바꿔서 실어야 하겠으나, 이 시의 원래 모습을 보여주려고 일부러 발표된 원문 그대로 실었습니다.

이 시는 우리가 자유시라고는 하지만 여태까지 보아온 시와는 완전히 다릅니다. 시인 개인의 체험만 나타날 뿐 우리가 공감할 수 있는 부분이라고는 거의 없습니다. 그런데도 버젓이 시라고 내놓았습니다. 시 같지 않은 시지요.

'귀거래'라는 부제는 도연명의 귀거래사(歸去來辭)에서 따온 것이겠지요. 도연명은 진나라 때 사람입니다. 세상이 하 어수선하고 복잡하니까 세상을 버리고 한적한 자연으로 돌아가서 자신이 하고픈 것을 하며 살겠다는 뜻을 표현한 유명한 시입니다. 그런데 이 시인이 '귀거래'라고 이름을 붙인 것으로 보면 속세를 버리는 것과 관련이 있을 것입니다. 과연 세상을 버리기는 버렸습니다. '신귀거래'의 1번이 붙은 시의 제목이 '여편네의 방에 와서'니까요. 아내의 통제 속으로 들어갔다는 얘기 아니겠어요? 세상을 버린 것은 도연명과 마찬가지죠.

자, 이렇게 설정한 이유가 무엇이겠어요? 세상이 못마땅한데 시대는 도연명처럼 귀거래를 할 수 없는 상황인 겁니다. 그런데 귀거래를 하고 싶은 충동이 드니 그런 자신이 우습지 않겠어요? 그래서 세상에서 도망치고 싶은 자신의 모습을 이렇게 비꼰 겁니다. 그럴 수 없는데 그러고 싶으니까 비꼬는 태도를 취한 겁니다. 이런 것을 풍자라고 하지요. 이 귀거래 연작은 9까지 번호가 붙었는데, 모두 풍자의 태도를 취하고 있습니다. 시인의 의도를 엿볼 수 있는 것이죠.

그런데 제가 놀란 것은 이런 것이 아닙니다. 지금까지 제가 알던 자유시의 문법을 이 시는 몽땅 버린 겁니다. 시에서는 비유, 상징, 이미지, 율격, 말하기 등등의 방법으로 쓴다고 했습니다. 그렇다면 이 시는 말하기의 범주에 들어가겠네요. 그렇죠? 그렇다면 내용은 잃어버린 유토피아에 대한 어떤 갈구를 담았을 것입니다. 그런가요? 말하자면 그렇게 볼 수도 있지요. 이 조건에 의하면 아주 훌륭한 자유시가 될 것입니다.

그런데 맥이 탁 풀립니다. 뭔 시가 이래? 이것이 이 시에 대한 반응이죠. 모르냐고 물었는데 이 시를 보면 그 이유를 알 수 있나요? 없습니다. 그냥 묻고 있는 것입니다. 결국 이 시가 도대체 뭘 말하는지 모르겠다는 결론에 도달하는데, 이렇게 아무 것도 암시해주지 않는 것을 우리는 실험시의 징후라고 읽을 수 있습니다.

그런데 실험이라면 이미 전에 이상을 통하여 자유시 실험의 한 양상을 구경했습니다. 그리고 신기하게 여겼습니다. 재미도 있었고요. 그런데 시에 숫자를 등장시키고 도표까지 등장시키는 그런 실험은 어쩐지 시로서는 치기라는 생각이 듭니다. 시는 언어예술인데, 시가 언어를 버린다고 해서 시의 근본을 흔들 수 있다고 믿는 것은 유치한 발상이죠. 시의 조건을 건드리는 것은 시의 근본을 보는 것이기는 하지만 다분히 장난 끼로 보이거든요.

그런데 김수영의 이 시에는 그런 장난 끼가 전혀 없는데도 의미파악이 쉽지 않고 시를 쓴 저의를 끝내 알 수가 없는 것입니다. 이러면 이건 틀림없이 무언가를 노린 실험이라고 보아야 합니다. 그게 무엇일까요? 저는 이 점을 오래 고민했습니다. 그러다가 자유의 의미를 생각하면서 이 문제의 실마리를 얻었습니다.

자유란 무엇인가요? 자유란 아무 것에도 구속되지 않는 것을 말합니다. 모든 판단과 행동의 원인을 자신한테서 찾는 것이죠. 자기가 하고 싶은 것을 하고 하기 싫은 것을 하지 않는 것, 그것이 자유의 본질일 것입니다. 방종과 어떻게 다른가 하는 것은 굳이 토를 달지 않겠습니다.

그렇다면 자유시라는 것은 말 그대로 그 전에 있던 모든 조건으로부터 벗어난 시라는 얘깁니다. 그런데 앞서 보았듯이 우리나라의 자유시가 그렇던가요? 정형성만 탈피했을 뿐이지, 그 내용이나 방법은 거의가 옛날 그대로입니다. 수천 년 동안 써온 방법으로 비슷한 내용을 노래한 것이죠. 그렇다면 자유시는 진정한 자유에 이르지 못한 셈입니다. 그렇다면 여기서 진정한 자유시란 이런 관행으로부터 벗어난 시를 말합니다. 그러면 형식의 자유가 실현된 시의 모습부터 상상해보겠습니다.

① 시는 운문이니 산문처럼 쓴다.

② 이미지 같은 것을 사용하지 않는다.

③ 비유나 상징을 쓰지 않는다.

④ 전통 율격을 사용하지 않는다.

⑤ 지금까지와는 전혀 다른 새로운 사상을 담는다.

⑥ 시의 본질을 벗어나지는 않는다.

이런 조건을 갖춘 시일 것입니다. 자, 이런 조건을 벗어나지 않으면서 시를 쓴다면 어떻게 써야 할까요? 아마도 제가 제시한 세 가지 방법 중에서 '이야기의 시학'인 [3]형으로 써야 할 것입니다. 즉 비유체계에 의존하지 않고 자신의 생각을 직접 드러내는 방법으로 써야 한다는 것이죠. 그러면서도 시의 본질을 벗어나면 안 됩니다. 시의 본질을 벗어나지 않는다는 것은 산문과 같아서는 안 된다는 얘기고, 어떤 식으로든 산문과는 구별되어야 한다는 뜻입니다.

여기서 묻겠습니다. 앞서 본 김수영의 시는 여기에 해당하나요? 여러분이 대답해 보시기 바랍니다. 그러나 여러분들은 대답할 수 없을 것입니다. 김수영의 시를 읽어본 적이 거의 없을 테니까요. 아, 있습니다! 고등학교 교과서에 〈폭포〉라는 시가 실린 적이 있습니다. 그러나 그래도 마찬가지일 것입니다. 그 시는 김수영의 시 중에서도 전통의 시에 가장 가까운 형태의 시였으니까요. 그러니 김수영을 모르는 거나 마찬가지죠. 그러면 제가 대답해야 하겠네요.

그렇습니다. 김수영의 시야말로 이 조건에 딱 맞습니다. ①부터 ④까지는 누구나 다 할 수 있는 일입니다. 그냥 산문처럼 쓰면 되니까요. 그러나 ⑤와 ⑥은 다릅니다. ⑤는 사상의 문제이고, ⑥은 정말 어려운 문제입니다. ⑥은 시가 아닌 형태를 띠면서도 시이어야 한다는 얘기 아니겠어요? 세상에 그런 시가 어디 있어요? 시 아닌 시라뇨!

그런데 정말 김수영의 시는 그렇습니다. 여러분이 위에서 보듯이 시 같지 않은 시가 바로 김수영의 시입니다. 그래도 시가 아니라고 얘기할 수 없습니다. 김수영의 시는 완벽한 시입니다. 어떻게 이런 일이 일어날 수 있을까요? 그것이 바로 김수영의 위대성입니다. 어떻게 그렇게 할 수 있을까요? 나는 그것을 정신의 긴장이라고 말하고 싶습니다. 그러면 그 긴장을 유발한 원인은 무엇이었을까요? 그것은 바로 ⑤입니다.

김수영은 누구보다도 시에서 자유를 많이 말한 사람입니다. 문제는 그 자유가 어떤 자유냐 하는 것은 분명하지 않다는 것입니다. 그러나 분명하지 않아도 자유라는 것은 너무나 분명하고 확실한 개념이어서 굳이 설명해주지 않아도 다 아는 것입니다. 자신에게서 말미암되 자신이 모든 것을 책임지고 결정하는 것이 자유의 본질일 것입니다. 그것은 자신의 문제이기도 하고 사회의 문제이기도 합니다. 개인에게는 행동과 생각의 자발성과 완결성을 말하는 것이지만, 사회에서는 그것이 민주주의로 표현됩니다. 개인이 사회의 주인인 그런 사회 말이죠. 바로 이 점을 이 시인은 자신의 시에서 말했고, 그것이 시행되지 않는 현실에 절규했습니다. 개인의 자유와 사회의 자유 모두 해당합니다.

그 전까지 우리 사회는 한 번도 자유를 체험한 적이 없습니다. 조선시대라는 봉건의 관념에 의해서 살았고, 시인들도 그런 전통사회의 도덕률을 벗어나지 않는 선에서 개인의 감정을 노래했습니다. 그리고 시는 그런 점에서 오히려 도덕의 문제를 회피하는 방향으로 많이 활용되곤 했습니다. 친일파의 시가 아무런 여과장치 없이 해방 후의 교과서에 실리는 풍속이 그런 것의 일종입니다. 사회도 마찬가지이고, 시도 마찬가지입니다.

그런데 영문학을 전공한 김수영은 자유의 본질을 누구보다도 잘 아는 시인이었습니다. 자유라는 개념이 서양으로부터 들어온 것이기 때문이죠. 그리고 그것을 노래할 줄 아는 사람이었습니다. 그런데 머리로 아는 것과 몸으로 아는 것과는 다릅니다. 일제 강점기를 거쳐서 해방과 한국전쟁을 겪은 우리 사회가 어떤 모습이 되어야 하는 것을 시에서 고민하는 시인은 아예 없었다고 보아야 할 것입니다. 그것은 그 문제가 현실 속에서 체험하기 힘든 관념 속의 개념이기 때문입니다. 그러면서도 시는 자유시이고, 사회는 자유주의 국가입니다. 특히 시를 쓰는 김수영은 시의 문제를 생각하지 않을 수 없죠. 결국 시가 자유시가 되기 위해서는 형식뿐만이 아니라 내용까지도 자유를 담고 노래하는 그런 것이어야 명실상부한 자유시가 되는 것입니다. 새로운 형식은 새로운 내용이 밀고 나올 때 완벽해집니다. 김수영이 보기에는 그때까지 이어져온 자유시가 참다운 자유를 획득한 것으로 보일 리가 없습니다.

결국은 새로 출발하여야 한다는 것이고, 그 출발점은 자신이어야 하며, 자신의 모든 행동과 사고가 자신에게서 출발하는 그 지점이어야 합니다. 그 지점이란 곧 자유를 말합니다. 그렇기 때문에 김수영의 모든 시는 자유롭지 못한 것과 자유롭지 못하게 하는 원인들에 대해 비판하는 방향을 향하고 있습니다. 아무 것도 아닌 팽이가 돌면서 서는 현상을 오래도록 지켜보는 것은 바로 그런 정신을 말하려는 것입니다. 제목이 '달나라의 장난'인 것은 그것이 마땅히 현실이 되어야 하는데, 그 마땅한 일이 현실 속에서는 이루어지지 않기 때문에 달나라의 것으로 보이는 것입니다. 아무 것에도 의존하지 않고 채찍을 맞을수록 더욱 꼿꼿해지는 어떤 정신을 김수영은 팽이에서 보고 있었던 것입니다.

김수영의 시에서 ⑥의 조건은 바로 이 지점입니다. 자유의 본질을 실현하려는 의지와 그것을 방해하는 요인들에 대한 긴장이 시 같지도 않은 시를 진짜 시로 만드는 위대한 비밀입니다.

이 긴장을 김수영은 산문에서 스스로 드러낸 적이 있습니다. 1966년에 어떤 신인의 시를 말하는 곳에서 말이죠.

입춘에 묶여온 개나리

개화는 강 건너 입춘의 겨드랑이에 구근으로 꽂혀있는데 바퀴와 발자국으로 영일 없는 종로바닥에 난데없는 개나리의 행렬.

한 겨울 온실에서, 공약하는 햇볕에 마음도 없는 몸을 내맡겼다가, 태양이 주소를 잊어버린 마을의 울타리에 늘어져 있다가,

부업에 궁한 어느 중년사내, 다음 계절을 예감할 줄 아는 어느 중년사내의 등에 업힌 채 종로거리를 묶여가는 것이다.

뿌리에 바싹 베개를 베고 신부처럼 눈을 감은 우리의 동면은 아직도 아랫목에서 밤이 긴 날씨. 새벽도 오기 전에 목청을 터뜨린 닭 때문에 마음을 풀었다가…

닭은 무슨 못 견딜 짓눌림에 그 깊은 시간의 테로리즘 밑에서 목

청을 질렀을까.

엉킨 미망인의 수실처럼 길을 잃은 세상에, 잠을 깬 개구리와 지렁이의 입김이 기화하는 아지랑이가 되어, 암내에 참지 못해 청혼할 제 나이를 두고도 손으로 찍어낸 화병의 집권의 앞손이 되기 위해, 알몸으로 도심지에 뛰어나온 스님처럼, 업혀서 망신길 눈 뜨고 갈까.

금방이라도 눈이 밟힐 것 같이 눈이 와야 어울릴, 손금만 가지고 악수하는 남의 동네를, 우선 옷 벗을 철을 기다리는 시대여성들의 목례를 받으며 우리 아버지가 때없이 한데 묶어 세상에 업어다놓은 나와 내 형제같은 얼굴로 행렬을 이루어 끌려가는 것이다. 온도에 속은 죄뿐, 입술 노란 개나리떼.

김수영은 이 시를 '제 정신을 갖고 쓴 시'라고 말했습니다. 그리고는 질투를 느끼면서 자신도 한 작품을 썼습니다. 그것이 다음 시입니다.

엔카운터 지

빌려드릴 수 없어. 작년하고도 또 틀려.
눈에 보여. 냉면집 간판 밑으로 — 육개장을 먹으러 —
들어갔다가 나왔어 — 모밀국수 전문집으로 갔지 —
매춘부 젊은애들, 때묻은 발을 꼬고 앉아서
유부우동을 먹고 있는 것을 보다가 생각한 것
아냐. 그때는 빌려드리려고 했어. 관용의 미덕 —
그걸 할 수 있었어. 그것도 눈에 보였어. 엔카운터
속의 이오네스꼬까지도 희생할 수 있었어. 그게

무어란 말이야. 나는 그 이전에 있었어. 내 몸. 빛나는
몸.

그렇게 매일 믿어왔어. 방을 이사를 했지. 내
방에는 아들놈이 가고 나는 식모아이가 쓰던 방으로
가고. 그런데 큰놈의 방에 같이 있는 가정교사가 내
기침소리를 싫어해. 내가 붓을 놓는 것까지
자리에서 일어나는 것까지 문을 여는 것까지 알고
방어작전을 써. 그래서 안방으로 다시 오고, 내가
있던 기침소리가 가정교사에게 들리는 방은 도로
식모아이한테 주었지. 그때까지도 의심하지 않았어.
책을 빌려드리겠다고. 나의 모든 프라이드를
재산을 연장을 내드리겠다고.

그렇게 매일 믿어왔는데, 갑자기 변했어.
왜 변했을까. 이게 문제야. 이게 내 고민야.
지금도 빌려줄 수는 있어. 그렇지만 안 빌려줄 수도
있어. 그러나 너무 재촉하지 마라. 이 문제가 해결
되기까지 기다려봐. 지금은 안 빌려주기로 하고
있는 시간야. 그래야 시간을 알겠어. 나는 지금 시간
과 싸우고 있는 거야. 시간이 있었어. 안 빌려주
게 됐다. 시간야. 시간을 느꼈기 때문야. 시간이
좋았기 때문야.

시간은 내 목숨야. 어제하고는 틀려졌어. 틀려

졌다는 것을 알았어. 틀려져야겠다는 것을 알
았어. 그것을 당신한테 알릴 필요가 있어. 그것
이 책보다 더 중요하다는 걸 모르지. 그것을
이제부터 당신한테 알리면서 살아야겠어 — 그게
될까? 되면? 안되면? 당신! 당신이 빛난다.
우리들은 빛나지 않는다. 어제도 빛나지 않고,
오늘도 빛나지 않는다. 그 연관만이 빛난다.
시간만이 빛난다. 시간의 인식만이 빛난다.
빌려주지 않겠다. 빌려주겠다고 했지만
빌려주지 않겠다. 야한 선언을
하지 않고 우물쭈물 내일을 지내고
모레를 지내는 것은 내가 약한 탓이다.
야한 선언은 안해도 된다. 거짓말을 해도
된다.

안 빌려주어도 넉넉하다. 나도 넉넉하고.
당신도 넉넉하다. 이게 세상이다.

〈1966. 4. 5〉

그런데 여러분이 보기에는 어때요? 질투를 느꼈으면 뭔가 비슷한 수준의 작품이 나와야 하지 않은가요? 그런데 두 작품은 완전히 딴판입니다. 〈입춘에 묶여온 개나리〉는 우리가 잘 아는 방법을 쓴 시입니다. 개나리에 대한 인상을 현란한 표현으로 이야기 한 것이죠. 그러니까 우리가 공부한 바에 의하면 [1]형, [2]형, [3]형 세 가지를 섞어서 만든 작품입니다.

그러나 김수영의 〈엔카운터 지〉라는 시는 다릅니다. 오직 [3]의 말하기뿐입니다. 엔카운터라는 잡지를 내가 갖고 있는데 누군가에게 빌려준다고 한 모양입니다. 그것을 놓고서 빌려주겠다느니 그럴 수 없다느니 하면서 자기의 판단에 대해 이야기하고 있습니다.

이 두 시의 유사성이라고는 전혀 찾아볼 수 없는데 김수영은 이 두 시를 같은 궤도에 올려놓고서 말하고 있는 것입니다. 이상하지 않은가요? 그렇다면 김수영은 우리가 흔히 알아온 비유체계라든가 이미지라든가 상징 같은 어떤 의미체계를 가지고 시를 바라보는 것이 아니라는 것을 알 수 있습니다. 그렇다면 어떤 점을 놓고서 이 두 시를 판단한 것일까? 여러분은 판단하기 힘들겠지만, 시를 오래 써보면 시를 읽는 순간 느낌이 오는 경우가 있습니다. 그것은 딱히 뭐라고 말할 수는 없는데 시를 바라보는 시인의 팽팽한 긴장감 같은 것입니다. 그것이 때로는 표현 때문에 나타나기도 하지만 때로는 내용에서 오기도 하고, 시인이 시를 쓰는 태도에서 오기도 합니다. 이 두 시에 공통으로 들어있는 것은 시의 긴장감입니다. 앞의 시에서는 표현의 긴장감이 느껴지고 김수영의 시에서는 엔카운터 지를 놓고서 벌이는 결정과정의 긴장과 그것을 시로 쓰는 시인의 긴장감이 느껴집니다. 김수영의 긴장은 쉽게 설명할 수 없습니다만, 앞 시의 긴장은 어렵지 않게 설명할 수 있습니다.

> 개화는 강 건너 입춘의 겨드랑이에 구근으로 꽂혀있는데
> 공약하는 햇볕
> 태양의 주소를 잊어버린 마을
> 부업에 궁한 어느 중년사내, 다음 계절을 예감할 줄 아는 어느 중년 사내

뿌리에 바싹 베개를 베고 신부처럼 눈을 감은 우리의 동면
새벽도 오기 전에 목청을 터뜨린 닭
그 깊은 시간의 테로리즘
엉킨 미망인의 수실처럼 길을 잃은 세상
개구리와 지렁이의 입김이 기화하는 아지랑이가 되어
암내에 참지 못해 청혼할 제 나이를 두고도 손으로 찍어낸 화병의 집권의 앞손이 되기 위해
알몸으로 도심지에 뛰어나온 스님처럼
손금만 가지고 악수하는 남의 동네를
우선 옷 벗을 철을 기다리는 시대여성들의 목례를 받으며
온도에 속은 죄뿐, 입술 노란 개나리떼

한 줄 건널 때마다 참신한 표현들이 나타납니다. 이것은 시인의 정신과 시선이 사물의 새로운 면을 잡아내기 위해서 바짝 긴장을 하고 있다는 증거입니다. 이런 표현의 숨막히는 행렬이 시의 처음부터 끝까지 이어지고 있습니다. 어찌 긴장이라고 하지 않을 수 있겠습니까? 김수영은 시인의 표현에서 시인의 정신이 유지하고 있는 어떤 탄력과 긴장을 본 것입니다. 그러니 그런 긴장을 자신의 시에도 적용시키려면 표현의 긴장이 아닌 정신의 긴장이어야겠지요. 그래서 김수영은 자신의 긴장으로 시를 쓴 것입니다.

김수영이 바라본 이 긴장은 시의 생명입니다. 딱히 뭐라고 설명할 수는 없는 것인데도 이것이 있느냐 없느냐에 따라서 시는 정말 시가 되느냐 아니면 3류 유행가로 전락하고 마느냐 하는 것을 결정해버립니다. 이런 긴장을 시에서 꾸준히 유지하고 있는 시인은 거의 없습니다. 그 긴장을 계속 유지하도록 혹사했다가는 정신이 파탄 나기 십상입니다. 그래서

시인마다 긴장은 들쭉날쭉입니다. 그런 중에서도 이런 긴장을 긴 호흡으로 오래도록 유지하고 있는 시인을 만나면 감탄과 함께 박수가 저절로 나옵니다.

김수영 이후 그런 긴장을 가장 팽팽하게 유지하고 있는 시인으로는 기형도가 있습니다만, 안타깝게도 일찍 작고했습니다. 그 뒤로 시에서 이런 긴장에 가까운 팽팽함을 보여주고 있는 시인으로는 송찬호 정도가 아닌가 싶습니다. 세 번째 시집 『붉은 눈, 동백』에서는 이런 긴장이 좀 풀어졌습니다만, 첫 번째 시집 『흙은 사각형의 기억을 갖고 있다』와 두 번째 시집 『10년 동안의 빈 의자』에서 보여준 시의 긴장은 만만찮은 것이었습니다. 아래 시를 보면서 상상력의 긴장을 한 번 음미해보기 바랍니다.

인공 정원

누가 고통을 저렇게 가볍게 공중에 띄울 수 있었을까
달은 지금 비극으로 충만되어 있다

달은 유방이 세 개 달린 여성형이고
죽음의 생산양식이고

한 자궁 속에서 생성과 소멸을 거듭하고
파괴와 건설을 반복하는 달은
양성이다 달에 입을 맞추면 내 몸속의 여성은 죽는다

폭력은 짧은 입맞춤 낡은 비유만으로도

세계를 죽일 수 있지만, 죽음은 비극의 완성이 아니다
다만 그 죽음을 통하여
또 다른 비극의 문으로 들어서는 것이므로
저 완전함에 가까운 죽음도 한 번 훼손된
말의 원형을 회복시킬 수 없다, 폐허 그날 이후

우리가 보는, 달은 인공 정원
한꺼번에 수백만을 집단으로 수용할 수 있는
말의 조작으로 만든 인공 정원

어둠이 달을 감싸듯 상징의 밥, 비유의 옷으로
삶은 죽음에 갇혀 있고 그 죽음에 의해 삶이 비쳐지고 있으니

죽음으로부터 산소호흡기를 떼내듯 말에서
장식적인 말의 장치를 떼어낸다면
(죽다니, 비로소 말이 살아 숨쉬듯
내가 다시 태어나고 있는데!)

무슨 소리를 하는지 잘 모르겠거든 그냥 넘어가기 바랍니다. 나중에 다 이해가 됩니다. 이 시가 어려운 것은 여러분의 잘못이 아닙니다. 어느 정도 시와 상상력에 대해서 훈련이 되어야만 이해가 되는 부분이라는 뜻입니다.

4월혁명의 체험과 시

김수영의 위대성은 정신의 실험이라는 점입니다. 그 정신은 여태까지 유학을 바탕으로 전개된 전통 사상이나 생활과는 완전히 다른 사상으로 무장하고 사는 것을 의미합니다. 그것은 해방 이후에 꾸준히 추진된, 그래서 서양의 사회에서 가장 좋은 제도로 성립한 민주주의입니다. 민주주의는 아주 간단한 것 같지만, 그렇지 못한 것이, 오랜 세월이 흘러도 정착하기가 힘든 것입니다. 물론 제도는 간단하게 들여올 수 있지만, 그 안에 사는 사람들의 의식은 좀처럼 변하지 않아서 옛날 방식대로 세상을 보고 살아갑니다. 노예제를 근간으로 한 봉건시대를 막 깨고 나오는 시점에서는 정신은 그대로 노예제의 그것으로 살아갑니다. 당시 한국 사회가 그렇습니다.

한국 사회는 그때까지 단 한 번도 자유를 체험해본 적이 없습니다. 조선은 일본에게 망했고, 망한 나라가 지배자인 일본의 멸망으로 어느 날 갑자기 해방되었습니다. 우리의 노력으로 되찾은 것이 아닙니다. 길을 가다가 우연히 주운 것이지요. 그리고 해방정국은 다시 남북으로 나뉘어 냉전 시대를 열면서 동서 양쪽 진영의 꼭두각시가 되어 전쟁을 치르지요. 그리고는 여전히 이승만이 남쪽의 국부로 자처하면서 세상을 호령합니다.

따라서 김수영이 노래한 자유는 개인의 정신에 깃든 것이면서 동시에 사회의 자유이기도 합니다. 그것이 따로 떨어질 리는 없지요. 그런데 이 지당한 사실이 우리나라에서는 경험되지 않은 전혀 새로운 것이라는 점입니다. 김수영은 바로 이 부분을 노래한 것이죠. 남들이 전혀 노래한 적이 없는 자유의 본질을 노래하려고 그 복잡한 어법과 긴장으로 시를 썼던 것입니다.

그런데 불가능할 것만 같던 그 자유가 그의 눈앞에서 실현됩니다. 4.19가 그것입니다. 국부로 자처하던 이승만이 학생들의 데모에 물러납니다. 학생들은 자신의 의식을 짓누르던 봉건제의 어른을 물러가게 하고 세상의 주인으로 우뚝 선 것입니다. 이것이야말로 자유의 시작이 아니겠습니까? 이 얼마나 기다리던 순간이었겠습니까? 김수영이 글 곳곳에서 4.19를 노래한 것은 당연한 일입니다.

그런데 그렇게도 고대하던 이 혁명이 1년여 만에 군사 쿠데타로 물거품이 되고 맙니다. 당시 장군이었던 박정희가 군대를 동원하여 계엄령을 선포하고 제 자신이 대통령이 되어 이후 20년 동안 철권통치를 하죠.

김수영의 시가 변하는 것이 바로 이 시점입니다. 시에서도 정치에서도 자유가 주어진 듯하지만, 껍데기일 뿐인 자유입니다. 따라서 자유를 비꼬는 풍자로 전환하게 된 것입니다. 풍자는 자유롭지 못한 자신과 당시 사회를 비판하는 유일한 방법이었던 셈입니다. 그 변화는 태도에서 나타납니다. 그 전에 미미하던 풍자의 태도가 그의 시 창작의 첫 번째 원리로 등장하게 됩니다. 그 확실한 출발점이 앞서본 신귀거래 연작입니다. 작품에 스스로 그 방법을 밝히고 있습니다.

누이야 장하고나!

— 신귀거래 7

누이야
풍자가 아니면 해탈이다
너는 이 말의 뜻을 아느냐
너의 방에 걸어놓은 오빠의 사진
나에게는 '동생의 사진'을 보고도
나는 몇번이고 그의 진혼가를 피해왔다

그전에 돌아간 아버지의 진혼가가 우스꽝스러웠던 것을 생각하고
그래서 나는 그 사진을 십년만에 곰곰이 정시하면서
이내 거북해서 너의 방을 뛰쳐나오고 말았다
10년이란 한 사람이 준 상처를 다스리기에는 너무나 짧은 세월이다

누이야
풍자가 아니면 해탈이다
네가 그렇고
내가 그렇고
네가 아니면 내가 그렇다
우스운 것이 사람의 죽음이다
우스워하지 않고서 생각할 수 없는 것이 사람의 죽음이다
8월의 하늘은 높다
높다는 것도 이렇게 웃음을 자아낸다

누이야
나는 분명히 그의 앞에 절을 했노라
그의 앞에 엎드렸노라
모르는 것 앞에는 엎드리는 것이
모르는 것 앞에는 무조건하고 숭배하는 것이
나의 습관이니까
동생뿐이 아니라
그의 죽음뿐이 아니라
혹은 그의 실종뿐이 아니라

그를 생각하는
그를 생각할 수 있는
너까지도 다 함께 숭배하고 마는 것이
숭배할 줄 아는 것이
나의 인내이니까

'누이야 장하고나!'
나는 쾌활한 마음으로 말할 수 있다
이 광대한 여름날의 착잡한 숲속에
홀로 서서
나는 돌풍처럼 너한테 말할 수 있다
모든 산봉우리를 걸쳐온 돌풍처럼
당돌하고 시원하게
도회에서 달아나온 나는 말할 수 있다
'누이야 장하고나!'

〈1961.8.5〉

이번에는 특별히 형식을 보잔 것이 아니기 때문에 한문을 모두 한글로 바꾸었습니다. 여기서 보듯이'풍자가 아니면 해탈'이라고 말하지요. 뭐가 그렇다는 건가요? 신귀거래한 후의 방법이 그렇다는 것입니다. 그래서 죽은 동생의 사진을 벽에 걸어놓은 누이가 장하다는 것이죠. 누이는 당연히 해야 할 일을 하고 있을 뿐이고, 살고 있을 뿐입니다. 내가 '모르는 것 앞에는 무조건하고 숭배하는 것'처럼 누이는 죽은 가족을 잊지 않기 위해서 벽에 사진을 걸어놓은 것입니다. 그 당연한 것을 하지 못하는 내가 이상한 것입니다.

내가 못 하는 것을 하는 누이가 대견한 것은 당연한데, 내가 비정상이므로 이 칭찬은 풍자인 것입니다. 따라서 누이가 장하다고 할 때의 이 누이를 칭찬하자는 것인지 그 반대인지는 분명히 드러나지 않습니다.

그런데 이렇게 말한 것은 누군가를 비꼬기 위한 것입니다. 이 시의 첫 구절

> 누이야
> 풍자가 아니면 해탈이다

라는 것은 남의 시 구절을 흉내낸 것입니다. 그 누군가는 바로 김춘수입니다. 김춘수 시인이 자신의 시에서 시를 해탈이라고 한 적이 있거든요. 〈나목과 시〉라는 긴 시의 Ⅳ에

> 비몽 사몽 간에
> 시는 우리가
> 한동안 씹어삼킨 과실들의 산미를
> 미주로 빚어 영혼을 적신다.
> 시는 해탈이라서
> 심상의 가장 은은한 가지 끝에
> 빛나는 금속성의 음향과 같은
> 음향을 들으며
> 잠시 자불음에 겨운 눈을 붙인다.

라고 씁니다. 바로 이 부분을 읽고서 김수영이 이 구절을 응용한 것입

니다. 그러니까 당시의 우리 사회에 가장 필요한 시의 태도는 현실도피로 보이는 해탈이 아니라 상대의 허를 찌르는 풍자라는 결론을 제시한 셈입니다. 이것은 그의 태도를 확정함과 동시에, 순수를 방패막이로 역사 허무주의 내지는 현실도피를 합리화하는 당시 시인들의 풍토를 그냥 두고 보기 어렵다는 판단에서 나온 것입니다. 이런 태도는 시에서만 나타난 것이 아닙니다.

김수영은 1966년의 시를 평하는 자리에서 김춘수의 시작 태도를 꼬집은 적이 있습니다.

> '예술파'의 전위들(전봉건 정진규 김춘수 등)은 작품에서의 '내용' 제거만을 내세우지, 작품상으로나 이론상으로 자기들의 새로운 미학을 제시하지 못하고 있다. 이런 싸움이나 주장에서는 성장이 아닌 혼돈만을 자아내는 결과밖에 나오지 않는다. 시작품도 그렇고 시론도 그렇고 '문맥이 통하는' 단계에서 '작품이 되는' 단계로 옮겨서야 한다.

> … 김춘수 역시 〈아침 산보〉, 〈처용 삼장〉, 〈유년시〉, 〈K국민학교〉 등 수많은 작품을 통해서 그의 짧은 시의 스타일을 견지하고 있다. 김춘수가 그의 압축된 시형을 통해서 되도록 '의미'를 배제한 시적 경제를 도모하려는 의도는 짐작할 수 있는데, 그의 시나 그의 시에 대한 주장을 볼 때 아무래도 고개를 갸우뚱하지 않을 수 없다. 그는 자기의 입으로도 시는 넌센스를 추구하는 것이라고 말하고 있는데, 이런 좋은 의미의 넌센스는 진정한 시에는 어떤 시에고 있는 것이다. 그가 말하는 넌센스는 시의 승화작용이고, 설사 시에 그가

말하는 '의미'가 들어있든 안 들어있든 간에 모든 진정한 시는 무의미한 시이다. 오든의 참여시도, 브레히트의 사회주의 시까지도 종국에 가서는 모든 시의 미학은 무의미의 — 크나큰 침묵의 — 미학으로 통하는 것이다. 이것은 예술의 본질이며 숙명이다. 그런데 김춘수의 경우는 이런 본질적인 의미의 무의미의 추구를 하는 것이 아니라, 먼저부터 '의미'를 포기하고 들어간다. 물론 '의미'를 포기하는 것이 무의미의 추구도 되겠지만, '의미'를 껴안고 들어가서 그 '의미'를 구제함으로써 무의미에 도달하는 길도 있다. 그리고 실제에 작품활동에 있어서 한 사람이 꼭 이 두 가지 방법 중에 하나만 지켜야 한다는 법은 없다. 필자의 상식으로는 대체로 한 사람이 이 두 가지 방법을 여러 정도로 다양성 있게 쓰는 것이 보통이라고 생각된다. 또한 작품형성의 과정에서 볼 때는 '의미'를 이루려는 충동과 '의미'를 이루지 않으려는 충동이 서로 강렬하게 충돌하면 충돌할수록 힘있는 작품이 나온다고 생각된다. 이런 변증법적 과정이 어떤 선입주(先入主) 때문에 충분한 충돌을 하기 전에 어느 한쪽이 약화될 때 그것은 작품의 감응의 강도에 영향을 줄뿐만 아니라 작품의 성패를 좌우하는 치명상을 입히는 수도 있다. 이런 폐단은 김춘수의 경우뿐만 아니라 전봉건 박남수 등의 경우에도 정도의 차이는 있지만 적용되는 말이다. 구데기가 무서워서 장을 못 담글 수는 없다.…

이 글은 계속해서 순수시의 오류를 신랄하게 지적하는 방향으로 이어집니다. 그리고 1966년 5월에 월평을 하는 자리에서도 한 마디 합니다.

서정주도 김춘수도 요즘은 주로 짧은 것만 쓰고 있는데, 김춘수는 어찌보면 위축되어가는 감조차 든다.

그의 에세이 「시의 예술성과 사회성」은 평자로서는 무슨 말을 썼는지 하나도 모르겠다.

"…시인이 비교적 시적으로 세련된 독자를 대상으로 시를 쓰고 있을 때는, 재능만 있다면 자기의 윤리적 입장을 비교적 작품을 해치지 않고 보일 수도 있을 것이다. …" 등의 무모한 말들은, 그의 논지가 무엇인지 대중도 잡을 수 없을 정도로 요령없는 말들이다. 이런 식의 무책임한 글은 모처럼의 김춘수의 이미지까지도 흐리게 할만한 것이다.

근본적인 자중이 필요하다고 말하지 않을 수 없다.

당시 풍미하던 현실도피성 순수문학주의자들을 비판한 글입니다. 그리고 이런 자들의 태도에 대한 대안으로 자신은 풍자를 선택한 것입니다.

풍자는 상대를 비꼬는 것입니다. 나와는 다르다는 것을 강조하는 것이죠. 그런데 그것을 상대가 잘 알아채지 못하게 합니다. 그래서 언뜻 들으면 상대는 자신을 칭찬하는 것으로 듣기 십상입니다. 예컨대,

훌륭하십니다!

고 누군가 말하면, 이것만으로는 이 말의 뜻을 파악할 수 없습니다. 방금 내가 한 행동에 대한 평가인데, 그것이 정말 이 사람이 나를 훌륭하다고 생각해서 하는 건지, 아니면 맘에 안 드는데 속으로 아니꼬움을 감추고서 비꼬자는 것인지 잘 드러나지 않습니다. 그래서 그 말을 한 앞 뒤 상황을 보고서

판단하는 수밖에 없습니다.

사정이 이렇게 된 것은 4월혁명의 좌절 때문입니다. 기대했던 혁명이 군사쿠데타에 의해서 좌절되고, 시민들이 스스로 참여함으로써 민주주의를 실현할 수 있는 기회가 사라졌습니다. 군사독재가 시작된 것입니다. 그러니 제대로 된 비판을 하면 당장 빨갱이로 몰려서 죽거나 그렇지 않으면 정권의 탄압을 받는 시대가 되었습니다. 이제 겉으로 드러나는 저항은 어렵게 된 것입니다. 그러다 보니 하고픈 이야기는 해야겠고, 말을 하면 잡혀가고, 이렇게 굽도 접도 못하는 상황이다 보니 뜻을 뒤로 숨기고 상대의 뜻에 순응하는 태도를 보이는 것입니다.

그런데 김수영의 시를 꼼꼼히 읽어보면 도대체 무슨 얘기를 하는 것인지 알아먹기가 쉽지 않은 시들이 의외로 많습니다. 주제조차도 잘 파악이 안 되는 시들도 있습니다. 이런 복잡한 숨김 장치는 김수영이 새로운 정신을 실험하고 있다는 증거로 봐야 할 것 같습니다. 그것은 자신의 풍자하고자 하는 내용을 채우려 하는 실험일 것입니다. 이런 것은 아직 새로운 전망을 얻지 못했을 때 취하는 태도입니다. 결국 자기 한계를 응시하는 과정에서 나오는 것이고 이것은 자연히 새로운 전망을 갖춘 새로운 세대에 대한 기대로 나타나게 됩니다. 월평에서 보면 그는 신동엽, 조태일, 이성부 같은 젊은 시인들의 이야기를 많이 거론합니다. 그리고 이후 이들의 움직임은 1970년대 들어 「창작과비평」으로 구체화하면서 우리나라 시의 흐름을 결정하는 중요한 방향으로 정착합니다.

그런데 김수영 시에서 나타나는 풍자의 태도가 언제나 분명한 것은 아닙니다. 자신이 풍자하는 것이 강한 적이면 분명히 풍자의 태도를 드러내겠지만, 그렇지 않고 단순히 자신의 짜증나는 일상일 수도 있습니다. 결코 용납할 수 없는 것을 용납하면서 사는 것이 사람의 삶이다 보니 그런 자신을 풍자할 때는 묘한 설움에 시달리는 것이죠. 그의 시에 설움이 많이 나오는 것도 그런 것인데, 그러다 보니 자신을 상대로 풍자할 때는 그것이 풍자인지 무언지 분명치 않을 때가 많습니다. 태도가 애매모호한 시들은 대부분 이런 것들입니다. 이 태도는 시에도 일관되게 적용되어 도대체 시답지 않은 것들을 모두 시 속으로 끌어들입니다.

풍자의 태도는 4월혁명 이후의 시들에서 더욱 분명하게 드러납니다. 물론 풍자라고 보기 어려운 경우도 있습니다만, 작품이나 태도 전체의 흐름은 풍자의 태도가 주류를 이룹니다. 이건 시인 자신도 어쩔 수 없는 상황이었을 것입니다. 그렇다면 우리는 여기서 이런 질문을 한 가지 해볼 필요가 있습니다. 김수영의 시는 해석하기 어려운 것으로 소문이 났습니다. 그렇다면 해석을 어떤 방향에서 해야 할지 분명치 않은 시는 어떻게 해야 할까요?

시인은 시를 쓰면서 자신이 알건 모르건 특정한 시기에 특정한 태도를 취합니다. 이 태도는 평생을 지속되는 수도 있고, 중간에 바뀌는 수도 있습니다. 그리고 시에 따라서 달라지기도 합니다. 물론 시에 따라서 달라질 때는 전체의 흐름과 다를 수도 있습니다. 그러나 만약에 해석이 분명치 않을 경우에는 그 해석의 방향을 전체의 흐름에 따라야 할까요, 아니면 특수한 그 시의 경우로 따라야 할까요? 답은 자명하지요. 당연히 시 전체의 흐름을 따라야 할 것입니다. 물론 시 한 편의 상황이 그 안에서 저절로 풀린다면 문제가 될 것이 없겠지요. 그러나 그렇지 못한 상황이 생기기 때문입니다.

상황은 이런데, 작품의 해석은 코에 걸면 코걸이 귀에 걸면 귀걸이 식이 많습니다. 이것은 의도의 오류를 존중하는 신비평의 태도가 합리화시켜 주기도 했습니다. 그런 경우를 한 번 볼까요?

풀

풀이 눕는다
비를 몰아오는 동풍에 나부껴
풀은 눕고
드디어 울었다
날이 흐려서 더 울다가
다시 누웠다

풀이 눕는다
바람보다도 더 빨리 눕는다
바람보다도 더 빨리 울고
바람보다 먼저 일어난다

날이 흐리고 풀이 눕는다
발목까지
발밑까지 눕는다
바람보다 늦게 누워도
바람보다 먼저 일어나고
바람보다 늦게 울어도
바람보다 먼저 웃는다
날이 흐리고 풀뿌리가 눕는다

〈1968. 5. 29〉

이 〈풀〉이라는 시는 아마도 가장 많은 논쟁거리가 된 시일 것입니다. 그리고 아직도 명쾌한 정리가 안 된 상황이기도 합니다. 그런데 이런 이야기를 하는 것은 주제넘게 제가 그런 논쟁에 끼어들어 잘 난 체 해보자는 것이 아니라 여태까지 논쟁이 발견하지 못한 부분이 있다면 그 부분을 한 번쯤 들여다보자는 것입니다.

김수영은 이 시를 발표하고서 얼마 안 있다가 교통사고로 죽습니다. 결국 이 말 많은 시에 대해서 어떻다고 얘기해줄 수 있는 증인이 사라진 셈입니다. 물론 그 증인이 살아나서 말을 한다고 해서 그 말을 들을 사람이 없을 정도로 세상은 자기 고집을 내세우곤 합니다. 그래서 세상이 재미있는 것이기도 하지요.

그런데 이 시가 발표되자마자 풀이 무엇을 상징하느냐를 두고서 문단이 들썩거렸습니다. 게다가 이것이 이 유명한 시인의 마지막 작품이라는 점에서 어떤 비장함마저 스며 있었습니다. 가장 편한 것은 풀이 당시 막 논의의 중심으로 떠오르고 있던 '민중'을 상징한다는 것이었습니다. 김수영이 계속 사회 비판의 목소리를 내는 중이었고, 또 나중에 사회 개혁과 실천을 중시하는 문학계의 인사들과 접촉을 주로 가졌기 때문에 이러한 해석은 어쩌면 당연한 것이었습니다. 말하자면 시인의 평소 가치관과 태도를 근거로 시를 해석한 경우죠. 그래서 이 풀은 이후 시인들의 중요한 소재가 되어 시단이 모두 풀밭이 되었다고 탄식을 할 만큼 많은 시를 낳았습니다. 그 계기를 김수영의 〈풀〉이라는 시가 제공한 것이죠. '풀뿌리 민주주의'라는 말이 있듯이 풀은 바로 백성들을 상징하는 아주 쉬운 말입니다. 게다가 백성을 풀에 빗댄 '민초(民草)'라는 일본말까지 들어와서 바야흐로 풀의 시대를 열었습니다.

그런데 이런 막연한 해석에 반기를 든 사람들이 나타났습니다. 풀을 꼭 그렇게 해석할 것만은 아니라는 것이죠. 바깥의 어떤 분위기를 근거로 해서 볼 것이 아니라 시 자체의 논리를 갖고 판단해야 한다는 것입니다. 그러면서 작품 내부의 질서를 분석하여 근거를 제시합니다. 그런 작업을 한 인물 중에서 대표라고 할 만한 사람은 김현이라는 평론가였습니다. 그는 작품에서 '풀이 눕는 것을 풀 속에 서서 느끼는 사람이 시 속에 있다는 사실'을 찾아내고는 다음과 같이 분석합니다.

> 발목, 발밑이 누구의 발목, 발밑일까를 생각해보면 자명해진다. 누군가가 지금 풀밭 속에 서 있는 것이다. 그런데 그 시에서 가장 중요한 것은, 그 숨어 있는 누구이다. 서 있는 그는, 마찬가지로 서 있는 풀이 바람에 나부껴 눕고, 뿌리 뽑히지 않으려고 우는 것을 본다(과거). 그때의 울음은 바람소리와 풀의 마찰음이리라. 그 울음을 그는 그러나 웃음으로 파악한다(현재). 뿌리가 뽑히지 않기 위해서 우는 풀은, 사실은, 뿌리가 뽑히지 않았음을 즐거워하며 웃는 풀이다. 그는 이제 날이 흐리고 풀이 누워도, 웃을 수 있다. 〈풀〉의 비밀은 바로 이곳에 있다. 그 시의 핵심은, 바람/풀의 명사적 대립이나, 눕는다/일어선다, 운다/웃는다의 동사적 대립에 있는 것이 아니라, 풀의 눕고 울음을 풀의 일어남과 웃음으로 인식하고, 날이 흐리고 풀이 누워도 울지 않을 수 있게 된, 풀밭에 서있는 사람의 체험이다. 그것을 이해하게 되면, 시인이 왜 12행에 리듬상의 변주를 부여했는가 하는 이유를 곧 알 수 있게 된다.

이 글의 결론은 이 시가 '풀밭에 서있는 사람의 체험'이라는 것입니다. 여러분이 보기에는 어떤가요? 풀밭에 서있는 사람의 체험을 말한 것으로 보이나요? 여러분이 앞서 시 창작 강의를 잘 들었다면 이것은 황당한 주장임을 금방 눈치 챌 것입니다.

이 사람이 '풀밭에 서있는 사람의 체험'이라는 주장의 근거는 '발목'과 '발밑'이라는 말 때문입니다. 그러나 그 때문이라면 너무 순진한 사람이거나 시를 잘 모르는 사람이죠. 시의 비유조차도 제대로 이해하지 못하는 수준입니다. 이 시는 풀을 의인화한 작품입니다. 의인화는 사람이 아닌 것을 사람에 빗대는 것이니까 비유에 해당하고, 그렇다면 우리가 배운 세 가지 창작법 중에서 [1]형에 해당하는 '동일시의 시학'이 적용된 것입니다. 동일시의 시학을 바탕으로 자신의 생각을 최대한 절제하고 묘사로 일관한 시입니다. 따라서 우리가 배운 바로는 [1+2]형 시임을 알 수 있습니다.

이 시는 풀을 의인화시킨 작품입니다. 그래서 처음부터 풀이 눕고, 일어나고, 울고, 웃고 하는 것입니다. 그러니 풀의 특정 부위를 지칭하려면 발목이니 발밑이니 하는 말이 나오는 것은 당연하고, 풀의 윗부분을 얘기하려면, 시에는 나오지 않지만 만약에 나온다면, 목이니 머리니 하는 말들도 자동으로 나왔겠지요. 머리가 나온다고 해서 사람이 풀밭에 서있다고 추론하면 되겠습니까? 말도 안 되는 일이지요. 여기서 발목이나 발밑은 사람의 발이 아니라 풀의 아랫부분을 가리키는 말입니다. 그러니까 뿌리인 발밑까지도 남김없이 눕고 울고 웃는다는 것이죠. 풀이 자신의 존재 전체를 움직여서 바람에 반응한다는 뜻입니다. 그 풀을 구경하는 사람을 가리기는 말이 결코 아닙니다.

아마도 김수영은 풀을 통해서 무언가를 말하려고 했을 것입니다. 과연 그 풀이 무엇인가? 과연 민중주의자들의 말대로 민중을 상징하는 것인가?

아니면 풀밭에 서서 풀의 모습을 보고 깔깔 웃고 우는 사람의 체험인가? 만약에 이 시를 읽을 때 자신의 체험을 근거로 해서 풀을 해석하려고 하면 누구나 쉽게 할 수 있을 것입니다. 그런 식으로 하자면 나는 김수영이 콧물을 흘리다가 이 시를 썼고, 풀은 콧구멍을 들락거리는 콧물을 상징한다고 주장할 것입니다. 콧구멍에서 바람이 나올 때마다 들락거리는 누런 코의 모양과 이 시에서 묘사된 풀의 모양이 뭐 엄청나게 다른가요? 나름대로 비슷하지 않나요?

그러나 아무리 의도의 오류가 정당한 것이라고 해도 해석은 이런 식으로 하는 게 아닙니다. 그 시를 쓴 주변 여건을 봐서 하는 것입니다. 그런 주변 여건 중에서 가장 중요한 것이 시인의 태도이고, 시인의 죽음으로 태도를 확인할 길이 없으면 그 시가 시인의 작업 과정 중 어떤 흐름에서 나왔는가를 먼저 파악하는 것일 것입니다. 그 다음에 자신의 해석을 붙여서 이른바 의도의 오류를 즐기는 것이죠.

김수영은 앞서 말했듯이 4월혁명 이후 풍자의 태도를 뚜렷이 합니다. 그 뒤의 시들이 풍자가 주조를 이루고 있는데, 설령 풍자가 아닌 시들이 많이 나왔다고 하더라도 전체의 흐름이 그렇다면, 어떤 태도로 쓴지 분명하지 않은 시들은 그런 전체 흐름의 맥락에서 해석해야 가장 이치에 닿는 작업이 아닐까요? 풀이라는 시는 태도가 어떻다는 것을 그 안에서는 보여주지 않습니다. 그냥 동작만 묘사되었을 뿐입니다. 그렇다면 아마도 이 시의 태도를 풍자로 보아주는 것이 가장 이치에 닿는 일이 아닐까 싶습니다. 김수영 시 전체의 흐름으로 볼 때 이 시는 풍자라는 전제가 필요하다는 얘깁니다.

그러면 이 시는 풀을 닮은 어떤 존재를 나타낸 시가 될 것입니다. 그 존재란 민중처럼 흔히 볼 수 있는 나 바깥의 존재일 수도 있고, 나 개인의 특수한 특징일 수도 있습니다. 내 마음속에 들어있는 풀을 닮은 어떤 심리나

상황일 수도 있다는 얘깁니다. 결국 우리가 공부한 바에 의하면 상징이라는 얘기죠. 상징은 그 이전의 어떤 관행을 전제로 한 비유의 일종입니다. 그렇다면 풀이란 어떤 관행이 있는가요?

그것은 생명력입니다. 그리고 약함이죠. 생명력은 강한데, 또 연약합니다. 번식력이 강하지만 누구한테나 지는 약자입니다. 짓밟으면 아무런 저항도 못하고 짓밟힙니다. 그러나 짓밟힌 듯하다가도 시간이 지나면 언제 그랬냐는 듯이 원상회복을 합니다. 바로 이런 점이 백성의 모습을 많이 닮았습니다. 개인에게도 이러한 속성이 있습니다. 강자 앞에서는 한 마디도 못하고 함부로 자신을 드러내지 않는 비굴함도 이런 속성입니다. 그런데 바람보다 먼저 눕는다고 했습니다. 풀은 절대 그럴 수 없죠. 그러나 사람은 그럴 수 있습니다. 알아서 긴다고 하는 것이죠. 약한 자는 강한 자의 눈치를 보며 행동하기 때문에 강한 자의 의도가 그렇다 싶으면 실제로 그렇게 해서 강한 자가 미구에 가져올 폭력을 미리 예방하는 슬기를 갖습니다. 권력 앞에 개처럼 꼬리치는 사람들의 행태가 바로 그렇지 않습니까? 그러다가 상황이 자신에게 유리하면 자신이 섬기던 바로 그 자들의 가슴에 죽창을 꽂는 것이 백성의 이중성입니다. 그리고 백성들의 이런 속성을 풀보다 더 잘 보여주는 일도 없을 것입니다. 바람보다 더 빨리 눕는 풀은 충분히 그럴 가능성이 있습니다. 문제는 4월혁명 이후의 상황이 그렇게 되어가고 있다는 점입니다. 군사독재는 점점 공고해지고 혁명의 가능성은 점점 사라집니다. 사람들은 그런 권력에 길들여집니다. 그리고 권력을 두려워하는 속성은 김수영 자신에게도 있습니다. 남들 탓할 것이 못 되죠. 이러니 스스로 한탄스럽지 않겠어요?

중요한 것은 이 시의 시작과 끝이 풀이 눕는 동작으로 마감되고 있다는 사실입니다. 풀이 눕는 동작에 초점이 맞춰진 사실입니다. 말 그대로 민중주의자들의 주장대로라면 이건 비극이죠. 외부의 폭력에 납작 엎드린 민중.

짓밟아도 다시 살아나는 불굴의 백성들을 상징한다고 보기에는 좀 껄끄러운 모습입니다. 그렇다고 김현 류의 탈역사주의자들도 즐거워할 일은 아닙니다. 김수영은 그런 사람이 아니라는 것은 세상이 다 아니까요.

그렇다면 답은 간단합니다. 그런 민중들의 모습을 시인은 자신의 내면에서 보고 있는 것입니다. 그렇기 때문에 발목까지 발밑까지도 누울 수 있는 것이고, 바람보다도 더 빨리 누울 수 있는 것입니다. 사람의 마음속에 도사린 어떤 심리가 아니고는 설명할 수 없는 부분이죠. 이 시가 풍자라고 전제를 하면 이렇게 볼 수밖에 없습니다. 그리고 이 경우 민중주의자들의 해석에도 무리가 없습니다. 민중의 속성이 그렇기 때문에 어두운 시대가 오면서 생존을 위해서 알아서 기는 것입니다. 그러나 때가 무르익으면 언제든지 일어설 수 있는 것은 그들 백성의 힘입니다. 현재는 눕습니다. 그러나 때가 오면 일어섭니다. 그리고 그것은 짓밟는 힘이 셀수록 더하다는 것입니다. 폭동이나 혁명은 지배자들의 압력이 거셀 때 나오는 것이죠. 그렇게 보면 이 시에서 말하고자 하는 것은 그러한 시기까지 스스로 잠수하는 민중의 태도를 그린 것이고, 두려움에 몸을 사리는 사람들의 심리를 나타낸 것이고, 다시 일어설 어떤 가능성을 노래한 것입니다. 비가 그것입니다. 비가 오면 머지않아 짓밟힌 풀도 곧게 일어섭니다. 따라서 비오는 상황에서 풀이 눕는다는 것은 오히려 일어설 시기와 가능성을 더욱 많이 갖고 움츠러든다는 뜻이 됩니다.

따라서 이 시의 풀에 대한 해석은 오히려 민중주의자들의 해석이 더 타당성이 있다고 볼 수 있습니다. 김현의 해석은 그럴 듯한 논리를 갖추고 있지만, '풀밭에 서있는 사람의 체험'이라는 결론은 궤변일 따름입니다.

김현 류의 반발에도 일리는 있습니다. 풀이 민중이라는 민중주의자들의 해석은 너무 편협합니다. 그렇게 해서는 곳곳에서 풀리지 않는 구절을 만나기 때문입니다. 유일한 방법은 김수영 시 전체의 흐름 위에서 이 시를 해석하는 길이 있을 뿐입니다. 그리고 그 답은 풍자의 태도라는 것입니다. 풍자는 심리입니다. 심리로 해석하면 모든 문제가 해결됩니다. 그러한 심리를 나타내는 상징으로 시인은 풀을 선택한 것입니다. 다른 말을 택해도 마찬가지입니다. 풀 대신 '해'나 '별'을 넣어보십시오. 아무런 문제도 없이 매끈하게 연결됩니다. 풀이 중요한 것이 아니라는 뜻입니다. 그것은 상징이기 때문입니다.

태도가 애매한 시일수록 창작의 비밀을 알지 못하면 풀기 어렵습니다.

김수영 연구의 문제와 숙제

시를 이해하는 데 가장 미련한 방법은 시인더러 이 시를 어떤 의도로 썼느냐고 묻는 것입니다. 그것은 스스로 판단을 저버린다는 점에서 해석을 포기하는 행위죠. 그런데 시를 쓰다 보면 나만이 아는 것을 시에 흔적으로 남길 때가 있습니다. 물론 그것 때문에 시 전체가 해석이 안 된다면 그것은 시를 잘못 쓴 것이라고 할 밖에 없지만, 그러지는 않더라도 그것을 안다면 더욱 분명하고 실감나게 시가 해석될 수 있는 그런 것들이 시에는 많이 남습니다. 나 자신도 시에 그런 것을 많이 남깁니다.

그런데 김수영의 시를 읽다 보면 그런 부분이 너무나 많아서 문제입니다. 그런 부분이 곳곳에서 튀어나와서 의미의 파악을 방해합니다. 그렇다고 그것을 무시하고 지나가면 끝내는 무슨 소린지 알 수 없는 그런 지경에 이릅니다.

> 와이샤쓰 윗호주머니에는 한사코 색수건을 꽂아뵈는 理由, 모르
> 지?

이 시에 들어있는 이 부분에 대한 해석을 어떻게 해야 할까요? 윗호주머니에 색수건을 꽂는다는 것이 무엇을 뜻하는가를 알아야 이 시는 해석할 수 있을 것입니다. 그러나 이것을 말해주는 것은 아무리 찾아봐도 없습니다. 결국 이것은 당시 사회의 분위기가 아니었을까, 짐작을 해보는 것입니다. 그러던 중에 김수영의 산문집을 읽어보는 중에 이 말의 분위기를 알려줄 수 있는 단서를 〈시작 노우트〉라는 곳에서 찾았습니다.

> … 사람마다 모양을 내는 법이 각각 다르지만 나의 취미로서는 모양을 전혀 안 내는 것이 가장 모양을 내는 법이라고 생각된다. 물론 5.16 이전의 우리 사회의 통속성에 대한 반발도 있었겠지만 나는 거지꼴을 하고 다니는 것이 퍽 좋았던 것만은 사실인데, 실은 일반사회가 건전하고 소박해야지만 시인도 색깔 고운 수건쯤 꽂고 싶은 생각이 들 것이다.

그러니까 색깔 고운 수건을 꽂는다는 것은 당시 사회의 멋을 부리는 한 방법이었던 것입니다. 이의 연장선상에서 위의 시 구절은 해석해야 합니다. 따라서 내가 색수건을 꽂는 이유는 일반사회가 어느 정도 소박하고 건전해지기를 바라는 그런 심리가 표출된 것이라고 보아야 합니다. 그런데 사회는 그렇게 될 싹수가 전혀 보이지 않습니다. 차라리 거지꼴을 하고 있는 것이 편할 정도라는 말입니다. 그런데도 시에서 이런 소리를 하는 것은 풍자의 태도가 아니고는 안 되는 겁니다. 그래서 이 시는 풍자라는 것입니다.

이와 같이 김수영의 시에는 앞뒤 설명 없이 끼어드는 표현들이 많습니다. 그 표현 중에는 이와 같이 당시의 풍속을 통해서 추론할 수 있는 것도 있지만, 그의 사사로운 습관이나 말버릇에서 나오는 것들도 적지 않아서 시 전체의 해석에 큰 곤란을 초래하는 경우가 많습니다.

저는 시를 처음 쓰기 시작한 때부터 지금까지 김수영의 시 전집을 책상 옆에 놓아두고 삽니다. 그리고는 몇 번에 걸쳐서 꼼꼼히 읽어보려다가 역시 몇 번에 걸쳐서 한숨을 지으며 책을 덮었습니다. 읽을수록 더 미궁에 빠지곤 하기 때문입니다. 처음엔 간단히 해결될 듯하다가도 한 편 한 편 파고들면 글자마다 장벽이 나타납니다. 그것은 앞서 말했듯이 전혀 앞 뒤 연결을 할 수 없는 개인의 버릇과 말투가 불쑥불쑥 나타나기 때문입니다.

물론 제가 이해할 수 있는 문장들을 뚝뚝 끊어다가 연결시켜서 김수영의 시 세계를 밝히는 평론을 한두 편쯤 못 쓸 것도 없습니다. 많은 부분 내용을 추론할 수도 있습니다. 그러나 그것은 평하는 자의 성실성 문제입니다. 적어도 어떤 시인의 시세계를 평가하려면 100%는 아니라도 적어도 90%까지는 그 시의 주제와 그 주제를 드러내기 위해서 사용한 언어들의 맥락이 파악되어야 합니다. 그러나 김수영의 시는 어떤 맥락으로 사용되었는지 전혀 알 수 없는 낱말과 문장이 수두룩합니다. 그런 상태에서 감히 평론을 쓴다는 것은 그야말로 장님 코끼리 더듬는 식의 접근밖에 아니 된다는 말입니다. 그것은 성실성의 문제죠.

따라서 김수영론은 김수영의 말버릇이나 말투 행동거지까지 하나하나 모두 알고 있는 사람이 아니고는 쓸 수 없다는, 절망에 가까운 결론을 내렸습니다. 그러니까 김수영에 대해서 입방아를 찧고 있는 지금 이 글은 감히 평론이라고 할 수도 없고, 그저 감상문 정도라고 생각하면 되겠습니다.

그런데 이런 중에서 한 사람이 생각납니다. 이 사람이면 꼭 김수영에 대해 할 말도 있을 것이고 말할 상황도 될 듯한데, 끝내 입을 다물고 있습니다. 그 사람은 백낙청이라는 평론가입니다. 백씨는 「창작과비평」을 만든 사람이죠. 김수영과는 제법 가깝게 지냈고, 그가 미국 하버드대에서 영문학을 전공한 수재라는 것을 강조하지 않더라도, 김수영 문학의 본질을 꿰뚫어볼 만한 능력을 갖춘 사람입니다. 그런데 창작과비평사에서 김수영 시선을 내면서 뒤쪽에다가 시선집을 낸다는 간단한 해설만을 곁들였을 뿐, 김수영에 관한 수 백 편의 연구논문과 평전, 나아가 연구서까지 나오는 판인데도, 이 사람은 침묵을 하고 있습니다. 이 침묵의 의미가 저는 사뭇 궁금합니다. 할 말을 해도 되는 사람이 말을 안 하고 있으면 무언가 이상한 것이지요. 글쎄요, 언젠가는 완벽한 연구서를 내려고 하는지도 모르겠습니다만, 김수영에 관한 완벽한 글을 쓰기는 불가능하다고 판단하고 있을지도 모른다는 생각을 합니다. 내가 김수영 전집을 보면서 느낀 그 벽은 그 누구도 넘기 어려운 벽이라는 것을 직감한 까닭에 이런 말을 하는 것입니다.

또 한 가지, 김수영 시를 읽을 때 조심해야 할 것이 있습니다. 김수영이 유명해졌다고 해서 그의 작품이 완벽하다는 생각을 하면 안 됩니다. 이런 시인들은 대부분 실험정신이 강해서 작품도 그 실험의 과정에서 나온 것입니다. 그런데 세상에 성공한 실험은 거의 없습니다. 오히려 실패작을 많이 남겨서 그 정신의 흔적을 확인하게 되죠. 따라서 김수영의 작품이 한 권이나 됩니다만 그 중에서 시로서 성공한 작품은 그리 많지 않다고 저는 판단합니다. 지나치게 장황하고 할 말 없이 이리저리 맴돌다가 그치는 작품이 대부분입니다. 가장 심각한 건, 작품 전체의 줄거리가 말이 안 되거나 연결이 안 되는 이상한 작품들이 많다는 점입니다. 이 같은 어처구니없는 난해시까지 실험정신이라는 이름으로 감쌀 수는 없습니다. 이 점 김수영의 노력은 가상하나 냉정하게 평가하지 않을 수 없는 부분입니다.

맺음말

김수영은 우리 시의 역사에서 아주 중요한 질문을 던진 사람입니다. 우리가 즐기는 이 시가 자유시라고 할 때 그 '자유'의 본질에 가장 가까이 다가가려고 시도한 사람이기 때문입니다. 이때 자유는 문학의 자유이기도 하지만 그것은 또한 개인과 사회의 자유이기도 하다는 점에서 그가 있기 전까지는 아무도 심각하게 생각하지 않았던 문제였습니다. 그리고 안타까운 것은 그 뒤의 세대에도 역시 이 문제를 깊이 파고든 사람들이 없었다는 점입니다.

일부는 사회의 자유를 향해 불도저처럼 밀고 나갔고, 일부는 개인의 내면 속으로 들어가서 혼자만의 자유를 만끽하는 풍조로 나아갔습니다. 그러면서도 우스운 것은 둘 다 김수영의 후계자임을 자처한다는 것입니다. 그러는 사이 한국의 시는 발전은커녕 지지부진해서 해방 전의 작품들 수준도 따라가지 못하고 다람쥐 쳇바퀴 돌리듯 제 자리에서 맴돌고 있습니다.

그런 정체된 모습을 볼 때마다 한국의 시가 진정으로 발전하여 새로운 경지를 열려면 김수영부터 다시 시작해야 한다는 생각을 절실히 합니다. 그리고 그 몫은 장래의 주인공인 여러분의 손에 달려있다는 생각을 동시에 합니다. 여러분의 세대는 모든 것을 할 수 있는 세대입니다. 이 지지부진한 한국의 시를 구원할 사람은 바로 여러분입니다. 이 몽롱한 한국 시에 폭포처럼 시원한 시의 정신이 출현하기를 기대하는 마음으로 김수영의 시 〈폭포〉를 감상하면서, 이 감상문을 마치겠습니다.

폭 포

폭포는 곧은 절벽을 무서운 기색도 없이 떨어진다

규정할 수 없는 물결이
무엇을 향하여 떨어진다는 의미도 없이
계절과 주야를 가리지 않고
고매한 정신처럼 쉴 사이 없이 떨어진다

금잔화도 인가도 보이지 않는 밤이 되면
폭포는 곧은 소리를 내며 떨어진다

곧은 소리는 소리이다
곧은 소리는 곧은
소리를 부른다

번개와 같이 떨어지는 물방울은
취할 순간조차 마음에 주지 않고
나타(懶惰)와 안정을 뒤집어놓은 듯이
높이도 폭도 없이
떨어진다

〈1957〉

PART_02

시란 이런 것이다

셋째마당

모색의 시대

이 시대는 바깥에서 들어온 자유시가 전통 시의 흐름을 끊고 대체하면서, 새로운 전통을 만들기 위해 시의 형식을 다양하게 실험하던 시기입니다. 대체로 우리나라에 새로운 자유시가 시작되던 1920년대부터 4월혁명이 일어났던 1960년대로 보면 되겠습니다. 그 중에서도 특별히 김수영을 주목하면 됩니다. 그 전에 흘러오던 정신의 전통을 이어받으면서 새로운 시 형식을 개척하여 기초를 닦은 시기입니다. 따라서 김수영은 한 시대의 끝이자 새로운 시대의 출발점이 됩니다.

이 책에서는 우리가 본받으면 좋을 그런 작품들만을 골라서 볼 예정입니다. 따라서 시를 배우고자 하는 학생들은 이 책에 나오는 시들을 그냥 눈으로만 읽지 말고 아예 외우겠다는 각오로 읽기 바랍니다. 바람직한 것은 아예 외워서 시의 발상을 내 것으로 삼는 것이고, 외우기가 힘들면 열 번, 백 번을 읽어서 외우다시피 하겠다는 생각으로 대하는 것입니다. 여러분이 시간을 투자해서 외워도 후회하지 않을 작품만 골랐으니, 혹시 헛고생하는 건 아닐까 하는 쓸데없는 걱정은 안 해도 좋습니다. 좋은 시은 외워두어야 합니다. 결코 시간 낭비가 아닙니다. 그것은 내 감성을 수준 높은 작품의 수준으로 길들이는 방법입니다. 그렇기 때문에 여러분의 나이에 시를 외우는 것은 수준 높은 감성을 담는 그릇을 평생토록 간직하는 일이 됩니다. 나이가 들면 시를 외워도 감흥이 별로 없습니다. 때가 늦었기 때문입니다. 따라서 좋은 시를 외우는 것은 여러분의 나이에 꼭 필요한 일입니다.

이 책에서 시를 인용하는 원칙에 대해서도 설명해야 할 듯합니다. 지금의 표기법은 1933년에 제정된 조선어 맞춤법을 바탕으로 합니다. 그런데 자유시는 1910년대부터 나오기 시작했습니다. 조선어맞춤법이 제정되던 1933년까지는 아래아(•)까지 쓰였습니다. '한'과 'ᄒᆞᆫ'을 구별해서 썼지요. 그래서 1933년 이전에 나온 시들은 조선시대의 글에서 보는 그런 표기도 나타납니다.

따라서 원칙에 의하면, 시를 인용할 때 발표될 당시의 모습 그대로 써주는 것이 맞습니다. 그런데 그렇게 하면 여러분 중에는 그것을 제대로 읽지 못하는 사람이 있습니다. 그래서 천상 요즘 여러분들이 읽을 수 있는 모양으로 옮겨서 적는 수밖에 없겠습니다. 대신에 발음이라든가 띄어쓰기 규칙도 많이 달라졌지만, 뜻을 파악하는 데 큰 지장이 없으면 다소 어색하더라도 그대로 두겠습니다. 시에서는 분위기도 중요하거든요. 나중에 어른이 되어 전문가가 되면 그때 가서 원문을 구해 보기 바랍니다.

또 한 가지는, 1970년대까지만 해도 많은 책이 세로쓰기로 만들어졌습니다. 그러니 해방 전에 나온 책들은 말할 필요도 없겠지요. 세로쓰기로 해놓고서 읽는 것과 가로쓰기로 해놓고서 읽는 것은 분위기가 같을 수 없습니다. 그렇지만 그것까지 여기서 지켰다가는 여러 가지로 문제가 생깁니다. 그래서 그런 문제는 모두 무시하겠습니다.

우리가 여기서 배우고자 하는 것은 낱말이나 문장의 특성이 아니라 시의 발상법이기 때문입니다. 시의 발상법을 배우는 데 큰 지장이 없는 것이면 여러분이 보기 편한 방향으로 인용하도록 하겠습니다.

김소월 1902~1934

본명은 정식. 호는 소월. 평안북도 정주 출생. 오산학교 중학부를 거쳐서 배재고보 졸업. 일본에 유학, 도쿄 상대에 입학하였으나 관동대진재로 중퇴하고 귀국. 오산학교 시절 선생이었던 김억의 지도를 받음. 1920년에 시 〈낭인의 봄〉, 〈그리워〉 등을 발표하여 등단. 김동인·김찬영·임장화 등과 '영대' 동인으로 활동. 25년에 처가인 구산군 서산면으로 이주. 시집 『진달래꽃』 간행.

엄마야 누나야

엄마야 누나야 강변 살자,
뜰에는 반짝이는 금모래빛,
뒷문 밖에는 갈잎의 노래
엄마야 누나야 강변 살자.

[3 + 2] 형

시인의 작품 중에서 작곡가들이 곡을 붙여서 노래로 만든 시가 가장 많은 시인을 찾는다면 누가 1등으로 당첨될까요? 글쎄요. 이런 작업을 해본 적이 없어서 단언하기는 어렵지만, 아마도 김소월이 아닐까 생각합니다. 이유는 간단하지요. 시에 리듬이 살아있기 때문입니다. 리듬이 살아있다는 것은 그 리듬이 요구하는 가락이 있다는 얘기고, 그

가락은 음악의 가락과 크게 다르지 않습니다. 김소월의 작품은 가락이 아주 잘 살아있습니다. 그래서 가곡으로 동요로 많이 작곡되었습니다. 이 시도 우리가 초등학교 다닐 때 음악시간에 배운 기억이 납니다. 어린 마음에도 어쩐지 애잔한 느낌을 받은 기억이 선합니다.

자, 창작의 비밀을 좀 볼까요? 먼저 강가에서 살자고 요구하고 있으니, [3]형이죠. 그런데 그렇게 하자고만 할 뿐 나머지는 모두 풍경 묘사로 일관하고 있습니다. 당연히 [2]형입니다. 따라서 이 시는 [3+2]형임을 알 수 있습니다. [2+3]이라고 해도 되기는 합니다만, 살자고 한 의지를 강조하기 위해서 [3+2]형이라고 하는 것이 나을 듯합니다. 어느 쪽이든 마찬가지입니다.

이 시가 교과서에 실린 적이 있는데, 시 밑에 그림을 그렸습니다. 그런데 하얀 바탕에 초가집 한 채, 그 집을 둘러싼 나무울타리, 그리고 지붕에 박까지 그렸습니다. 아주 간단한 터치였는데도 시와는 아주 잘 어울린다는 생각을 했습니다. 그런데 요즘 교과서에 실린 시의 여백에 그려진 그림들은 정말 유치하기 짝이 없어서 시의 분위기를 망치는 경우가 대부분입니다. 정말 심각하게 반성해야 할 부분이라고 생각합니다.

묘사를 잘 보기 바랍니다. 묘사는 시인이 선택하는데, 많은 것 중에서 시인이 특별한 것만을 추려낸다고 얘기한 적이 있을 것입니다. 어떻게 추려냈나 보십시오.

뜰에는 반짝이는 금모래빛,
뒷문 밖에는 갈잎의 노래

집 앞쪽에는 모래, 집 뒤에서는 갈대 잎 소리입니다. 앞은 눈으로 보는 시각 이미지고, 뒤는 소리로 들리는 청각 이미지죠. 그 둘 뿐입니다. 그 집에 부엌이 있느니, 마당에 꽃을 심느니 이런 복잡한 얘기는 전혀 없이, 이렇게 달랑 두 줄뿐입니다. 그런데도 이 두 줄을 읽고서 강가에 서있는 아늑한 초가집 한 채를 떠올리는데 전혀 지장이 없습니다. 시인의 요약이 얼마나 과감하고 정확하게 이루어졌는가를 볼 수 있습니다. 독자의 머릿속에는 사는 데 필요한 모든 것이 다 떠오릅니다. 마치 선 스케치 몇 개로 사람을 그려낸 것과 같습니다. 시각과 청각의 대비를 잘 이용한 것도 이 시의 효과를 극대화한 한 조건입니다.

물론 이 시인이 이렇게까지 계산해서 이 시를 쓰지 않았을 수도 있습니다. 그러나 늘 말하는 것이지만, 시인의 체험에서 절실한 것만을 드러내면 저절로 우주의 통찰이 시에 담긴다고 했지요? 바로 이 점을 우리는 배워야 하는 것입니다.

똑같은 문장을 1행과 4행에 배치했습니다. 같은 것이 반복되면 그것을 뭐라고 했죠? 반복이 이루어지면 낯익게 느낀다고 했습니다. 이런 걸 수미쌍관법이라는 어려운 말로 표현합니다만, 굳이 기억할 필요까지는 없는 용어입니다.

김소월의 시는 운율을 얘기하지 않고서는 안 됩니다. 김소월 자신이 시에 가락을 잘 살렸기 때문입니다. 이 시는 3음보의 율격을 보여주는 시입니다. 3음보는 경쾌한 느낌을 준다고 말했죠. 이미지 몇 개를 제시해서 그리운 마음을 표현하는 데 너무 무거운 분위기를 만들면 안 되겠죠. 3음보는 시의 풍경을 가볍게 하는 느낌을 줍니다. 간단한 스케치에 어울리는 가락이라고나 할까요?

개여울

당신은 무슨 일로
그리합니까?
홀로히 개여울에 주저앉아서

파릇한 풀포기가
돋아 나오고
잔물은 봄바람에 헤적일 때에

가도 아주 가지는
않노라시던
그러한 약속이 있었겠지요

날마다 개여울에
나와 앉아서
하염없이 무엇을 생각합니다

가도 아주 가지는
않노라심은
굳이 잊지 말라는 부탁인지요

[3 + 2] 형

이 역시 율격이 잘 살아있는 시입니다. 전체의 흐름을 보면 7·5조라는 것을 알 수 있습니다. 3연의 첫 행에서 6음절로 줄었지만, 대체로 3-4와 4-3을 반복하면서 가락의 홍을 조절하고 있음을 알 수 있습니다.

이 시의 상황을 정리해보겠습니다. 이 시의 말하는이, 화자는 아무래도 여자일 듯한 느낌입니다. 꼭 여자일 필요는 없지만, 떠난 사람을 그리워하는 분위기로 봐서는 그렇습니다. 나는 개울에 나와있습니다. 봄입니다. 풀이 파릇파릇 돋아납니다. 생명이 약동하는 계절이죠. 그런데 나는 그와 반대로 상심에 빠졌습니다. 님이 떠났기 때문이지요. 뭐라고 하면서 떠났느냐면, 가도 아주 가는 것은 아니라는 애매한 말을 남기고 떠났습니다. 그러니까 이 말의 뜻이 나더러 기다리라는 것이냐 아니면 그냥 미안해서 한 말이냐를 구별할 수 없는 상황입니다. 갈등은 님의 미적지근한 태도에서 비롯합니다. 기다리라고 잘라 말한 것도 아니고, 아니면 미련 없이 간다고 한 것도 아니어서 결국 내 판단에 따라서 행동해야 하는 것입니다. 그런데도 나는 님을 잊지 못합니다. 이렇게 잊지 못하는 마음 때문에 봄이 오는 개울가에 나와서 떠난 님을 그리는 상황입니다.

그러면 시인은 어떻게 이런 설정을 했을까요? 시인은 울적한 심사에 이별을 노래하겠다는 생각을 했겠죠. 그리고는 알쏭달쏭한 말만을 남기고 떠난 사람을 잊지 못하는 애틋한 한 여인을 상상한 겁니다. 그럴 경우에 떠났으니 잊으면 그만이지만, 사랑의 감정은 그렇지 않아서 아닌 줄 알면서도 그렇게 믿는 경우가 허다합니다. 이런 심리를 표현하려고 한 것이죠. 이런 묘한 심리는 사랑을 겪지 않으면 알기 어려운 것입니다. 어쩌면 시인이 그런 체험을 한 후인지도 모르겠습니다. 그래서 알쏭달쏭한 말을 남기고 떠난 무책임한 님을 원망하는 말투로 노래를 한 것입니다.

따라서 이 시의 창작 원리는, 먼저 떠난 님을 원망하는 [3]형에다가 봄날의 모습, 그리고 원망하는 여인의 겉모습을 묘사했으니 [2]형이 추가된 형태입니다. 즉 [3+2]형입니다. 이런 방법은 가장 흔히 볼 수 있는 방법입니다. 자신이 하고픈 말을 하면서 필요할 때마다 장면을 묘사해 넣는 방식입니다.

이 노래 역시 가락이 잘 살아있어서 옛날부터 가곡으로 많이 불렸습니다.

접동새

접동
접동
아우래비 접동

진두강 가람가에 살던 누나는
진두강 앞마을에
와서 웁니다

옛날, 우리 나라
먼 뒤쪽의
진두강 가람가에 살던 누나는
의붓어미 시샘에 죽었습니다

누나라고 불러보랴
오오 불설워
시새움에 몸이 죽은 우리 누나는
죽어서 접동새가 되었습니다

아홉이나 남아 되던 오랩동생을
죽어서도 못 잊어 차마 못 잊어
야삼경 남 다 자는 밤이 깊으면
이 산 저 산 옮아가며 슬피 웁니다

(진두강-津頭江, 야삼경-夜三更)

[1] 형

진두강을 모른다고 해서 감상이 어려운 것은 아니죠? 그냥 시인이 살던 동네에 있던 강이구나 하고 생각하고 감상하면 됩니다. 여기서 진두강은 이 시의 여주인공이 살던 곳으로 흐르는 강이라고 생각하면 되니까요.

이것은 접동새의 전설에 관한 것을 소재로 한 시입니다. 이 시에 의하면 마음씨 착한(이상하게도 시 속의 누나들은 다 착합니다) 누나가 죽었는데, 그 원인이 의붓어미의 시샘입니다. 부모 없는 설움이라는 말이 있습니다. 그보다 더 서러운 것은 없는 일인데 그 때문에 죽었다니 얼마나 한이 되었겠어요? 접동새가 그렇게 해서 죽은 누이의 원혼이라는 것이지요.

여기서 쉽게 이 작품의 창작법을 알아볼 수 있지요? 접동새와 누이를 동일시한 것입니다. 비유에 의한 방법입니다. 따라서 [1]형이라는 것을 알 수 있습니다. 그러니까 시인은 접동새 소리를 들었고, 그 소리에서 억울하게 죽은 처녀의 한을 떠올렸으며, 접동새 소리를 그 처녀의 한이라고 생각을 하면서 자신의 누이라고 설정을 한 것입니다. 남의 누이라고 하는 것보다 자신의 누이라고 하는 것이 더 실감나게 전달됩니다. 그렇게 되면 읽는 사람은 아홉이나 남아 되는 오라비나 동생의 한 구성원이 되거든요. 감정을 살리기 위한 일종의 상황설정이죠.

야삼경은 아무래도 알고 넘어가야겠죠? 옛날에는 밤을 모두 다섯으로 나누었습니다. 그리고 한 타임을 경(更)이라고 했습니다. 시계가 들어오기 전까지는 한 경이 2시간이었습니다. 그러니까 초저녁을 7시부터 계산해서 9시까지가 초경, 11시까지가 이경, 새로 1시까지가 삼경, 새벽 3시까지가 사경, 5시까지가 오경이죠. 육경은 없냐구요? 육경은 5시 이후이니 그때는 아침이고, 아침 시간이니 따로 가리키지 않습니다. 야삼경은 이 중에 깊은 밤 세 경인 밤 9시부터 새벽 3시까지인지, 아니면 11시부터 1시까지인 삼경의 깊은 밤을 뜻하는 것인지는 정확하지 않습니다. 다만 접동새는 저녁 무렵부터 한밤중까지 우니, 그냥 긴 밤 내내 뭐 이런 뜻으로 이해하고 넘어가면 될 듯합니다.

그러고저러고, 여러분들은 안 그렇겠습니다만, 우리 나이의 어른들만 해도 '누나'라는 말에는 묘한 느낌이 많이 담겨있습니다. 옛날에는 보통 자식을 7~9명을 낳았으니, 엄마는 낳고 맨 맏이가 동생들을 업어 기릅니다. 그래서 동생들은 누나의 등에 업혀 자라기 때문에 젖만 주지 않았을 뿐이지 엄마와 다를 바가 없습니다. 아마도 이런 분위기를 정확히 알아야만 아래 구절을 정확히 이해할 겁니다.

아홉이나 남아 되던 오랩동생을
죽어서도 못 잊어 차마 못 잊어

맏이 누나가 살림을 도맡아 하는 것이 흔한 일이었거든요. 밥하는 것부터 시작해서 청소하고 빨래하는 것까지 말이죠. 그럼 엄마는 뭐 했냐구요? 보통은 남의 집에 품 팔러 갔지요. 그래서 보채는 젖먹이 동생을 업고서 엄마가 일을 하러 간 그곳으로 젖 먹이러 가곤 했습니다. '오랩'은 오라비의 준말인데, 밥을 받아먹기만 한 오라비도 상황은 동생이나 마찬가지죠. 그래서 죽은 뒤에도 누가 챙겨줄까를 걱정하며 떠돈다는 얘깁니다.

옛날, 우리 나라
먼 뒤쪽의

이 구절은 시인의 출신지역을 암시하는 내용입니다. 석봉 천자문에 보면, 남녘 남(南)을 '앒 남'이라고 하고, 북녘 북(北)을 '뒤 북'이라고 합니다. 이것은 풍수지리에서 나온 발상입니다. 서울의 남산은 앞산이 라는 뜻입니다. 그러면 우리나라 뒤쪽이면 어디를 말하는가요? 북쪽 지방을 말하는 것이지요? 북쪽이라면 함경도와 평안도를 말하는 것인데, 김소월은 평안북도 출신입니다. 진두강은 평안도의 어느 한 곳에 있는 강임을 알 수 있죠.

초혼(招魂)

산산히 부서진 이름이여!
허공 중에 헤여진 이름이여!
불러도 주인 없는 이름이여!
부르다가 내가 죽을 이름이여!

심중에 남아 있는 말 한마디는
끝끝내 마저 하지 못하였구나.
사랑하던 그 사람이여!
사랑하던 그 사람이여!

붉은 해는 서산 마루에 걸리웠다.
사슴이의 무리도 슬피 운다.
떨어져 나가 앉은 산 위에서
나는 그대의 이름을 부르노라.

설움에 겹도록 부르노라.

설움에 겹도록 부르노라.

부르는 소리는 비껴 가지만

하늘과 땅 사이가 너무 넓구나.

선 채로 이 자리에 돌이 되어도

부르다가 내가 죽을 이름이여!

사랑하던 그 사람이여!

사랑하던 그 사람이여!

[3] 형

초혼이라는 말은 넋을 부른다는 뜻입니다. 이것은 우리나라에서 사람이 죽었을 때 행하는 절차의 한 부분입니다. 우리 민족은 사람이 죽으면 혼이 몸을 떠나는 것이라고 믿었습니다. 그러니까 사람이 죽어도 그 혼이 멀리 떠나기 전에 불러들인다면 되살릴 수 있다는 얘깁니다. 그래서 그 혼이 떠나기 전에 불러서 이승에 남은 사람들이 당신을 보내기 아쉬워한다는 뜻으로 죽은 사람의 저고리를 왼손으로 들고 지붕 같은 높은 곳에 올라가 북쪽을 향하여 흔들면서 죽은 이의 이름을 크게 세 번 부릅니다. 이것을 고복(皐復)이라고 합니다. 혼을 부르는 것이라서 또는 초혼(招魂)이라고도 하지요.

여기서는 이런 것을 흉내내서 시를 쓴 것입니다. 고복 때의 행동을 그대로 염두에 두고서 하고픈 말을 하는 방식을 취한 것입니다. 따라서 하고픈 말을 직접 하는 방식을 취했으니 [3]형이라고 할 수 있습니다. 여기에다가 3연에서 묘사가 적용되었으니 [2]를 추가하면 [3+2]형이 되겠습니다만, 시 전체에 직접 말하기가 워낙 강하게 드러나서 그냥 [3]형으로 간주해도 무방하겠습니다.

선 채로 이 자리에 돌이 되어도

라는 구절은 망부석의 설화를 연상시킵니다. 뭐, 이런 구절은 굳이 설화의 기원을 말하지 않아도 시를 이해하는 데는 별 지장이 없습니다만, 그래도 이왕 나왔으니 한 번 알아보고 갈까요?

『삼국유사』에 김제상이라고 신라 사람 이야기가 나옵니다. 『삼국사기』에는 박제상이라고 나와서 성이 다릅니다. 눌지왕에게는 큰 걱정거리가 있습니다. 신라가 국력이 약하다 보니 고구려와 왜에 아우와 왕자를 각기 볼모로 보냅니다. 이 볼모를 데려오려는 고민을 제상이 해결해준다는 얘깁니다. 먼저 고구려에 가서 왕의 아우 복호(卜好)를 데려오는데 성공합니다. 그리고 그 다음에는 내물왕 때 일본에 볼모로 잡혀가 있던 왕자 미해(삼국사기에는 미사흔)를 신라로 탈출케 하는데, 물론 왜인들을 속이는 수법으로 합니다. 미해가 도망하는 동안 왜인들이 안심하도록 자신은 왜에 남습니다. 목숨을 건 것이지요. 결국은 왜인들에게 잡혀 갖은 고초를 겪다가 처형당하죠. 이때 왜의 왕이 제상에게 자신의 부하가 돼달라고 회유를 합니다. 그러자 제상이 한 마디 합니다.

"계림의 개돼지가 될지언정 왜의 신하가 되지는 않겠다."

살기로 작정한 사람이라면 이런 얘기를 하지 않았겠죠. 계림은 신라의 또 다른 이름입니다. 그리고 제상의 능력이 아무리 탐난 왜왕이라고 하더라도 이쯤 되면 살려둘 수 없었겠죠? 결국 제상은 돌아오지 못하고 왜의 땅에서 죽습니다. 일본의 식민지 시절을 겪은 우리나라 사람들은 제상의 이런 행동과 말을 한 동안 칭찬했습니다. 일종의 콤플렉스에 의한 보복 심리라고 봐야겠죠.

그의 아내는 치술령에 올라가 남편이 떠난 일본 쪽을 바라보고 기다리다 결국은 돌이 되었습니다. 그 돌을 망부석이라고 하는 것입니다. 그 자리가 치술령이었답니다. 그래서 치술령모가 되었다는 전설이 전해옵니다.

이런 설화까지 동원해서 이 시를 이해할 필요는 없을 듯합니다. 다만 그와 비슷한 이미지 때문에 한 번 알아본 것이었습니다.

이 시 역시 7·5조의 가락을 보여줍니다. 중간에 몇 군데 변칙은 있지만, 그런 변칙은 이 시의 정서가 격렬한 까닭에 일어난 변화라고 보면 되겠습니다. 7·5조는 3음보의 변형이라고 전에 말했지요? 3음보는 변화와 활달한 분위기에 어울린다고도 말했습니다. 격정에 휩싸인 이 시의 느낌과는 나름대로 어울린다는 생각을 해봅니다.

한용운 1879~1944

＿＿＿ 본명은 정옥, 아명은 유천. 법명은 용운, 법호는 만해. 충남 홍성 출생. 6세 때 서당에 들어가 한학을 배우고, 18세 때 동학농민운동에 가담하였으나 실패하자 1896년 설악산 오세암으로 피신. 이를 계기로 1905년 백담사에서 출가. 1908년 전국사찰대표 52명의 한사람으로 원흥사에서 원종종무원을 설립하였다. 10년 한일합병을 참지 못하여 중국으로 망명, 독립군군관학교를 방문한 뒤 만주·시베리아 등지를 방랑하다가 13년 귀국하여 불교학원에서 교직생활. 같은 해 범어사에 들어가 『불교대전』 저술. 18년 월간 불교잡지 「유심」 간행. 19년 3·1운동 때 민족대표 33인의 한 사람으로 독립선언서에 서명, 체포되어 3년간 옥고. 26년 시집 『님의 침묵』 간행. 27년 신간회 가입, 중앙집행위원으로 경성지회장. 35년 첫 장편소설 「흑풍」을 조선일보에 연재. 37년 불교관계 항일단체인 만당사건(卍黨事件)의 배후자로 검거됨. 62년 건국공로훈장 중장(지금의 건국훈장 대한민국장) 추서.

님의 침묵

님은 갔습니다.

아아 사랑하는 나의 님은 갔습니다.

푸른 산 빛을 깨치고 단풍나무 숲을 향하여 난 작은 길을 걸어서 차마 떨치고 갔습니다.

황금의 꽃같이 굳고 빛나던 옛 맹세는 차디찬 티끌이 되어서 한숨의 미풍에 날아갔습니다.

날카로운 첫 키스의 추억은 나의 운명의 지침을 돌려놓고 뒷걸음쳐서 사라졌습니다.

나는 향기로운 님의 말소리에 귀먹고 꽃다운 님의 얼굴에 눈멀었습니다.

사랑도 사람의 일이라 만날 때에 미리 떠날 것을 염려하고 경계하지 아니한 것은 아니지만, 이별은 뜻밖의 일이 되고 놀란 가슴은 새로운 슬픔에 터집니다.

그러나 이별을 쓸데없는 눈물의 원천을 만들고 마는 것은, 스스로 사랑을 깨치는 것인 줄 아는 까닭에 걷잡을 수 없는 슬픔의 힘을 옮겨서 새 희망의 정수배기에 들어부었습니다.

우리는 만날 때에 떠날 것을 염려하는 것과 같이 떠날 때에 다시 만날 것을 믿습니다.

아아, 님은 갔지만은 나는 님을 보내지 아니하였습니다.

제 곡조를 못이기는 사랑의 노래는 님의 침묵을 휩싸고 돕니다.

[3 + 1 + 2] 형

이 시는 이별 뒤의 슬픔을 직접 독자에게 말하는 방법으로 썼습니다. 이것을 기본 뼈대로 하고서 거기에다가 비유와 상징도 조금 썼고, 풍경을 묘사하는 방식도 썼습니다. 그러니까 [3+1+2]형이 되겠지요?

시에서 가장 중요한 것은 이 시인이 도대체 무슨 이야기를 하려고 하는 것인가 하는 것을 먼저 파악하는 것입니다. 이 시의 화자는 이별을 당했습니다. 님이 갑자기 사라진 것입니다. 님이 사라진 상실감과 슬픔을 노래한 것입니다. 그런데 그것을 전달하기 위해서 먼저 상실감을 표현한 다음에, 그것을 극복하기 위한 각오를 썼습니다. 그래서 크게 두 부분으로 나눌 수 있죠.

1행부터 5행까지는 님을 기억하는 시간을 거슬러 올라가는 방식으로 말을 합니다. 그리고 6행에서 현재의 심리상태를 설명한 다음에 7행에서 반전이 이루어지면서 희망을 말합니다.

이번에는 각 구절의 내용을 보겠습니다. 시의 창작법을 배우기 위해 우리가 시를 감상할 때는 이 시인이 어떤 부분에서 이런 표현을 얻었을까 하는 것까지 짐작해 보아야 합니다. 예를 들면,

> 푸른 산 빛을 깨치고 단풍나무 숲을 향하여 난

의 경우에 이게 무슨 소린가 하는 것을 알아야 합니다. 쉽게 알 수 있지요? 푸른 산빛을 깨쳤다는 것은 여름이 갔다는 얘기고, 단풍나무 숲을 향한다는 것은 가을이 온다는 얘깁니다. 그러니까 이 시인이 산 속에서 생활을 할 때 여름에서 가을로 넘어가는 시기였던 것이겠죠. 그래서 나온 구절로 시간의 흐름을 암시하는 부분입니다. 다음에는 아주 어려운 문장이 나옵니다.

> 그러나 이별을 쓸데없는 눈물의 원천을 만들고 마는 것은, 스스로 사랑을 깨치는 것인 줄 아는 까닭에 걷잡을 수 없는 슬픔의 힘을 옮겨서 새 희망의 정수배기에 들어부었습니다.

유명한 구절인데, 이게 무슨 소린가를 알아야겠죠? 긴 문장이라고

해서 겁먹을 것 없습니다. 앞부분은, 이별을 당하여 쓸데없이 우는 것은 자기 사랑을 깨뜨리는 것이라는 말입니다. 그래서 슬픔을 희망으로 만든다는 얘기죠. 이 뜻을 이렇게 길고 긴 한 문장으로 만들어 엮은 것입니다. 물론 한 눈에 이 문장의 뜻을 파악한 사람은 긴 문장에 익숙한 사람이겠죠. 그렇지만 긴 문장이 무조건 좋은 것은 아닙니다.

시 전체의 뜻을 요약하면 이렇습니다. 님은 떠났습니다. 그래서 그 님의 영향을 받은 나는 슬픕니다. 그러나 사랑도 사람의 일이니 언젠가는 있을 수 있는 일이고, 그런 까닭에 다시 만날 것도 믿습니다. 님은 내 마음속에 영원히 있습니다. 그래서 나는 보낸 것이 아닙니다. 이런 식이죠.

그런데 엄밀히 말하면 이건 궤변이죠. 간 것을 안 보냈다고 하는 것은 말이 안 되는 일입니다. 그러나 시에서는 이런 모순이 더욱 감동을 주는 방법으로 작용합니다. 시는 논리를 전하는 도구가 아니라 감정을 전하는 방법이기 때문입니다. 감정이 북받치면 세상이 그렇게 보이는 것이고, 그렇게 보일 수밖에 없는 개인의 내면세계를 노래하는 것이 시이기 때문입니다.

떠났되 안 보냈다! 이거 어디서 많이 본 논리 아닌가요? 불교에는 이런 식의 논리 전개가 많습니다. 불교에서는 고정된 것은 없다고 봅니다. 흐르는 시간 속에서 영원한 것은 없다는 것이죠. 만상은 이런 흐름 속에서 서로 연결되어있다는 것이고, 그런 인연이 모든 관계를 엮고 있다는 것입니다. 아래 글을 보기 바랍니다.

① 산은 산이고 물은 물이다.

② 산은 물이고 물은 산이다.

③ 산은 산이고 물은 물이다.

①과 ③은 같은 문장입니다. 그런데 실제로 어떨까요? 실제의 내용도 같을까요? 그렇지는 않을 겁니다. 바로 ②의 과정을 거쳤기 때문입니다. ②에서 산과 물은 어떤 식으로든 연결되어있음을 말합니다. 만상은 진리 자체가 아니라 잠시 스쳐가는 환영일 뿐이라면 그 환영을 구성하는 것들이 서로 바뀐들 바탕은 아무런 상관이 없는 것이죠. 분별에 의한 지식이라는 것이 본래부터 존재하는 것이 아니기 때문입니다. 그렇다면 산과 물은 서로 다른 것이 아니라고 할 수 있습니다. 그렇기 때문에 ①의 산과 물은 개별의 그것이지만, ③의 산과 물은 분별의 지식을 넘어선 존재의 근원을 가리키는 말이 됩니다.

이별이 없으면 만남도 없습니다. 우리가 이별한 것은 그 전에 어떤 만남이 있었기 때문이고, 거기서 지금의 내 감정이 비롯된 것입니다. 그러니 이별 뒤에는 다시 만날 수 있는 기회가 담겨있는 것이기도 합니다. 그렇기 때문에 한 편으로는 기쁜 일이기도 하지요. 그래서 희망을 말할 수 있는 것입니다. 이런 식의 이야기를 불교에서는 연기설이라고 합니다. 한 가지 일이 그 다음의 어떤 일을 일으키는 원인으로 작용한다는 것이고, 세상사는 모두 그런 인연으로 엮여있다는 것입니다. 한용운이 중이었기 때문에 분명 이런 생각을 할 법도 합니다. 그래서 학자들은 그런 방향에서 이 시를 조명하기도 합니다.

그렇다고 해서 이런 사연을 꼭 알아야만 이 시를 감상할 수 있는 것은 아닙니다. 그냥 사랑하는 연인과 헤어진 아픔을 노래한 시라고 해도 아무 상관없습니다.

그런데 한 가지 아쉬운 이야기가 될 듯한 말을 해야 할 것 같습니다. 한용운은 한시를 쓴 분이지만 자유시를 써본 적이 없는 사람이었습니다. 그런데 어느 날 이런 훌륭한 작품을 발표했습니다. 그것도 시집 한 권으로 말이죠. 이게 어찌 된 일일까요? 어떻게 이렇게 완벽한 작품을 하루아침에 쓸 수 있을까요?

한용운은 인도의 시인 타고르의 『기탄잘리』라는 시집을 읽었습니다. 그의 시중에 〈타고르의 시를 읽고〉라는 시가 있습니다. 기탄잘리는 '신께 바치는 노래'라는 뜻입니다. 타고르의 〈기탄잘리〉라는 시를 읽어보면 한용운의 시와 아주 비슷합니다. 그러니 어떤 식으로 썼을지 짐작할 수 있겠지요? 절대자에게 고백하는 방식으로 썼습니다. 그것을 보고서 그 어투를 흉내 낸 것이 한용운의 작품입니다. 비교문학이라고 해서 서로 다른 나라의 문학이 어떻게 교류하면서 영향을 주었는가 하는 것을 연구하는 학문이 있습니다. 거기서 밝혀야 할 문제겠지요. 제가 확인까지 하지는 않았지만, 지금쯤에는 거의가 밝혀졌을 것입니다. 관심 있는 학생들은 한 번 알아보시기 바랍니다.

그렇다고 해서 이것을 〈기탄잘리〉의 아류작이라고 잘라 말할 수는 없습니다. 아류라고 하는 것은 겉모양을 흉내 낸 경우를 꼬집어 말하는 것인데, 〈님의 침묵〉의 경우는 완벽하게 소화되어서 한용운 자신의 독특한 사상을 표현하는 데 성공했습니다. 남의 작품을 보고서 힌트를 얻어서 자신만의 독특한 세계를 여는데 성공한 경우죠. 이런 경우는 오히려 칭찬 받아야 할 일입니다. 1930년대에 서구 모더니즘 흉내를 내면서 실패한 시인들이 많이 있다는 것을 보면 그보다 10년이나 앞선 시기에 이런 훌륭한 작품이 나왔다는 것은 놀라운 일입니다. 그것은 한용운 자신이 이미 중요한 깨달음을 얻어서 주관이 확실하게 서 있었기 때문에 외부의 자극을 훌륭하게 소화하여 자신의 내부에 있는 어떤 세계를 드러내는 계기가 되었다고 보는 것이 더 정확한 논리일 것입니다.

나의 꿈

당신의 맑은 새벽에 나무 그늘 사이에서 산보할 때에 나의 꿈은 작은 별이 되어서 당신의 머리 위에 지키고 있겠습니다.

당신이 여름날에 더위를 못 이기어 낮잠을 자거든, 나의 꿈은 맑은 바람이 되어서 당신의 주위에 떠돌겠습니다.

당신이 고요한 가을밤에 그윽이 앉아서 글을 볼 때에 나의 꿈은 귀뚜라미가 되어서 책상 밑에서 '귀뚤귀뚤' 울겠습니다.

[1] 형

이 시의 가장 중요한 뼈대는 비유입니다. 비유체계를 한 번 정리해 볼까요.

원관념(원생각)		보조관념(도우미)
새벽	산보	별
여름날	낮잠	바람
가을밤	독서	귀뚜라미

사랑 중에서 가장 아름다운 사랑은 그 사랑이 느껴지지 않을 만큼 가까운 사랑입니다. 없는 듯하지만, 그것이 없을 때 어쩐지 아쉬운 존재, 그러면서도 그의 배경에서 그를 아름답게 비춰주는 존재가 가장 아름다운 사랑일 것입니다. 여기서 노래하려는 사랑의 모습이 그렇지 않은가요? 중 신분인 시인이 어떻게 이런 생각을 할 수 있는지 놀랍기만 합니다. 아무리 이 님을 조국이나 부처님으로 바꾸어 놓아도 이와 같은 설정을 한다는 것은 여간 어려운 일이 아닙니다. 사랑하는 이 곁에서 그의 곁을 배회하는 것만으로도 사랑은 충만하고 완성됩니다. 그런 아낌없는 사랑을 노래한 시입니다.

무심코 생활할 때 가장 필요한 것이 무엇인가를 생각하고는 거기에 사랑을 대입한 경우입니다. 산보를 하면서, 낮잠을 자면서, 책을 읽으면서 중간중간에 이런 생각을 한 적이 있겠지요. 그런 생각을 놓치지 않고 시 안으로 끌어들여서 이용한 것입니다. 아무 것도 아닌 관찰이 시에서는 절실하게 필요한 것임을 배웁니다.

정지용 1902~?

충청북도 옥천 출생. 휘문고등보통학교를 거쳐 일본 도시샤 대학 영문과 졸업. 휘문고등보통학교 교사. 해방 후 〈경향신문〉 편집국장, 이화여자대학교 교수 역임. 6·25 때 납북. 휘문고등보통학교 재학 시절 박팔양 등과 동인지 『요람』 발간. 시집에 『정지용시집(1935)』 『백록담(1941)』, 산문집으로는 『지용문학독본(1948)』, 『산문(1949)』.

유리창 1

유리에 차고 슬픈 것이 어른거린다.
열없이 붙어 서서 입김을 흐리우니
길들은 양 언 날개를 파다거린다.
지우고 보고 지우고 보아도
새까만 밤이 밀려나가고 밀려와 부딪치고,
물먹은 별이, 반짝, 보석처럼 백힌다.
밤에 홀로 유리를 닦는 것은
외로운 황홀한 심사이어니,
고운 폐혈관이 찢어진 채로
아아, 늬는 산ㅅ새처럼 날러갔구나!

[2 + 3] 형

여러분 혹시 꽁꽁 언 겨울에 유리창에 붙어 가지고 입김을 불어서 장난해본 적이 있나요? 없다구요? 안타깝군요. 있다면 다행입니다. 바로 그런 장난에서 이 시가 출발하고 있기 때문입니다. 날씨가 별로 춥지 않을 때는 그런 일이 안 생기는데, 바깥에 문고리가 꽁꽁 얼어붙을 정도로 추운 날이면 유리에 따스한 기운이 서리면 성에가 낍니다. 그럴 때에 입김을 불어보면 아주 희한한 일이 생깁니다.

입김은 따스하죠. 그것이 아주 차가운 유리를 만나면서 그 표면에 하얗게 엉기는 겁니다. 그런데 금방 얼어붙는 게 아니라 얼어붙는 과정을 볼 수 있을 만큼 서서히 엉깁니다. 그리고는 곧 증발하면서 사라지죠. 하얀 입김이 점점 사라지는데, 둥근 원의 바깥 가장자리 부분에서부터 조금씩 줄어듭니다. 그런데 줄어드는 것이 자로 잰 듯이 일정한 것이 아니기 때문에 마치 해안선처럼 울퉁불퉁하게 줄어듭니다. 그렇게 오므라드는 모습이 마치 살아서 움직이는 어떤 물체 같습니다. 여기서 이렇게 살아 움직이는 듯한 입김의 모양을 살펴보노라면 그것이 무언가 살아있는 생명체를 닮았다는 생각도 듭니다.

참, 되게 할 일도 없는가 보네요? 그런 거나 살피고요….

이렇게 말하고 싶은 학생도 있겠지요? 그러나 그건 모르는 말입니다. 시를 쓰는 사람은 아무리 사소한 거라도 장난해 볼 가치가 있습니다. 그런 장난스러운 관찰이 정말 위대한 시를 낳기도 하니까요. 그래서 시는 다른 학문과 다른 겁니다. 자신의 체험을 바탕으로 시를 끌어내는 것이기 때문에 아무리 하찮고 짓궂은 것이라도 그것은 위대한 문학의 자양분이 될 수 있습니다. 이 시가 바로 그것을 보여줍니다.

이런 체험이 없는 사람들은 담배연기를 떠올려도 됩니다. 담배를 피우다가 입을 동그랗게 오므려서 입김을 퐁! 하고 쏘면 도너스를 만들면서 공중으로 올라가다가 곧 흩어지죠? 아니면 동그란 공처럼 뭉쳤다가 천천히 흩어집니다. 이걸 떠올려도 되겠습니다.

유리창에 입김이 서려서 그것이 줄어들 때 가장자리를 움직이는 모습에서 시인은 어떤 것을 연상했나요? 모르겠다구요? 시의 맨 끝을 보기 바랍니다. 뭐가 나오나요? '산새'가 나오지요? 그렇습니다. 이 시인은 입김의 그런 모양을 산새가 파닥이는 것으로 본 겁니다. 놀랍지 않은가요? 여러분은 그런 입김을 보고서 그냥 움직이는 생명체만을 막연히 생각할 때 이 시인은 산새를 연상한 겁니다. 이 산새는 유리에서 금방 사라지지요. 그것을 보고,

아아, 늬는 산ㅅ새처럼 날러갔구나!

라고 탄식을 합니다. 자기가 만든 입김이 사라지는데 탄식을 합니다. 그런데 자기가 그 입김을 만들 때 어떻게 만들었냐면 '열없이 붙어서서' 만들었습니다. 그러니까 그 장난을 할 때의 시인은 맥이 빠진 상태죠. 시간은 밤입니다. 지우고 보면 '새까만 밤이 밀려나'간다는 것을 보아 시간을 알 수 있습니다. 유리에 비치는 별이 '물먹'었네요. 이것이 입김을 씻은 뒤에 남은 물기라는 것을 알 수 있지만, 이것이 시에서 사용되면 시인의 심리상태를 나타내는 것으로도 보아야겠죠? 그렇다면 별을 바라보는 시인의 마음도 촉촉하게 젖은 겁니다. 그래서 밤에 유리를

닦는 것이 '외로운 황홀한' 심사라고 했습니다. 게다가 산새는 폐혈관이 찢어진 채로 날아갔다고 했습니다.

도대체 어쩐 일일까요? 무슨 일이길래 시인은 밤에 곤히 잠잘 시간에 잠을 자지 않고 혼자서 유리창을 닦고 있을까요? 그에 대해서 이 시에서는 전혀 정보를 주지 않습니다. 그런데 이 문제가 해결되지 않으면 이 시를 감상하기는 어려울 듯합니다. 이럴 때 우리는 시인의 약력을 들추어야 합니다. 시인의 삶을 돌이키면 이 시를 쓸 무렵에 시인은 어린 자식을 잃습니다. 어린 나이에 죽었으니까 병으로 죽었겠죠? 무슨 병일지 짐작할 수 있을까요? 폐혈관 운운으로 봐서는 폐와 관련된 병이 아닐까 짐작해 봅니다. 예를 들어 폐결핵이나 폐렴 같은 병 말이지요.

이것을 보면 이 시의 상황이 확실하게 잡힙니다. 다시 재구성하면 이렇게 되겠지요. 시인은 자식을 잃었습니다. 그리고는 잠이 오지 않아서(당연하지요?), 거실에 나와 있습니다. 밤입니다. 조용합니다. 유리창 밖으로 별이 보입니다. 유리 가까이 다가갑니다. 무언가 묻었을까요? 한 번 닦습니다. 아니면 너무 가까이 간 탓일까? 시인의 입김 때문에 유리에 물기가 어립니다. 그것이 움직입니다. 다시 한 번 닦고서 입김을 불어봅니다. 입김이 줄어들면서 가장자리가 움직이는 것처럼 보입니다. 잠시 후에는 사라집니다. 잠시 나타났다가 사라지는 어떤 존재가 연상됩니다. 자식을 잃은 부모가 연상할 수 있는 것은 무엇일까요?

당연히 죽은 자식이죠. 자신의 품을 떠난 자식이 떠오릅니다. 그런데 산새 같다고 했습니다. 이 새 이미지는 자식을 안아본 사람은 금방 연상할 수 있는 것입니다. 쌔근거리는 그 모습이 꼭 어려서 참새를 잡아서 손에 쥐었을 때 손에서 발버둥치는 참새의 그 느낌과 너무 비슷합니다. 그런데 여기서 참새가 아니라 산새인 것은 죽은 자가 갈 곳은 산인 까닭입니다. 그래서 옛날 어른들은 사람이 죽는 것을 점잖게 입산(入山)이라고 표현하기도 했습니다.

이렇게 시인의 약력을 들추어야 할 만큼 시 안에서 상황을 제시해 주지 않는 것은 좋은 작품이라고 할 수 없는 단점입니다. 그러나 이 시는 감정을 절제하는 데 성공한 작품의 예로 많이 인용되는 작품이기에 여기서도 인용하여 시인이 어떤 태도로 시를 써야 하는가 하는 것을 알아보았습니다.

이 시는 자신의 감정을 최대한 절제하고 그것을 시각 이미지로 나타낸 것입니다. 여기서는 자식 잃은 아픔을 표현하려고 했지만, 그것을 시각 이미지로 바꾸어서 나타냈습니다. 창작의 원리를 보면 [2]형인 것입니다. 여기에다가 마지막 구절의 말을 보태서 [2+3]형이 되었습니다. 자식인 너가 날아갔구나, 하는 탄식을 한 것이죠.

그런데 보통 이렇게 감정을 절제하다가도 결국 자기 감정을 끝내 숨기지 못하고 발설하고 마는 것은 시작의 원리에서 보면 단점입니다. 시각 이미지로 처리하기로 했으면 끝까지 감정을 절제하는 것이 시의 완성도를 위해서 좋다는 뜻입니다. 그런데 여기서는 자신의 감정을 더 이상 감추지 못하고 이렇게 직접 드러냈습니다.

정지용은 근대시 초기에 우리나라 시의 이론과 창작 면에서 큰 기틀을 쌓은 사람입니다. 외국 시의 이론을 잘 알았고, 그를 바탕으로 시의 새로운 방향을 제시한 사람이었습니다. 그 중에서도 모더니즘 이론을 소개한 사람입니다. 그렇기 때문에 그 자신의 시에서도 그런 수법을 썼을 거라는 추측하는 것이 많은 학자들의 생각입니다.

그런 시각으로 본다면 이 시는 단점을 갖고 있는 것일 것입니다. 끝에서 감정을 드러냄으로써 자신이 견지한 시의 방법론을 스스로 허물었으니까요. 특히 정지용이 외국시의 이론을 잘 알고 있다는 점을 들어서 이미지를 강조하는 이미지즘의 시로 그의 작품을 보려는 경향이 강합니다. 이 시 역시 그런 경향을 잘 드러내는 것으로 보입니다. 유리창을 바라보는 사람의 내면 풍경을 시각 이미지로 표현하고 있으니까요.

그런데 문제는 정지용 자신이 그렇게 말한 적이 없다는 것입니다. 오히려 정지용은 시를 배우려는 젊은이들에게 시경이나 한시를 많이 보라고 권장했습니다. 그가 어떤 방법으로 시를 썼는가를 알 수 있는 일이죠.

외국시의 이론을 잘 안다고 해서 꼭 그 방법으로 그 시인이 시를 썼다고 보는 것은 좀 무리죠. 이 시도 이미지즘 이론으로 썼다고 본다면 틀림없이 끝 부분의 감정 처리는 실수거나 미숙한 실력을 드러낸 것으로 간주할 수 있습니다.

그러나 제가 보기에는 오히려 이 시가 한시의 기법을 아주 충실하게 반영하고 있는 것 같습니다. 발상법이나 시상 전개 수법이 그렇습니다. 한시에서 중요하게 나타나는 기법 중에 선경후정(先景後情)이라는 것이 있습니다. 시를 쓸 때 먼저 경치를 제시한 다음에 자신의 심정을 털어놓는다는 얘깁니다. 고려 때의 시를 보겠습니다.

비 그친 긴 방죽에 풀빛이 짙은데(雨歇長堤草色多)

님을 보내는 남포에 슬픈 노래 울려 퍼지네(送君南浦動悲歌)

대동강 물은 어느 때에나 마를 것인가.(大同江水何時盡)

이별의 눈물이 해마다 푸른 물결에 더해지니(別淚年年添綠波)

(정지상, 〈님을 보내며(送人)〉)

이 시를 보면 이별의 슬픔을 노래한 시인데, 먼저 방죽의 푸른 빛을 말한 다음에 슬픈 노래가 울린다고 말해서 먼저 경치를 말한 다음에 감정을 말했습니다. 전과 결에서도 마찬가지죠. 대동강 물을 이야기한 다음에 그 원인으로 이별의 눈물을 말했습니다. 이와 같이 먼저 경치를 말한 다음에 자신의 감정을 드러내는 방법은 옛날 한시에서 흔히 쓰이던 방법이었습니다.

이런 원리로 본다면 정지용이 냉정하게 광경을 묘사하다가 맨 뒤에서 산새가 날아갔다고 탄식을 하는 것은 어찌 보면 아주 당연한 방법상의 귀결이라고 할 수 있습니다. 이렇게 설명할 수 있다면 이 시의 끝구절은 단점이라고 볼 수 없습니다. 그래서 우리는 연구자의 시각으로 시를 볼 것이 아니라 창작하는 자의 시각으로 작품을 이해해서 그 장점을 배우려고 해야 합니다.

어떤 연구방법을 전제로 해서 작품을 보는 것은 그 작품의 의미를 파악하는 데 도움이 될지는 몰라도 자칫하면 크게 오해할 수 있습니다. 그렇기 때문에 창작의 방법을 배우는 우리는 이론이 아니라 사물을 바라보는 시인의 발상법을 보려고 해야 합니다.

정지용은 비록 외국시의 이론에 밝은 사람이었지만, 그것이 어설프게 적용되는 것에 대해서 경계를 했습니다. 그렇기 때문에 그의 시들을 그가 주장한 모더니즘 이론으로 보면 문제가 생길 수 있습니다.

이 시는 유리창에 어리는 입김의 모양을 관찰하다가 새를 연상했고, 새에 죽은 자식의 의미를 부여한 시입니다. 발상법을 보면 [2]에 [3]을 추가한 [2+3]형이라는 것을 알 수 있습니다. 이 발상법을 배우는 것이 중요합니다.

시인의 이름 옆에 태어난 해와 사망한 해를 적었는데, 여기서는 ?표가 나옵니다. ?가 표시된 것은 사망일을 알 수 없다는 뜻입니다. 6·25 때 납북되었거든요.

백록담

1

절정에 가까울수록 뻑국채 꽃 키가 점점 소모된다. 한마루 오르면 허리가 슬어지고 다시 한마루 위에서 모가지가 없고 나종에는 얼골만 갸웃 내다본다. 화문(花紋)처럼 판박힌다. 바람이 차기가 함경도 끝과 맞서는 데서 뻑국채 키는 아조 없어지고도 팔월 한철엔 흩어진 성신(星辰)처럼 난만하다. 산그림자 어둑어둑하면 그러지 않어도 뻑국채 꽃밭에서 별들이 켜든다. 제자리에서 별이 옮긴다. 나는 여기서 기진했다.

2

암고란(巖古蘭), 환약같이 어여쁜 열매로 목을 추기고 살아 일어섰다.

3

백화(白樺) 옆에서 백화가 촉루가 되기까지 산다. 내가 죽어 백화처럼 흴 것이 숭없지 않다.

4

귀신도 쓸쓸하여 살지 않는 한모롱이, 도체비꽃이 낮에도 혼자 무서워 파랗게 질린다.

5

바야흐로 해발 육천척 우에서 마소가 사람을 대수롭게 아니여기고 산다. 말이 말끼리 소가 소끼리, 망아지가 어미소를 송아지가 어미말을 따르다가 이내 헤어진다.

6

첫새끼를 낳노라고 암소가 몹시 혼이 났다. 얼결에 산길 백리를 돌아 서귀포로 달아났다. 물도 마르기 전에 어미를 여흰 송아지는 움매애 움매애 울었다. 말을 보고도 등산객을 보고도 마구 매여달렸다. 우리 새끼들도 모색이 다른 어미한테 맡길 것을 나는 울었다.

7

풍란이 풍기는 향기, 꾀꼬리 서로 부르는 소리, 제주회파람새 회파람부는 소리, 돌에 물이 따로 구르는 소리, 먼 데서 바다가 구길 때 솨-솨- 솔소리, 물푸레동백 떡갈나무 속에서 나는 길을 잘못 들었다가 다시 측넌출 기여간 흰돌바기 고부랑길로 나섰다. 문득 마주친 아롱점말이 피하지 않는다.

8

고비 고사리 더덕순 도라지꽃 취 사깟나물 대풀 석용(石茸) 별과 같은 방울을 다른 고산식물을 새기며 취하며 자며 한다. 백록담 조찰한 물을 그리어 산맥 우에서 짓는 행렬이 구름보다 장엄하다. 소나기 놋낫 맞으며 무지개에 말리우며 궁둥이에 꽃물이겨 붙인 채로 살이 붓는다.

9

가재도 기지 않는 백록담 푸른 물에 하늘이 돈다. 불구에 가깝도록 고단한 나의 다리를 돌아 소가 갔다. 쫓겨온 실구름 일말에도 백록담은 흐리운다. 나의 얼골에 한나잘 포긴 백록담은 쓸쓸하다. 나는 깨다 기도조차 잊었더니라.

[2] 형

어떤 특정한 장면이 그대로 감동의 순간이 되는 수가 있습니다. 옛날 우리 동네 입구에는 오래 묵은 감나무 한 그루가 서 있었습니다. 우리는 그 밑으로 지나다니며 자랐죠. 그런데 우리의 품으로 몇 아름은 되는 나무였는데, 늙어서 나중에는 감나무 꼭대기에 감 몇 개만을 달고

한 해를 보냅니다. 그러면 꼭대기는 낙엽이 다 떨어져도 빨간 감을 따가는 사람이 없는 겁니다. 그걸 까치밥이라고 하지요.

그런데 벌써 30년이 지나 어른이 된 뒤에도 그때의 그 동구 밖 풍경이 마치 어제 본 듯이 선명합니다. 고향을 그리워하는 마음이 그 감나무가 서 있는 그 풍경으로 머릿속에 남아있는 것이죠. 그런데 어느 때던가 잘 기억은 나지 않는데, 어느 사진작가의 사진에서 그와 유사한 풍경을 본 적이 있습니다. 그 순간의 감동은 말로 할 수 없는 것이었습니다. 고향의 그 모습을 마주친 그 순간의 감동과 다를 것이 없습니다. 이 경우에 제시된 장면만으로도 큰 감동을 받는 것은, 바로 그런 기억을 담고 있기 때문입니다. 그래서 특정한 경우에는 장면묘사만으로도 완벽한 감동을 줍니다. 어떤 특정 장면이 내면의식의 세계를 완벽하게 드러낼 경우지요. 이런 것을 이른바 '객관적 상관물(Objective Correlative)'이라고 한다고 한 적이 있습니다.

이것은 꼭 기억만 해당하는 일이 아닙니다. 어떤 정신세계를 표현할 때도 마찬가지입니다. 명상을 즐기는 사람들은 인도나 히말라야에 많이 갑니다. 히말라야는 높은 산으로 유명한 곳이죠. 여러 이유가 있지만, 그 높은 봉우리가 정신 속의 어떤 경지를 그대로 상징하기 때문입니다. 그래서 사람은 그런 풍경이나 장소를 만나면 순식간에 그 장면을 자신의 것으로 소화합니다. 굳이 설명하지 않아도 그런 것은 모두 그 묘사 속에 녹아들게 됩니다.

이 시도 그런 순간에 마주친 장면을 묘사한 것입니다. 한라산에 갔을 때 받은 인상을 보이는 대로 적었을 뿐입니다. 그렇기 때문에 시인 자신에게 특별히 의미가 있는 것이고, 이렇게 냉정하게 묘사된 작품을 통해서 시인의 의식을 짐작할 수 있는 것입니다. 여러분에게는 좀 어려울지 모르겠습니다만, 이 시는 그런 방향에서 감상해야 합니다. 그런 식의 감상법이 있다는 것을 알려주기 위해서 이 시를 소개한 것입니다.

이런 일은 시에서보다는 종종 그림에서 많이 일어납니다. 안평대군은 예술 방면으로 탁월한 재능을 보인 사람입니다. 대군인 것으로 보아 왕비가 낳은 아들임을 알 수 있지요. 첩에 해당하는 빈이 낳으면 군이라고 하는 것이 조선의 법이었으니까요. 세종의 셋째 아들입니다. 자신은 셋째이니 왕이 될 리는 없을 것이고, 이런 사실을 일찌감치 깨닫고는 평생을 예술계에 몸담아서 그 쪽에서 뛰어난 재능을 보인 경우입니다.

전에 무릉도원 얘기를 꺼낸 적이 있는데 기억나시는지요? 동양의 선비들이 그린 이상향이죠. 안평대군이 어느 날 꿈에 그 무릉도원을 보았습니다. 그리고 정말 자신이 신선이 된 듯한 착각에 빠졌습니다. 그러다가 잠에서 깨었는데, 방금 전 꿈속의 일이 너무나 실감나는 것입니다. 그래서 날이 밝자마자 당시에 가장 이름난 환쟁이인 안견을 불렀습니다. 그리고는 간밤의 꿈 얘기를 하고서 그대로 그림을 그리라고 명했죠. 안견은 교실 한쪽 벽만한 그림을 그렸습니다. 왼쪽을 골짜기 입구로 만들고 중간쯤에서 복사꽃이 활짝 핀 그림을 오른쪽으로 펼쳐나갔습니다. 그런데 복사꽃이 핀 모양의 그 복사꽃을 무엇으로 그렸는지 아십니까? 모두 금가루를 물에 타서 붓으로 찍어 그렸습니다. 왕실이 아니고서는 누리기 힘든 호사였던 셈입니다. 완성된 그 그림을 보면서 알고 지내는 선비들을 불렀습니다. 그리고 그들에게 느낀 바를 그림의 한 귀퉁이에 시로 적으라고 했습니다. 그림은 그 가장자리에 써넣은 시구가 한결 격을 높여줍니다. 화중유시(畵中有詩), 시중유화(詩中有畵)라고 해서, 동양화의 풍속이죠. 그런데 여기에 참가한 사람들 역시 당대를 쩌렁쩌렁 울릴 만한 선비들이었습니다. 성삼문, 박팽년, 신숙주, 서거정 같은 대가들이 그 그림을 보고 감탄을 하면서 시를 써넣었죠.

이럼으로써 조선 초기 회화의 한 절정을 보여주는 명작 〈몽유도원도〉가 탄생합니다. 꿈속에서 복사꽃 핀 낙원을 보았다는 뜻입니다. 그런 환상의 세계를 현실 속에서 즐기려고 당대 최고의 환쟁이를 불러서 눈앞에 실현시킨 것입니다. 이때 그림은 당시 사람들이 원하는 바로 그 유토피아가 현실 속에 나타난 것입니다. 그림은 유토피아를 현실 속에 드러내는 한 방법이 되는 것입니다.

그런데 이 작품이 지금 어디 있는지 아는 사람? 없겠죠. 일본에 있습니다. 일본의 텐리 대학 중앙도서관에 있습니다. 우리나라에서 가져갔겠죠. 우리나라 사람들이 그 그림 앞에서 감동을 하면 일본인들은 뭐라고 하는지 압니까? 이렇습니다.

이 그림이 일본에 있었기 때문에 지금까지 보존되었다.

이거 참 무언가 깊이 생각하게 하는 말입니다. 그들을 욕하기 전에 욕해야 하는 우리들의 모습을 한 번 곰곰이 생각해보는 것도 중요한 일일 듯합니다.

그림은 그림일 뿐이지만, 그 그림이 나타나는 데는 그 그림을 그리고 누린 주체들의 사상을 생각하지 않을 수 없는 일이기도 합니다. 〈몽유도원도〉는 조선 전기 회화의 거대한 흐름 위에서 나타난 작품입니다. 그리고 그 세계는 성리학을 기반으로 한 선비들이 가고자 한 이상세계를 나타내는 상징이 됩니다. 그렇기 때문에 그림은 그 주체들의 사상을 드러내는 작용을 합니다.

이것을 시에 적용시킨다면 어떨까요? 시인이 어떤 풍경을 절제된 감각으로 그리고 있다면 그 세계는 그 시인의 의식이 가 닿고자 하는 그런 세계를 드러내는 경우일 때가 많습니다. 여기서도 시인의 생각이 설명되지 않은 채 바라보이는 풍경을 냉정하게 묘사했습니다.([2]형) 따라서 정지용이 이 시에서 드러낸 의식의 단면은 그의 사상을 드러내는 실마리가 된다고 보아야 합니다. 그것이 무엇이냐 하는 것은 좀 더 연구해야겠죠. 그리고 그것은 시인의 일생과 그가 산 사회, 그리고 시대의 의미를 종합해서 판단해야 할 것이니 이 자리에서 쉽게 밝힐 수 있는 것은 아닙니다.

다만, 시에서는 이렇게 어려운 일도 하는구나 하는 것을 아는 정도만 되면 이 시를 감상하는 것에 충분한 일이라고 생각합니다. 여러분이 좀 더 시를 접하면 이 세계를 이해하게 될 것입니다. 지금 모른다고 답답해할 것 없습니다.

이육사 1904~1944

본명은 원록, 원삼, 활. 경상북도 안동 출생. 호인 육사는 대구형무소 수감번호 264에서 딴 것. 중국 베이징 조선군관학교와 베이징대학 사회학과 졸업. 1925년 대구에서 의열단에 가입. 27년 장진홍의 조선은행대구지점폭파사건에 연루되어 대구형무소에 투옥된 것을 비롯하여 29년 광주학생운동, 30년 대구 격문사건 등에 연루되어 모두 17번에 걸쳐 옥고를 치름. 중국을 왕래하며 독립운동에 진력하다가 43년 서울에서 일본경찰에 체포되어 베이징으로 송치된 뒤 44년 베이징 감옥에서 옥사. 1935년 30살이 넘어 시를 쓰기 시작. 37년 서울에서 신석초·윤곤강·김광균 등과 시동인지 『자오선』을 발간하고, 〈청포도〉, 〈교목〉 등 발표.

청포도

내 고장 칠월(七月)은
청포도가 익어가는 시절

이 마을 전설이 주저리주저리 열리고
먼데 하늘이 꿈꾸며 알알이 들어와 박혀

하늘밑 푸른 바다가 가슴을 열고
흰 돛단배가 곱게 밀려서 오면

내가 바라는 손님은 고달픈 몸으로
청포를 입고 찾아 온다고 했으니

내 그를 맞아 이 포도를 따 먹으면
두 손은 함뿍 적셔도 좋으련

아이야 우리 식탁엔 은쟁반에
하이얀 모시 수건을 마련해 두렴

[2 + 3] 형

내 고장의 모습을 묘사해나가다가([2]형), 손님 맞아서 하고픈 자신의 생각을 말한 것([3]형)입니다. 내용의 전개를 보면 이렇습니다. 먼저 청포도가 익는 계절이 오니까 수확을 해야 하고, 그것을 먹고 싶다는 생각을 하다가, 혼자 먹는 것이 아니라 누군가와 함께 먹고 싶다는 생각까지 나간 겁니다. 그러면서 그런 사람을 기다리는 설렘과 기대를 말하는 방향으로 나간 것입니다. 발상의 순서를 이렇게 엿볼 수 있지요.

여기까지는 누구나 생각할 수 있는 것입니다. 그러나 그 다음에서 육사의 특색이 드러납니다. 이 부분이 중요합니다. 그렇다면 내가 기다리는 사람을 어떤 존재로 설정할 것이냐 하는 것입니다. 여기서는 '손님'이었습니다. 그런데 그 손님은 그냥 심심풀이로 놀러 다니는 유람객이 아니라 '고달픈 몸으로' 오는 사람입니다. 게다가 '청포'를 입습니다. 청포는 푸른 물을 들인 두루마기를 말합니다. 선비들이 즐겨 입었던 옷이죠. 이것은 청포도와 어울리는 색입니다. 그런데 보통 푸른 색은 희망을 나타냅니다. 고달프지만 희망을 갖고 오는 사람이 내가 기다리는 손님의 정체일 것입니다. 그런 사람을 위해서는 포도를 따다 주는 불편함과 수고를 아끼지 않겠다는 희생심마저 생깁니다. 그래서 '두 손은 함뿍 적셔도 좋'다고 한 것입니다. 이 손님의 이미지는 〈광야〉라는 시에서 '백마 타고 오는 초인'으로 변주되어 나타납니다.

앞서 한국 시의 흐름을 설명할 때, 자유시는 그 이전의 시로부터 벗어나려는 관성을 갖고 있으며, 그렇지만 옛날 시의 전통을 충실히 반영했다는 얘기도 했습니다. 바로 이런 시에서 저는 그런 것을 느낍니다. 이 시를 잘 보면 아주 정제된 형식미를 보여줍니다. 전체가 6연으로 각 연은 2행으로 이루어져 있습니다. 그리고는 정확히 두 부분으로 나눌 수 있습니다. 절반인 1~3연은 경치를 보여주고 있고, 4~6연은 자신이 하고픈 말을 하고 있습니다. 어디서 많이 본 수법이 아니던가요? 그렇지요! 여기서 한시의 선경후정이라고 대번에 나와야만 훌륭한 학생입니다. 형식은 조금 바뀌었지만, 먼저 경치를 묘사한 다음에 자신의 심정을 드러낸다는 한시의 원리가 그대로 적용된 경우에 해당합니다. 그리고 우리 자유시가 그렇게 짧은 기간 동안에 그 만큼 정제된 형식을 갖출 수 있었던 것은 이 같은 전통의 힘이 은연중에 아주 강하게 작용한 까닭입니다. 그리고 그것은 단순히 형식의 문제가 아니라 오랜 세월 동안 성리학으로 단련된 정신의 높이에서 나오는 것이라고 앞서 몇 차례 말했습니다.

절 정

매운 계절의 채쭉에 갈겨
마츰내 북방으로 휩쓸려오다

하늘도 그만 지쳐 끝난 고원
서리빨 칼날진 그 우에서다

어데다 무릎을 꿇어야 하나?
한발 재겨 디딜곳조차 없다

이러매 눈 감아 생각해 볼밖에
겨울은 강철로 된 무지갠가 보다

[2 + 3 + 1] 형

이번에는 표기법을 옛날 것 그대로 두었습니다. 그대로 두어도 뜻을 파악하는 데 전혀 어려움이 없기 때문입니다.

앞부분은 주로 묘사를 이루고([2]) 뒷부분은 할 말을 했습니다([3]). 그리고 중간중간에 비유가 들어가 있습니다. ([1])

앞서 한시 이야기를 했습니다만, 이 시야말로 한시의 원리와 흔적을 고스란히 보여주는 시입니다. 2행씩 4연으로 짜였습니다. 한시의 기승전결 구조를 그대로 반영한 것입니다. 게다가 선경후정이라는 방식도 그대로 적용되었습니다.

한시의 기승전결(起承轉結)은 간단하고 확실한 원리입니다. 먼저 어떤 시를 쓸 것인가 하는 시상을 일으킵니다. 전체 4행 중 첫 번째 행에서 그런 일이 일어납니다. 그래서 시상을 일으키는 부분이라고 해서 이름도 일어날 기(起) 자를 씁니다. 그리고 일으킨 시상을 좀 더 구체화하는 것이 그 다음 행에서 일어납니다. 이름도 이어받는다는 뜻의 승(承)이라고 합니다. 그리고 이렇게 구체화된 이미지를 한 번 반전시켜서 비약으로 인한 활기를 불어넣습니다. 그래서 이름도 바뀔 전(轉)자입니다. 이렇게 해서 한 번 반전을 했으면 헝클어진 분위기를 정리해서 매듭짓습니다. 그래서 이름도 맺을 결(結)입니다. 이렇게 해서 기구, 승구, 전구, 결구가 이루어집니다.

이 시에서는 먼저 북방으로 왔다는 시상을 제시한 다음에(기), 북방의 위치를 고원이라고 알려주어서 구체화시킵니다.(승) 그리고 더 이상 갈 곳이 없다는 말로 분위기를 반전시킨 다음(전), 겨울은 강철무지개라는 제시로 끝맺음을 합니다.(결) 한시의 기법이 몸에 배지 않으면 쓸 수 없는 시입니다. 실제로 이육사는 한시를 꽤 많이 쓴 사람입니다.

마지막 구절에서 겨울을 보고 강철 무지개라고 한 것이 재미가 있습니다. 앞에서부터 점점 긴장된 상황으로 몰고 가다가 끝에 가서 이렇듯 비유로 상황을 제시하고 끝맺었습니다. 애매하지요. 그냥 무지개라고 했으면 희망을 나타낸 것이려니 짐작하겠는데, 거기다가 강철을 뒤집어 씌웠으니 이를 어쩌지요?

강철은 겨울의 이미지일 것입니다. 겨울은 얼음이고, 얼음은 쇠붙이처럼 단단하며, 그 단단함이 강철을 연상한 것이겠지요. 그러니 겨울의 무지개는 단단한 느낌을 줍니다. 그렇다면 별 수 없이 강철을 무지개를 꾸며주는 것으로 봐야겠습니다.

절정의 순간에 마주친 실낱같은 희망, 그러나 단단해서 영원히 사라지지 않을 그런 희망을 보자고 한 강한 충동이 만들어낸 환영일 듯합니다. 독립운동으로 칼날 같은 시간 위를 걷던 육사로서는 그럴 듯한 것이 아니었을까요?

김동환 1901~?

________ 함경북도 경성 출생. 서울 중동학교를 거쳐 일본 도요대학 문과 졸업. 카프에 가담. 한국 최초의 근대 서사시 〈국경의 밤〉 발표. 1938년 순문예지 『삼천리문학』 발간. 수필집 『나의 반도산하(1941)』, 『꽃피는 한반도(1952)』, 시집 『승천하는 청춘(1925)』. 6·25 때 납북.

산너머 남촌에는

1

산너머 남촌에는 누가 살길래
해마다 봄바람이 남으로 오데.

꽃피는 사월이면 진달래 향기
밀익는 오월이면 보리내음새.

어느것 한가진들 실어 안 오리
남촌서 남풍불 제 나는 좋데나.

2

산너머 남촌에는 누가 살길래
저 하늘 저 빛깔이 저리 고울까.

금잔디 너른 벌엔 호랑나비떼
버들밭 실개천엔 종달새 노래.

어느것 한가진들 들려 안 오리
남촌서 남풍불 제 나는 좋데나.

3
산너머 남촌에는 배나무 있고
배나무꽃 아래엔 누가 섰다기,

그리운 생각에 재에 오르니
구름에 가리어 아니 보이네.

끊었다 이어오는 가는 노래는
바람을 타고서 고이 들리네.

[3 + 2] 형

이것은 가곡으로 너무 많이 알려진 작품입니다. 시가 노래로 작곡될 때는 내용도 내용이지만 가락이 많은 작용을 합니다. 이 시를 보면 7·5조라는 것을 한 눈에 알 수 있죠. 7·5조는 자유시가 시작되던 초기(1920~30년대)에 아주 많이 나왔습니다. 그것은 시를 노래로 부르던 그 이전 시대의 관행이 자유시에서도 적용된 것입니다.

해방 전의 드라마를 보면 등장인물들이 한결같이 모자를 쓰고 나오지요? 그게 왜 그런 건지 아십니까? 그 전에는 모두 갓을 썼거든요. 상투를 가리려는 발상이죠. 그러다가 고종 때 단발령으로 상투를 자르니까 이젠 갓을 쓸 필요가 없어진 겁니다. 그렇다고 맨대가리로 쏘다닐 수는 없다고 판단한 것이겠죠. 그래서 궁여지책으로 머리에다가 모자를 쓴 것입니다.

근대시가 막 시작되던 초기에 시에서 운율을 버리지 못한 까닭도 이와 비슷합니다. 원래 노래였던 것을 시라는 이름으로 쓰려고 해도 옛날의 가락을 버리려니 무언가 허전해서 자꾸 가락을 맞추려고 한 것이죠. 이 시인만이 아니고 당시 시를 쓰던 사람들의 시에는 이와 유사한 가락이 아주 많이 나옵니다.

이 시의 가락은 어떤가요? 김소월의 작품 중에서 성공한 작품들하고 비교하면 좀 경직됐다는 느낌을 받죠? 7·5조라는 원칙에 너무 충실한 것이 그런 느낌을 주는 것입니다.

그러면 내용을 좀 보겠습니다. 이 시는 봄날에 느끼는 자신의 느낌을 담담히 적은 것입니다. 그러니까 주로 말하기 수법인 것이죠.([3]) 여기에다가 직접 말하는 것을 자제하기 위해서 풍경 묘사를 도입했습니다.([2]) 그래서 [3+2]형이라고 볼 수 있겠습니다.

이 시는 세 수로 이루어졌는데, 각 시가 동일한 형태로 반복되는 것을 알 수 있습니다. 1을 보겠습니다. 제일 먼저 1연에서 봄바람이 불어온다는 이야기를 하고, 2연에서는 그 봄으로 인하여 생기는 풍경을 제시하고, 3연에서는 그래서 좋다는 말을 하고 있습니다. 이런 방법을 세 번 반복해서 시 한 편을 만들었습니다. 형식에서도 무언가 정형을 이루어야 한다는 옛 시대의 관점이 시에 적용됐습니다. 형식은 자유시라고 하지만 이런 여러 가지 버릇이 옛날 시의 전통을 그대로 간직하고 있음을 볼 수 있습니다. 이와 같이 자유의 형식은 하루아침에 이루어지는 것이 아닙니다. 마찬가지로 전통 역시 하루아침이 끊어지는 것이 아닙니다.

눈여겨보아야 할 것이 있습니다. 시를 쓸 때 아주 잘 활용할 수 있는 기법입니다.

산너머 남촌에는 누가 살길래
해마다 봄바람이 남으로 오데.

이것을 잘 살펴보시기 바랍니다. 이 시의 구절대로라면 산 너머 남쪽에 누가 살지 않으면 봄바람이 안 온다는 얘긴가요? 이상하지요? 남쪽에 누가 산다는 것과 봄이 온다는 사실은 전혀 관계가 없는 일입니다. 그런데 이렇게 연결시켜놓았습니다. 그런데 아무런 무리 없이 우리는 읽었습니다. 바로 이 점을, 시 쓰는 사람이 그냥 지나치면 안 됩니다.

이것은 시인이 누군가를 그리워하는 마음 때문에 생긴 일입니다. 그냥 봄 풍경을 묘사한 것이 아니고 누군가를 그리워하는 감정이 실린 상태에서 시를 썼기 때문입니다. 시에서 감정이 물씬 우러나게 만드는 요인으로 작용합니다. 그리고 이 점은 이 시의 화자가 세상에 대한 궁금증도 없이 무기력하게 살아가는 늙은이가 아니라 세상에 대해 궁금증이 많고 호기심이 강한 젊은 사람이라는 것을 보여주는 것이기도 합니다. 남쪽에는 누가 살까? 도대체 세상이 어떻게 된 것이길래 계절이 바뀌고 봄이 오면 꽃이 피나? 하는 여러 가지 호기심을 가진 사람이 아니면 이런 궁금증을 일으킬 리 없지요. 그리고 그것은 인생의 봄인 사춘기에 느끼는 감정입니다. 사춘기의 정서에 대해서 아무런 말을 하고 있지 않지만, 이 시에는 그런 느낌이 배어 있습니다. 봄이 주는 어떤 기운에 쏘인 사람의 특징이죠. 시를 쓰는 사람의 심리가 봄을 맞이했을 때의 그런 느낌을 아주 잘 담고 있습니다.

봄을 맞이하는 젊은이는 가슴속에 형언할 수 없는 홍이 납니다. 그런데 그런 홍 가운데서 세상에 대한 호기심도 있고, 또 누군가를 그리워하는 마음도 있습니다. 그런데 그런 그리움은 이곳 밖의 또 다른 곳에 나와 비슷한 사람이 있다는 것을 전제로 합니다. 그래서 봄바람이 불어오는 방향에 있는 남촌에는 이런 기분을 느끼는 어떤 사람이 또 있고, 그런 사람의 기분이 봄바람을 타고 점점 번져간다는 생각을 하게 됩니다. 그리고 그런 그리움이 세 번째 시에서 나타납니다.

> 그리운 생각에 재에 오르니
> 구름에 가리어 아니 보이네.

그런 마음이 여기서 보이듯이 남촌에 사는 누군가와 봄을 연결시키는 심리로 작용하는 것입니다. 그러니까 이 시의 전체 주제와 감정은 봄날에 느끼는 그리움 같은 것입니다. 그래서 1연이 그렇게 연결되었던 것입니다.

이거 굉장히 어려운 연결법입니다만, 봄날에 자신의 감정을 아주 잘 살펴서 느끼면 충분히 할 수 있는 일입니다. 바로 이와 같은 연상법과 발상을 배워야 합니다. 내가 어떤 일에서 감정을 느낄 때는 그것이 나만의 특수한 것이기는 하지만 사람이라면 누구나 그런 것을 느낄 수 있다는 것을 잊으면 안 됩니다. 바로 그런 마음이 이런 장면을 만드는 것입니다. 아무런 관련이 없는 것들을 관련지어서 사람들의 감성을 일깨우는 존재가 바로 시인입니다. 그렇게 하려면 우선 선입견이 없어야 하고 자신의 감정에 충실해서 잘 살펴야 합니다. 봄날에 느껴지는 감정을 잘 살펴보면 젊은 여러분은 할 말이 많이 있을 것입니다.

심 훈 1901~1936

________ 서울 출생. 본명은 대섭. 경성제일고등보통학교 재학 중 3·1운동 참가로 복역. 1920년 중국 항저우 치장대학에 입학하여 극문학을 공부. 23년 귀국하여 신극 연구 단체인 극문회 조직. 동아일보 기자. 25년 영화 〈장한몽〉에 이수일 역으로 출연. 26년 동아일보에 영화소설 〈탈춤〉 연재. 27년 영화 〈먼동이 틀 때〉를 집필, 각색, 감독. 조선일보사·경성방송국·조선중앙일보사 등에 입사하였으나 번번이 사상문제로 사직. 30년 「동방의 애인」을 시작으로, 「영원의 미소」, 「직녀성」, 「상록수」 등의 소설을 씀.

그날이 오면

그날이 오면, 그 날이 오면은
삼각산이 일어나 더덩실 춤이라도 추고
한강물이 뒤집혀 용솟음칠 그 날이
이 목숨이 끊기기 전에 와 주기만 할 양이면
나는 밤하늘에 날으는 까마귀와 같이
종로의 인경을 머리로 들이받아 울리오리다.
두개골이 깨어져 산산조각 나도
기뻐서 죽사오매 오히려 무슨 한이 남으리까.

그 날이 와서, 오호 그 날이 와서
육조 앞 넓은 길을 울며 뛰며 뒹굴어도

그래도 넘치는 기쁨에 가슴이 미어질 듯하거든
드는 칼로 이 몸의 가죽이라도 벗기어
커다란 북을 만들어 들쳐 메고는
여러분의 행렬에 앞장을 서오리다.
우렁찬 그 소리를 한 번이라도 듣기만 하면
그 자리에 꺼꾸러져도 눈을 감겠소이다.

[3 + 1] 형

격한 감정이 대번에 느껴지는 작품이지요? '그날'로 표현된 어떤 날을 맞이했을 때를 가정해서 그때의 기쁨을 각각 1연과 2연으로 나타내본 것입니다. 시의 발상법 역시 아주 간단합니다. 시인에게는 간절하게 그리워하는 어떤 날이 있습니다. 그 날을 맞고 싶은데 지금은 그렇지 못하죠. 그래서 그런 날이 왔을 때를 가정하여 그 기쁨을 표현해본 것입니다. [3]형이죠. 여기에다가 중간중간에 비유를 활용했습니다.([1]) 그래서 [3+1]형이라고 봅니다.

그런데 그 날이 과연 어떤 날일까요? 시에 나타난 상황의 절박함으로 보면 개인의 원풀이나 사소한 개인감정에 부합하는 작은 의미의 날은 아닐 것 같습니다. 한강물이 뒤집힌다느니, 두개골이 깨진다느니, 제 몸의 가죽을 벗긴다느니, 하는 것은 생일날 케이크를 먹고 싶다든가, 애인과 여행을 떠나고 싶다든가 하는 그런 감정을 표현하기 위해서 사용할 성질의 것은 아닐 것입니다.

그렇다면 여기서 조금 비약을 해서 이거, 혹시 개인이 아닌 한 국가의 장래와 관련이 있는 표현이 아닐까 하는 생각을 해볼 필요가 있습니다. 표현의 과격성이 충분히 그럴 수 있습니다. 그런데 시 안에서는 그런 기미를 제시해주지 않습니다. 다만 삼각산이나 육조 같은 말이 나와서 어렴풋이 그 분위기를 돕기는 합니다만, 그것이 단정할 만한 자료가 되지는 못합니다. 이럴 때 우리는 이 시만으로는 해결할 수 없는 것이고, 시 안의 조건만으로는 해결할 수 없을 때 시 밖의 환경을 검토해야 합니다. 시 밖의 환경이란 시인이 시를 쓸 무렵의 상황과 그 시가 쓰일 때의 시대 문제 같은 것을 말합니다.

심훈은 시보다는 소설에서 큰 재능을 보인 사람입니다. 일제 강점기에 농촌계몽 활동을 하는 사람들을 아주 잘 형상화한 〈상록수〉라는 명작을 쓴 소설가입니다. 게다가 학생시절에 3·1운동에 가담하여 옥살이까지 한 인물입니다. 그 뒤로도 기자 생활을 하면서 일제에 대한 비판을 서슴지 않았던 인물입니다. 상록수는 그런 과정에서 나온 작품입니다. 그러면 이 시가 무엇을 뜻하며, 이 시 속의 '그 날'이 어떤 날을 뜻하는 지는 저절로 밝혀지지요. 쉽게 단정하면 독립의 그날이 될 것입니다.

심훈은 소설을 잘 썼지만, 시도 꽤 많이 썼습니다. 그런데 시에서 나타나는 그의 감정은 너무 격렬해서 시의 형태마저 일그러뜨릴 정도입니다. 자신의 감정만을 생각했지 시라는 형식을 지키려 한 노력이 거의 보이지 않는다 싶을 정도로 말을 마구 쏟아냈습니다. 그래서 이 시 외에는 크게 보잘것이 없습니다. 이 시는 그 중에서 가장 빼어난 작품입니다. 이렇게 과격한 가운데서도 뜻밖의 작품이 하나 있어서 여기 소개합니다.

봄 비

하나님이 깊은 밤에 피아노를 두드리시네.
건반 위에 춤추는 하얀 손은 보이지 않아도
섬돌에, 양철 지붕에, 그 소리만 동당 도드랑.

[1]형이지요. 비오는 광경을 하느님이 피아노 치는 것으로 상황을 빗댄 것이 재미있습니다. 어찌 보면 시조처럼 보이기도 합니다만, 이렇게 사물을 순수하게 바라보는 시선이 있기에 불의를 보고 그토록 과감하게 반응할 수 있다는 생각도 드는군요.

시에 어려운 낱말이 나오는데 알고 넘어가야겠죠. 인경(人磬)은 조선시대 통행금지 제도에서 온 말입니다. 조선시대에는 밤 10시가 되면 성문을 닫고 새벽 4시에 열었습니다. 이때 성문을 닫는 것을 파루(罷漏)라고 했고, 성문 여는 것을 인정(人定)라고 했습니다. 인경은 인정으로 치는 악기를 말하는 것이죠. 파루는 모두 28번을 치는데 이것은 하늘의 별자리가 28수이기 때문이고, 인정은 33번 울리는데 이것은 불교에서 우주의 하늘을 모두 33개라고 보기 때문입니다.

육조는 국가를 운영하는 여섯 부처를 말합니다. 운영을 맡는 이조, 살림을 맡는 호조, 의례를 맡는 예조, 군사를 맡는 병조, 법률을 맡는 형조, 시설을 맡는 공조, 이렇게 모두 6개의 조입니다. 국사시간에 '이·호·예·병·형·공'이라고 달달 외웠던 그것이죠. 이 육조는 지금 세종로 양쪽에 나란히 있었습니다. 그래서 세종로를 그때는 육조거리라고 했죠. 이 육조거리는 관리들만 다닐 수 있었는데, 예외가 허용되어 백성들도 다닐 수 있는 때가 있었습니다. 바로 결혼식 날이죠. 시집 장가가는 신랑 신부만은 특별대접을 해준 겁니다. 그 외에는 백성들이 그 거리로 나섰다가는 곤장 감이었습니다.

이상화 1901~1943

—— 대구 출생. 중앙고보와 일본 도쿄외국어학교 불어과 졸업. 1922년 현진건의 소개로 박종화·홍사용·나도향·박영희 등과 '백조' 동인. 25년 박영희·김팔봉·김기진과 함께 조선프롤레타리아예술동맹(KAPF)의 창립회원으로 참여. 26년 〈빼앗긴 들에도 봄은 오는가〉를 발표. 27년 의열단 이종암 사건에 관련되어 옥고. '창조' '폐허' 등의 상징주의·퇴폐주의운동에 가담하여 초기에는 여러 경향의 시를 썼으나, 그 뒤 현실세계로 눈을 돌리고 신경향파의 대두와 함께 경향성을 띤 작품을 씀.

빼앗긴 들에도 봄은 오는가

지금은 남의 땅 - 빼앗긴 들에도 봄은 오는가?

나는 온몸에 햇살을 받고,
푸른 하늘 푸른 들이 맞붙은 곳으로,
가르마 같은 논길을 따라 꿈속을 가듯 걸어만 간다.

입술을 다문 하늘아, 들아,
내 맘에는 나 혼자 온 것 같지를 않구나!
네가 끌었느냐, 누가 부르더냐, 답답워라, 말을 해 다오.

바람은 내 귀에 속삭이며,

한 자국도 섰지 마라, 옷자락을 흔들고
종다리는 울타리 너머 아씨같이 구름 뒤에서 반갑다 웃네.

고맙게 잘 자란 보리밭아,
간밤 자정이 넘어 내리던 고운 비로
너는 삼단 같은 머리를 감았구나. 내 머리조차 가쁜하다.

혼자라도 가쁘게나 가자.
마른 논을 안고 도는 착한 도랑이
젖먹이 달래는 노래를 하고, 제 혼자 어깨춤만 추고 가네.

나비, 제비야, 깝치지 마라.
맨드라미, 들마꽃에도 인사를 해야지.
아주까리 기름을 바른 이가 지심 매던 그 들이라 다 보고 싶다.

내 손에 호미를 쥐어 다오.
살진 젖가슴과 같은 부드러운 이 흙을
발목이 시도록 밟아도 보고, 좋은 땀조차 흘리고 싶다.

강가에 나온 아이와 같이,
짬도 모르고 끝도 없이 닫는 내 혼아
무엇을 찾느냐, 어디로 가느냐, 웃어웁다, 답을 하려무나.

나는 온 몸에 풋내를 띠고

푸른 웃음, 푸른 설움이 어우러진 사이로
다리를 절며 하루를 걷는다. 아마도 봄 신령이 지폈나 보다.

그러나 지금은 – 들을 빼앗겨 봄조차 빼앗기겠네.

[3 + 1] 형

이 시는 제목이 모든 것을 말해주는 시입니다. 누군가에게 빼앗긴 봄에 대해서 노래한 시죠. 그러니까 그 봄을 맞는 느낌을 말한 것입니다. ([3]) 여기에다가 주로 의인화시켜서 사물들을 등장시켰습니다. 사람에 빗대는 것은 비유의 일종이죠. ([1]) 따라서 [3+1]형이 되겠습니다.

이 시에도 질서정연한 법칙이 보이죠? 시작과 끝만 한 행이고, 나머지 연에서는 모두 3행으로 처리했는데, 그 길이마저도 비슷비슷합니다. 1행보다 2행이, 2행보다 3행이 더 길죠. 이런 법칙성은 모두 옛날 시의 전통이 자유시에서도 그대로 적용되고 있는 것이라고 누차 얘기했습니다.

봄에 관해서 노래한 것은 김동환의 〈산너머 남촌에는〉과 비슷합니다. 그런데 분위기는 완전히 다르죠. 김동환의 시가 그리움과 설렘으로 봄을 노래한 데 반해, 이 시에서는 우울한 느낌이 아주 깊게 배어 있습니다. 이것은 봄을 노래한 시인의 심경이 다르기 때문입니다. 이 태도가 말투를 결정한다고 앞서 배웠죠.

이 시의 상황은 땅을 빼앗긴 상황입니다. 그렇기 때문에 거기에 오는 봄 역시 그전 같지 않은 것입니다. 바로 이 기분으로 봄을 맞고 있기 때문에 김동환의 시와는 다른 것입니다. 그러나 역시 어떤 감정에 휩싸여 있다는 것은 마찬가지입니다. 김동환의 시가 그리움과 설렘이라면 여기서는 상실감이 그것일 텐데, 이 상실감을 '봄 신령이 지폈나보다'라고 둘러 표현하고 있습니다.

시의 비유를 보면 모두 우리에게 아주 낯익은 것들에 닿아 있습니다.

가르마 같은 논길
입술을 다문 하늘
종다리는 울타리 너머 아씨같이
삼단 같은 머리
젖가슴과 같은 이 흙

눈에 들어오는 것만을 대충 뽑아도 이렇습니다. 그래서 이 시가 쉽게 와 닿고 아늑한 느낌이 드는 것입니다. 봄 들판을 걸어가면서 만난 풍경을 이렇게 사람의 모습에 빗대어 표현하면 들판 전체를 사람으로 인식하는 것과 같습니다. 여기서는 특히 여성이지요. 땅은 무한한 생산성으로 사람을 먹여 기르기 때문에 사람을 낳고 기르는 어머니와 때로 동일시되기도 합니다. 특히 신화에서는 대지가 어머니와 동일시됩니다. 그래서 시가 포근하게 느껴지는 것입니다.

그런데 이 포근한 느낌을 주는 들판을 빼앗긴 것입니다. 그 절망감을 노래한 것이죠. 그래서 친근하고 포근한데도 절망감이 시 곳곳에 배어있는 것입니다.

외부에서 감당할 수 없는 충격이 가해지면 우선 사람은 비명부터 지르고 거기에 반응하여 자기도 모르게 방어동작을 합니다. 그러고 나서 사태가 어느 정도 진행되고 정신이 수습되면 과연 어떻게 하면 이 충격을 극복할 것인가 하는 생각을 합니다. 먼저 감정이 반응을 하고 그 뒤를 따라서 이성이 논리를 갖추어서 대응하는 것입니다. 이것은 개인만이 그런 것이 아니라 나라나 단체도 마찬가지입니다. 나라가 망하자 그 나라를 철떡 같이 믿고 있던 사람들은 당황합니다. 그래서 그 충격을 견디지 못한 사람들은 자결을 하기도 하지요. 자결을 하지 않고 살아있는 사람들은 어쩔 줄을 모르고 자신의 감정을 드러냅니다. 그런 것이 문학에서는 주로 시의 형식으로 나타납니다. 우리나라가 망했을 초창기에 시에서 많은 작품이 나타난 것은 바로 이런 것을 반영하는 것입니다. 그리고 어느 정도 자신을 돌아보면서 일이 그렇게 된 원인과 대응방법을 찾기 시작하면 이성의 기능이 강화되면서 문학 역시 이성의 활동이 활발한 소설이나 평론 활동이 왕성해집니다.

이 시는 나라가 망한 충격이 수습되기 전의 절망스런 상황에서 나온 것입니다. 미래가 보이지 않는 혼돈의 상황에서는 시인의 감수성이 가장 민감하게 반응합니다. 그런 사례를 아주 잘 보여주는 시입니다. 이 시에서 막막함에 어쩔 줄 모르는 심리가 나타난 것은 그런 것입니다. 혼과 신령에 의존할 수밖에 없음을 이 시의 끝 부분은 말합니다. 거의 절규에 가까운 시입니다.

이런 식의 분석과 판단은 물론 이 시에 얽힌 여러 가지 이야기나 배경을 공부한 다음에 하는 것입니다만, 그것은 또 시간이 많이 걸리는 일이어서 제가 대충 설명을 했습니다. 이런 부분에 궁금증이 있는 학생은 나중에 이쪽으로 선택하여 더 공부를 하기 바랍니다. 무궁무진한 세계가 있습니다. 그런 궁금증이 세계를 이해하는 아주 좋은 발상이라는 것을 아는 것이 중요합니다.

이 시인의 시를 한 편 더 보겠습니다.

나의 침실로

'마돈나' 지금은 밤도 모든 목거지에 다니노라 피곤하여 돌아가려는도다

아, 너도 먼동이 트기 전으로 수밀도의 네 가슴에 이슬이 맺도록 달려오너라.

'마돈나' 오려무나. 네 집에서 눈으로 유전하던 진주는 다 두고 몸만 오너라.

빨리 가자, 우리는 밝음이 오면 어딘지 모르게 숨는 두 별이어라.

'마돈나' 구석지고도 어둔 마음의 거리에서 나는 두려워 떨며 기다리노라.

아, 어느덧 첫닭이 울고 – 뭇 개가 짖도다. 나의 아씨여! 너도 듣느냐.

'마돈나' 지난 밤이 새도록 내 손수 닦아 둔 침실로 가자, 침실로!
낡은 달은 빠지려는데 내 귀가 듣는 발자욱 - 오, 너의 것이냐?

'마돈나' 짧은 심지를 더우잡고 눈물도 없이 하소연하는 내 마음의 촉불을 봐라.
양털 같은 바람결에도 질식이 되어, 얕푸른 연기로 꺼지려는도다.

'마돈나' 오너라. 가자 앞산 그리매가 도깨비처럼 발도 없이 이 곳 가까이 오도다.
아, 행여나 누가 볼는지 - 가슴이 뛰누나. 나의 아씨여, 너를 부른다.

'마돈나' 날이 새련다. 빨리 오려무나, 사원의 쇠북이 우리를 비웃기 전에.
네 손에 내 목을 안아라. 우리도 이 밤과 같이 오랜 나라로 가고 말자.

'마돈나' 뉘우침과 두려움의 외나무다리 건너 있는 내 침실, 열 이도 없으니!
아, 바람이 불도다. 그와 같이 가볍게 오려무나, 나의 아씨여, 네가 오느냐?

'마돈나' 가엾어라, 나는 미치고 말았는가, 없는 소리를 내 귀가 들음은 –.

내 몸에 피란 피 – 가슴의 샘이 말라 버린 듯 마음과 몸이 타려는도다.

'마돈나' 마돈나 언젠들 안 갈 수 있으랴, 갈 테면 가자. 끄을려 가지 말고 –

너는 내 말을 믿는 '마리아' – 내 침실이 부활(復活)의 동굴(洞窟)임을 네야 알련만.

'마돈나' 밤이 주는 꿈, 우리가 얽는 꿈, 사람이 안고 궁그는 목숨의 꿈이 다르지 않으니.

아, 어린애 가슴처럼 세월 모르는 나의 침실로 가자, 아름답고 오랜 거기로.

'마돈나' 별들의 웃음도 흐려지려 하고, 어둔 밤 물결도 잦아지려는도다.

아, 안개가 사라지기 전으로 네가 와야지 나의 아씨여, 너를 부른다.

[3 + 1 + 2] 형

야한 얘기 좀 할까요? 유방은 원래 아기에게 젖을 주는 기능을 하는데, 미인들의 사진을 보면 한결같이 젖가슴을 강조하는 걸 볼 수 있습니다. 그것도 아주 탱탱하게 부풀어서 바늘이 스치기만 하면 터질 것 같은 그런 모습으로 말이지요. 그런 광경을 몰래 보면서 남자들은 다 시시덕거립니다. 여러분도 그렇게 자라고 있겠지요. 우리가 그랬는데, 여러분이라고 안 그러겠어요?

그런데 그런 젖가슴을 뭐라고 표현하면 좋을까요? 시를 쓰는 사람으로서는 생각해보지 않을 수 없는 문제입니다. 물 풍선? 이건 말랑말랑하기는 하지만 생명이 없으니 좀 그렇지요. 뭐라고 했을까요? 답은 이 시 안에 있습니다. 옛날 어른들은 그것을 수밀도라고 한 모양입니다. 수밀도는 잘 익은 복숭아를 말합니다. 복숭아는 처음에 단단하다가 익어갈수록 색깔도 뽀얘지고 또 말랑말랑해집니다. 그래서 땅에 떨어지기 직전의 복숭아는 껍질까지 따로 놀아서 만져보면 그 감촉이 정말 부드럽습니다. 게다가 솜털까지 있으니 그 감촉이란 상상 이상입니다. 바로 이런 상태에 여자의 풍만한 젖가슴을 빗대어 표현한 것이 수밀도입니다. 참 놀라운 일입니다. 그런 정도로 섬세하게 관찰했을 뿐더러 그것을 과일에서 찾다니!

수밀도 어쩌구 하는 것으로 봐서 여기에 나오는 여인 마돈나는 그런 아름다움과 관능을 한꺼번에 갖춘 여인임을 알 수 있겠죠? 마돈나는 영어로 'Madonna'라고 씁니다. 'Ma + donna'의 구성으로, '나의 부인'이라는 뜻입니다. 여자에 대한 존칭이죠. 존칭이다 보니 이것이 성모마리아에게 붙이는 칭호가 되었습니다. 그래서 마돈나, 하면 서양에서는 흔히 순결한 여인 성모마리아를 말합니다.

그런데 미국의 섹시 가수가 이 이름을 빌어왔다는 것이 참 묘하죠?

마돈나. 본명은 아니겠죠. 이렇게 이름을 정한 이유를 잘 봐야 합니다. 티셔츠 밖에다가 브라자를 차고, 반바지 바람에 팬티를 겉에 입고 나타나서 섹시한 몸짓을 하며 노래를 불러대는 그 몸부림에는 변화할 줄 모르는 기성세대를 조롱하려는 의지가 가득 담긴 것입니다. 그러고서 가장 성스러운 이름을 갖다가 붙였으니, 이건 반어라고 봐야 합니다. 순결한 척하며 뒤로 호박씨를 까고 있는 여성을 칭찬하는 기성세대의 관념을 일거에 깨버리려는 의도가 이름과 노래와 동작에 들어있는 것입니다.

어쩌다 팝송 비평까지 나갔네요. 돌아갑시다.

여기에 나오는 마돈나는 어떤 여인을 말한다기보다는 자신의 마음속에서 막연히 그리워하는 어떤 여인을 뜻한다고 봐야겠죠. 그 여인에게 사정을 하는 투로 시가 쓰였습니다. 무언가 간절히 갈구하지만, 그게 뜻대로 되지 않는 그런 상황임을 알 수 있습니다. 이렇게 답답한 마음을 사랑하는 여인에게 직접 말하고 있습니다. [3]형이죠. 그런데 말하는 방법이 비유를 많이 사용하고 있지요.([1]) 게다가 마돈나나 침실을 잘 보면 한 가지만 뜻하는 것이 아니라 여러 가지 뜻을 함축하고 있습니다. 이럴 경우 뭐라고 했나요? 상징이라고 떠올려야죠! 이 상징을 말하기 위한 묘사가 곳곳에서 동원되고 있습니다.([2]) 그래서 [3]에 [1]과 [2]가 추가된 형식입니다. [3+1+2]

앞서 외부의 충격이 가해지면 그 충격을 소화하느라고 비명을 지른다고 했습니다. 비명을 질러서 일단 첫 번째 소화를 했으면 그 다음에 정신을 차려야겠지요. 그래서 마음을 가다듬고 사방을 둘러봅니다. 지금 닥친 어려움을 극복할 묘안이 있으면 그리로 나아가야겠지요. 그런데 만약에 탈출구가 보이지 않는다면 어쩌겠어요? 그러면 포기하게 됩니다. 인생을 포기하지요. 인생을 포기하면 어떻게 되나요? 대부분은 술로 탕진합니다. 돈이 많으면 마약에 손대고 계집질을 하고 이러면서 방탕한 생활을 하게 되지요. 나라가 망하고 일제의 지배가 공고화되자 정말 많은 젊은이들이 그 상황에 절망을 하여 이렇게 보냈습니다. 천석꾼 만석꾼 하던 부자들이 자식 대에서 노름으로 살림을 거덜낸 이야기를 어른들한테서 적잖이 들었을 것입니다.

이 시는 바로 이런 절망에 가까운 상황에서 나오는 노래입니다. 퇴폐, 타락, 관능을 나타냈다고 해서 공격을 많이 받은 시이기도 합니다. 그러나 시대가 암울하면, 그래서 그 암울함 앞에서 절망하여 더 이상 어쩔 수 없으면 이렇게 쾌락이나 탐하는 것으로 자신의 상처를 달래는 사람들도 있는 법입니다. 어찌 보면 과감하지는 못하지만 정직하다고 볼 수도 있는 일이죠.

3·1운동이 좌절로 끝나고서 독립을 이룰 것 같지 않자, 처세에 능한 사람들은 일제히 일본에 달라붙죠. 그리고서는 조국 광복이라는 위대한 일을 내팽개치고서 일본제국주의의 개가 되어 제 동포를 잡아 족치는 일에 나섭니다. 이런 자들이 바로 친일부역자라는 것입니다. 정말 많은 사람들이 이렇게 변하지요. 그것도 배운 사람들이 더합니다. 이런 상황이면 오히려 술과 마약으로 세월을 탕진하는 것이 순진하고 정직한 일일 수도 있습니다. 바로 그런 세대의 암울한 내면 풍경을 보여준 시라고 보면 될 듯합니다.

이와 같이 시는 그 시를 낳은 사회의 분위기와 뗄래야 뗄 수 없는 관계에 있습니다. 이 시에 나타난 절망의 분위기는 시인의 탓이기도 하지만 시인이 처했던 사회의 분위기와도 관련이 있습니다.

다른 해설서를 보면 침실의 의미가 어떠니, 마돈나가 어떤 존재이니 길게 설명합니다만, 여기서는 시의 창작법과 발상만 알면 되기 때문에 굳이 그런 어려운 소리는 삼가겠습니다. 다만 암울한 상황을 당하여 더 이상 어찌 할 수 없을 때 어디론가 도망치고 싶은 충동을 아름다운 여인을 찾는 방향으로 노래했다고 보면 되겠습니다.

김동명 1900~1968

강원도 명주 출생. 함흥 영생중학 및 일본 아오야마학원 신학과 졸업. 귀국 후 영생고보 교사. 광복 뒤 함흥에서 조선민주당 결성. 1947년 월남하여 이화여대 교수·참의원·신문사 논설위원. 23년 「개벽」지에 C.P. 보들레르에게 바치는 헌시 〈당신이 만약 내게 문을 열어주시면〉으로 등단. 『조선문단』, 『조광』 『신동아』 등에 작품 발표. 시집으로 『나의 거문고(1930)』, 『파초(1938)』,『진주만』, 『38선』, 『하늘』, 『목격자』 등이 있고, 수필집으로 『세대의 삽화』가 있음.

내 마음은

내 마음은 호수요,
그대 노 저어 오오.
나는 그대의 흰 그림자를 안고,
옥같이 그대의 뱃전에 부서지리다.

내 마음은 촛불이요,
그대 저 문을 닫아 주오.
나는 그대의 비단 옷자락에 떨며, 고요히
최후의 한 방울도 남김없이 타오리다.

내 마음은 나그네요,
그대 피리를 불어 주오.

나는 달 아래 귀를 기울이며, 호젓이
나의 밤을 새이오리다.

내 마음은 낙엽이요,
잠깐 그대의 뜰에 머무르게 하오.
이제 바람이 일면 나는 또 나그네같이, 외로이
그대를 떠나오리다.

[1] 형

이 시는 널리 알려진 시입니다. 특히 비유 중에서 은유를 설명하는 책에서는 이 시를 곧잘 인용하곤 합니다. '내 마음은 호수요.'는 '처럼, 같다, 인 양' 같은 매개어가 없기 때문에 은유에 해당한다, 뭐 이런 식이죠. 그렇지만 시를 창작하는 사람들에게 이런 식의 설명은 이건 시이고 저건 소설이다 라는 식의 설명에 지나지 않습니다. 이 시에서 우리가 정작 배워야 할 것은 비유의 범위입니다.

우선 비유체계를 정리해보겠습니다.

원관념(원생각)	보조관념(도우미)
마음	호수
마음	촛불
마음	나그네
마음	낙엽

이것을 보면 마음을 여러 가지 사물로 바꾸어서 나타내고 있습니다. 말 그대로 [1]형입니다.

그런데 우리가 여기서 배워야 할 것은 한 비유가 동원되었을 때 나머지 부분에서 얼마나 그 주변 이미지들을 활용할 것인가 하는 점입니다. 무슨 소리냐면, 예를 들어 1연을 보면

> 내 마음은 호수

라고 했을 때, 그 다음에 뭐라고 설명했는가 하는 것입니다. 그 다음에 이 구절을 부연 설명할 때 '호수'와 연관이 있는 것을 이용해야 한다는 것입니다. 만약에 호수와 전혀 상관이 없는 것을 끌어들이면 시가 안 되지는 않겠지만, 산만해집니다.

> 내 마음은 호수요.
> 바람이 불고 낙엽이 떨어져요.

라고 해도 안 될 것은 없지만, 이 시에서처럼

> 그대 노 저어 오오.
> 나는 그대의 흰 그림자를 안고,
> 옥같이 그대의 뱃전에 부서지리다.

라고 했을 때만큼 좋은 효과를 내기는 어렵다는 것이지요.

한 이미지가 비유로 선택되었으면 나머지 정황은 그것과 관련이 있는 것을 끌어들이는 것이 시의 집중력을 높이는 효과를 낸다는 것입니다. 그래서 한 이미지가 시의 핵심으로 성립했으면 나머지는 그것과 연관이 있는 이미지로 끌어들이는 것이 좋습니다. 이 시에서는 그것을 배우는 것이 중요합니다.

2연은 중심 이미지가 촛불이기 때문에 그 뒤에서 자연스럽게 바람을 막는 문, 그리고 그림자가 비치는 옷자락, 한 방울 같은 이미지가 등장한 것입니다. 이 모든 이미지들이 촛불을 중심으로 배치되어 독자의 상상을 풍부하게 넓혀줍니다.

3연은 중심 이미지가 나그네이기 때문에 외로움을 나타내는 피리가 등장하는 것이고, 잘 곳 없는 사람이 만나는 달이 등장하는 것이며, 밤을 샌다는 말이 나오는 것입니다.

4연은 중심 이미지가 낙엽이기 때문에 낙엽이 떨어지는 뜰이 딸려 나오는 것이고, 바람이 부는 것입니다.

이 점만 활용할 수 있다면 훌륭한 시인이 될 수 있습니다.

김영랑 1903~1950

전라남도 강진 출생. 본명은 윤식. 영랑은 아호. 1917년 휘문의숙에 입학하여, 홍사용·박종화·정지용·이태준을 만남. 20년 일본 아오야마학원 중학부를 거쳐 같은 학원 영문과에 진학. 이 무렵 독립투사 박열, 시인 박용철과 친교. 광복 후 강진에서 우익운동 주도, 강진대한청년회단장 역임. 49년에는 공보처 출판국장. 1930년 시문학 동인으로 참가, 시 〈동백잎에 빛나는 마음〉, 〈언덕에 바로 누워〉 등 6편과 〈4행 소곡 7수〉를 발표. 시집으로 『영랑시집』, 『영랑시선(1949)』, 『모란이 피기까지는(1975)』.

모란이 피기까지는

모란이 피기까지는

나는 아직 나의 봄을 기둘리고 있을 테요.

모란이 뚝뚝 떨어져 버린 날,

나는 비로소 봄을 여읜 설움에 잠길 테요

오월 어느 날, 그 하루 무덥던 날,

떨어져 누운 꽃잎마저 시들어 버리고는

천지에 모란은 자취도 없어지고,

뻗쳐 오르던 내 보람 서운ㅎ게 무너졌느니,

모란이 지고 말면 그 뿐, 내 한 해는 다 가고 말아

삼백 예순 날 하냥 섭섭해 우옵내다.

모란이 피기까지는

나는 아직 나의 봄을 기다리고 있을테요, 찬란한 슬픔의 봄을.

[3 + 2] 형

김영랑 역시 우리 시에서 가락을 아주 잘 활용한 시인입니다. 그의 시에서는 가락을 잘 살펴볼 필요가 있습니다. 시인은 전남 강진의 부잣집에서 태어났는데, 남도 소리에도 조예가 깊어서 명창들을 초청해다가 소리를 듣고는 했답니다. 그러니 시에서도 당연히 가락에 관심을 가질 수밖에 없지요. 음악을 안다고 모든 시인이 가락을 살리는 것은 아니지만.

이 시는 영랑시집에 실릴 때는 이렇게 제목이 따로 붙은 것이 아니라 번호만 붙어있던 것입니다. 그러다가 나중에 제목을 붙인 것이죠. 그러니 이 시인의 의도를 알 수 있는 일입니다. 그것은 가락을 뗄래야 뗄 수 없는 시의 요소로 생각한 것입니다. 그리고 그것을 적극 활용하려 한 것이죠.

이 시는 모란이 진 봄날의 슬픔을 노래한 것입니다.([3]) 그런데 모란의 모습을 묘사하는 방법을 취했습니다.([2]) 그래서 모란은 나 자신의 심리를 반영하는 상징물까지 발전했습니다. 말하기와 상징이 결합한 경우죠. 그래서 [3+2]형이라고 봅니다.

분위기가 어떤가요? 좀 비장한 감이 있지요? 모란이 졌다고 삼백예순 날을 섭섭해서 운다니! 좀 엄살도 있습니다. 그런데 이 비장한 감정은 사람의 기분을 착 가라앉게 합니다. 무겁죠. 무겁고 가라앉은 내용에 잘 어울리는 가락은 2음보일까요, 3음보일까요? 앞서 음보에 대해서 설명한 것을 잘 읽은 사람은 금방 답을 떠올릴 것입니다. 4음보죠. 4음보는 2음보를 반복한 것입니다. 그러면 음보를 확인하는 형태로 다시 한 번 배열할까요?

모란이 / 피기까지는 /

나는아직 / 나의봄을 / 기둘리고 / 있을테요.

모란이 / 뚝뚝 / 떨어져 / 버린날,

나는비로소 / 봄을여읜 / 설움에 / 잠길테요

오월 / 어느날, / 그하루 / 무덥던 날,

떨어져누운 / 꽃잎마저 / 시들어 / 버리고는

천지에 / 모란은 / 자취도 / 없어지고,

뻗쳐오르던 / 내 보람 / 서운ㅎ게 / 무너졌느니,

모란이 / 지고말면 / 그 뿐,

내한해는 / 다가고 / 말아

삼백예순날 / 하냥 / 섭섭해 / 우옵내다.

모란이 / 피기까지는 /

나는아직 / 나의봄을 / 기다리고 / 있을테요,

찬란한 / 슬픔의 봄을./

이상을 보면 거의가 4음보로 이루어졌다는 것을 알 수 있습니다. 중간을 지나면서 3음보가 잠시 나타납니다만, 그곳을 빼고는 모두 4음보로 읽을 수 있습니다. 그렇다면 그 두 3음보는 긴장을 일으키는 변형이라고 보면 될 듯합니다.

가락은 그렇다 쳐도, 발상을 엿보아야 합니다. 모란이 지는 장면을 마주쳤겠지요. 그리고는 서운한 감정을 느낍니다. 그렇다면 다시 모란이 피기를 기다려야 하는데, 그러려면 1년이 걸립니다. 안타까운 일이지요. 여기서 끝나면 시인이 아닙니다. 그렇다면 그런 기쁨을 맛볼 수 있는 봄의 존재를 부각시켜야 합니다. 그래서 봄을 강조하게 되는데, 이렇게 강조하면 그것은 상징으로 가게 됩니다. 시인이 기다리는 봄, 그것은 지금 느끼는 이 슬픔을 완전히 해소시켜 줄 수 있는 어떤 것을 말합니다. 그게 무엇일까요? 한두 가지로 정리할 수 있는 것이 아니죠? 예술일 수도 있고, 조국일 수도 있고, 시간일 수도 있고…. 이 시가 발상에서 그치지 않고 봄과 모란과 내 감정의 관계를 강조함으로써 상징까지 올라간 것이 시가 된 요인입니다. 그 상상의 연결과정과 강조하는 방법을 유심히 살펴보기 바랍니다.

내 마음의 어딘 듯 한 편에

내 마음의 어딘 듯 한 편에 끝없는
　강물이 흐르네
돋쳐오르는 아침 날빛이 빤질한
　은결을 도도네
가슴엔 듯 눈엔 듯 또 핏줄엔 듯
마음이 도른도른 숨어있는 곳
내 마음의 어딘 듯 한 편에 끝없는
　강물이 흐르네

[2] 형

이 시를 읽으면 부드럽다는 느낌이 오지요? 이 느낌의 원인을 가락에서 찾는 학생은 연구 방면에서 틀림없이 대성할 사람입니다. 그 느낌이 어디에서 오나요? 몇 음보 때문이죠? 3음보라고 답이 당장에 나와야 합니다. 3음보는 변화가 많이 일어나서 흥이 나는 가락이라는 얘기를 했습니다. 잘 안 보인다구요? 그러면 다시 배치하겠습니다.

내마음의 / 어딘듯 / 한편에
끝없는 / 강물이 / 흐르네
돋쳐 / 오르는 / 아침날빛이
빤질한 / 은결을 / 도도네
가슴엔듯 / 눈엔듯 / 또핏줄엔듯
마음이 / 도른도른 / 숨어있는곳
내마음의 / 어딘듯 / 한편에
끝없는 / 강물이 / 흐르네

5행과 6행에서 7·5조의 변화가 나타나기는 하지만 전체의 흐름은 3음보입니다. 이 시에서 가벼운 느낌과 함께 경쾌한 느낌이 난다면 내용 때문이기도 하지만, 이 3음보 율격 때문이기도 합니다.

다시 말하지만, 시에서 이 율격은 시가 노래와 밀접한 관련이 있다는 것을 증명하는 것이고, 이것은 현대시가 그 이전의 전통에 젖줄을 대고 있다는 증거이기도 합니다. 우리는 운율도 잘 살려서 계승할 필요가 있습니다. 그런 사람들은 김소월과 김영랑을 잘 들여다볼 필요가 있습니다.

김기림 1908~?

호는 편석촌. 함경북도 성진 출생. 일본 니혼대학 문학예술과를 거쳐 도호쿠대학 영문과 졸업. 조선일보 학예부장, 1933년 구인회 가입. 46년 북한에서 월남. 그 뒤에 좌익계 조선문학가동맹에 가담하였으나, 정부 수립 전후 전향. 중앙대학·연희대학 등에 강사로 있다가 서울대학교 조교수. 자신이 설립한 신문화연구소의 소장. 6·25 때 납북되어 북한에서 죽은 것으로 알려져 있으나, 시기는 미상. '조선일보' 학예부기자로 재직하면서 시 〈꿈꾸는 진주여 바다로 가자〉, 〈전율하는 세기〉 등을 발표. 주지주의에 관한 단상인 〈피에로의 독백〉을 발표하여 평론 시작. 첫 시집 『기상도』, 제 2 시집 『태양의 풍속』. 기타 『시론(詩論)』, 『시의 이해』, 『문학개론』, 『문장론 신강』 등.

바다와 나비

아무도 그에게 수심을 일러준 일이 없기에
흰나비는 도무지 바다가 무섭지 않다.

청무 밭인가 해서 내려갔다가는
어린 날개가 물결에 절어서
공주처럼 지쳐서 돌아온다.

삼월 달 바다가 꽃이 피지 않아서 서글픈
나비 허리에 새파란 초생달이 시리다.

[2] 형

전부 묘사로 일관하고 있습니다. 감정이라고는 '서글픈'이라는 하나 뿐인데, 이 역시 왜 그런가에 대해서는 일체 설명이 없습니다. '공주처럼'이라는 직유가 하나 있기는 합니다만, 이런 정도는 무시하고 그냥 묘사로만 이루어진 시라고 보면 되겠습니다.

나비가 바다를 무서워하지 않는다는 것이 이 시의 내용입니다. 겁없는 나비인 모양입니다. 그런데 그 나비의 눈에 비친 바다의 모습이 특이합니다. 푸른 무가 심어진 밭으로 보였다가 낭패를 보았다는 얘깁니다. 그래서 서글퍼진 것인데, 그 감정의 주체가 나비인지 관찰자인지 그것도 정확하지 않고, 그 서글픈 나비의 허리에 초생달이 시리다고 끝을 맺었습니다.

이렇게 알쏭달쏭, 갈팡질팡인 시를 보면, 이거 혹시 상징이 아닐까 하고 의심해볼 필요가 있습니다. 그런데 상징은 이미지가 그 전에 어떤 쓰임을 갖고 있는가 하는 것을 전제로 해야만 해석을 할 수 있는데, 여기서는 그런 암시도 없습니다. 하룻강아지 범 무서운 줄 모른다는 양으로 나섰다가 낭패를 보고 돌아선 어떤 존재의 이야기입니다. 그리고 장소는 바다입니다. 바다의 깊이도 모르고 대들었다가 혼나고 돌아온 존재의 서글픈 신세를 노래한 것으로 보입니다.

그러면 여기서 바다의 이미지에 대해서 한 번 공부해보겠습니다. 사실, 이 시를 해석하는 데는 이 시 안의 것만 가지고는 부족합니다. 이 시가 나오게 된 사연이랄까, 아니면 분위기랄까 하는 것을 알아야만 분명하게 해석할 수 있습니다. 사실 이런 사정을 갖는 시들은 결코 좋은 시라고 하기는 어렵습니다. 그런데도 굳이 이 시를 소개하는 것은, 우리가 배우는 현대시의 전개과정에서 정말 중요한 맥락을 차지하고 있기 때문입니다.

나라가 망하자 여러 가지 이유로 젊은이들은 일본으로 갑니다. 이유야 어떻든 배우러 가는 것이죠. 일본은 이미 조선을 자기의 나라로 생각하고, 조선인들에게 자신들의 문명을 당당하게 자랑하려는 기색으로 조선인들이 일본으로 유학 오는 것을 마다하지 않았습니다. 조선에서는 부잣집에서 자식 잘 되기를 바라면서 거액을 들여서 유학을 보냈습니다.

그런데 어떻게 유학을 갔느냐면, 먼저 경부선 기차를 타고서 부산으로 가서 부산에서 요코하마로 가는 여객선을 탑니다. 그 여객선이 조선과 일본 사이에 있는 바다를 건너는 건 당연하겠지요? 그 바다 이름이 바로 현해탄(玄海灘)입니다. 식민지 조선 땅에서 여객선 타고 이 바다를 건너서 지배자의 땅인 일본으로 유학 가는 젊은이들의 심정을 상상해보기 바랍니다. 집을 나서면 고생인데, 이웃동네도 아니고 며칠 걸려서 가야 하는 바다 건너 일본, 앞길이 분명치 않은 미래를 향해 파도를 헤치며 가는 젊은이들의 심정이 어땠을까요? 이 정도면 충분히 시상을 일으킬 만한 감정이 일지 않나요? 바로 그 바다를 건너갔던 사람들이 돌아와서 조선의 사상과 문화와 학문을 사실상 이끌었습니다. 그것이 해방 전의 상황이었습니다.

그래서 이 바다를 건너던 사람들의 시에는 바다의 이미지가 많이 등장하고, 그런 중에 우리나라의 자유시를 개척한 많은 사람들이 그런 시를 썼습니다. 이 시를 쓴 김기림도 그런 유학파 중에서 앞선 세대에 속합니다. 그리고 뒤이어 나올 임화도 마찬가지로 이런 체험을 합니다. 그래서 우리나라의 근대시에서는 바다의 이미지가 아주 중요한 시의 주제로 떠오른 것입니다.

이 시 역시 그러한 이미지와 배경을 빼놓으면 별로 보잘것이 없는 시입니다. 그렇지만 바로 우리 시에서 중요하게 나타나는 바다의 의미를 처음으로 자신이 주장한 이미지즘의 이론에 의해 시로 형상화했다는 의미가 있는 시입니다. 시각 이미지가 아주 선명하게 나타나는 시임을 알 수 있습니다.

이 시의 바다는 시 안에서 만들어진 상징이기도 하지만, 우리나라 시의 전체 맥락에서도 상징으로 작용하는 것이기도 합니다. 이런 관점은 문학사까지 공부를 해야 하는 것이기 때문에 사실 시 창작의 방법을 공부하는 이 자리에서는 적절하지 못한 것입니다. 하지만 한 번쯤은 보아두는 것도 나중을 위해 좋다는 생각으로 여기서 설명하고 넘어갑니다.

김기림은 이미지즘의 시론을 받아들여 소개하고, 자신이 직접 그 이론으로 창작을 한 시인입니다. 〈기상도〉 같은 장시를 썼습니다. 그렇지만 허황하달까, 현실을 시로 끌어들이지 못한 채 실패하고 말았습니다. 나중에 여러분이 시를 전공하게 되면 반드시 한 번은 마주치게 될 시인입니다.

임 화 1908~1953

본명은 인식. 서울 출생. 보성고등보통학교를 나와 니혼대학에서 문학 공부. 1926년 귀국하여 조선프롤레타리아예술동맹에 가입하고 중앙위원과 서기장을 지냄. 31년 조선프롤레타리아예술동맹 1차 검거시 체포되었으나 불기소 석방. 34년 시작된 2차 검거 시 경기도 경찰부에 해산계 제출. 37년 학예사를 경영하면서부터 소설론과 신문학사 서술. 이때 저술한 신문학사는 최초의 근대문학사라는 점과 문학사 방법론이 제시되었다는 점에서 주목할 만한 작품. 광복 직후 김남천 등과 함께 조선문학건설본부를 조직. 47년 월북하여 조선·소련 문화협회 부위원장, 문학예술총동맹 상무위원을 지냄. 6·25 때 종군하여 선동시를 발표. 53년 국가반란죄와 간첩행위로 처형.

현해탄

이 바다 물결은
예부터 높다.

그렇지만 우리 청년들은
두려움보다 용기가 앞섰다.
산불이
어린 사슴들을
거친 들로 내몰은 게다.

대마도를 지나면
한 가닥 수평선밖엔 티끌 한 점 안 보인다.
이곳에 태평양 바다 거센 물결과
남진해온 대륙의 북풍이 마주친다.

몬푸랑보다 더 높은 파도.
비와 바람과 안개와 구름과 번개와.
아세아의 하늘엔 별빛마저 흐리고.
가끔 반도엔 붉은 신호등이 내어걸린다.

아무러기로 청년들이
평안이나 행복을 구하여.
이 바다 험한 물결 위에 올랐겠는가?

첫번 항로에 담배를 배우고,
둘쨋번 항로에 연애를 배우고,
그 다음 항로에 돈맛을 익힌 것은,
하나도 우리 청년이 아니었다.

청년들은 늘
희망을 안고 건너가,
결의를 가지고 돌아왔다.
그들은 느티나무 아래 전설과,

그윽한 시골 냇가 자장가 속에,
장다리 오르듯 자라났다.

그러나 인제
낯선 물과 바람과 빗발에
흰 얼굴은 찌들고,
무거운 임무는
곧은 잔등을 농군처럼 굽혔다.
나는 이 바다 위
꽃잎처럼 흩어진
몇 사람의 가여운 이름을 안다.

어떤 사람은 건너간 채 돌아오지 않았다.
어떤 사람은 돌아오자 죽어갔다.
어떤 사람은 영영 생사도 모른다.
어떤 사람은 아픈 패배에 울었다.
— 그 중엔 희망과 결의와 자랑을 욕되게도 내어판 이가
있다면,
나는 그것을 지금 기억코 싶지는 않다.

오로지
바다보다도 모진
대륙의 삭풍 가운데

한결같이 사내다웁던
모든 청년들의 명예와 더불어
이 바다를 노래하고 싶다.

비록 청춘의 즐거움과 희망을
모두 다 땅속 깊이 파묻는
비통한 매장의 날일지라도,
한번 현해탄은 청년들의 눈앞에,
검은 상장(喪章)을 내린 일은 없었다.

오늘도 또한 나젊은 청년들은
부지런한 아이들처럼
끊임없이 이 바다를 건너가고, 돌아오고,
내일도 또한
현해탄은 청년들의 해협이리라.

영원히 현해탄은 우리들의 해협이다.

삼등 선실 밑 깊은 속
찌든 침상에도 어머니들 눈물이 배었고
흐린 불빛에도 아버지들 한숨이 어리었다.
어버이를 잃은 어린아이들의
아프고 쓰린 울음에

대체 어떤 죄가 있었는가?
나는 울음소리를 무찌른
외방 말을 역력히 기억하고 있다.

오오! 현해탄은, 현해탄은,
우리들의 운명과 더불어
영구히 잊을 수 없는 바다이다.

청년들아!
그대들은 조약돌보다 가볍게
현해(玄海)의 큰 물결을 걷어찼다.
그러나 관문해협 저쪽
이른 봄바람은
과연 반도의 북풍보다 따사로웠는가?
정다운 부산 부두 위
대륙의 물결은
정녕 현해탄보다도 얕았는가?

오오! 어느 날,
먼먼 앞의 어느 날,
우리들의 괴로운 역사와 더불어
그대들의 불행한 생애와 숨은 이름이
커다랗게 기록될 것을 나는 안다.

1890년대의

1920년대의

1930년대의

1940년대의

19XX년대의

……

모든 것이 과거로 돌아간

폐허의 거칠고 큰 비석 위

새벽별이 그대들의 이름을 비출 때,

현해탄의 물결은

우리들이 어려서

고기떼를 쫓던 실내(川)처럼

그대들의 일생을

아름다운 전설 가운데 속삭이리라.

그러나 우리는 아직도

이 바다 높은 물결 위에 있다.

(몬푸랑-몽블랑)

[3 + 1 + 2] 형

여기에도 바다의 이미지가 나타납니다. 그런데 분위기는 김기림의 시와는 사뭇 다릅니다. 이번에는 제목부터가 아예 〈현해탄〉이네요. 임

화도 역시 일본 유학을 다녀온 사람입니다. 그래서 그런지 그의 시에도 바다의 이미지가 많이 나옵니다.

시작과 끝을 잘 보기 바랍니다. 앞과 뒤에서 바다의 물결이 높다고 해놓고서 그 사이에다가 바다에서 일어난 일과 사건을 서술하고 있습니다. 이 시의 상황을 정리하면 청년들은 누군가에게 내몰려서 이 바다를 건넜고, 새로운 세상을 꿈꾸며 희망으로 건너갔다가 결의를 다지고 돌아옵니다. 많은 사람들이 좌절을 했지만 반대로 사내답게 높은 물결과 삭풍에 맞선 사람도 있습니다. 청년이 그 주역이며 그들이 지금 어려움을 겪더라도 마침내 역사는 그들을 기억할 것이라는 내용이 들어 있습니다.

이와 같이 이 시는 소설의 구조를 띠고 있습니다. 일종의 짧은 서사시라고 해도 될 만한 시입니다. 당시 이 시인이 이런 긴 시를 많이 썼는데, 그래서 특별히 그의 시를 단편서사시라고 했습니다. 여기서 바다는 상징화되었습니다. 청년들이 극복해야 할 어떤 고난을 의미합니다. 이때 어떤 고난이란 당시의 역사 현실을 말합니다. 바로 그것을 극복하려는 신념과 의지를 드러낸 시입니다. 이야기에 상징과 묘사가 가미된 형태입니다. [3+1+2]형이죠.

연애, 담배, 돈, 사상 이런 것들이 현해탄을 통해서 들어오는데, 바로 그 통로 위로 유학생들이 오가면서 새로운 사상을 배웁니다. 바다를 노래한 다른 시와 달리 이 시는 어떤 사상을 노래하고 있습니다. 그것을 이 바다를 건너가서 배워오는 것이고, 바다를 오가는 젊은 사람들은 새로운 시대를 여는 주역입니다. 그런 자부심과 희망을 노래하고 있습니다. 그런데 여기서는 그 사상이 어떤 것인가 잘 드러나지 않지만, 이 시인의 약력을 살짝 들여다보면 이 시에서 노래하고자 하는 것이 무엇인지 알 수 있습니다.

이 시인은 카프의 서기장을 지낸 사람입니다. 카프(KAPF)는 '조선프롤레타리아예술가동맹'의 약자입니다. 1927년에 결성되어 해산되던 1934년까지 한국문학의 큰 틀을 이룬 흐름이 됩니다. 그러니까 이 시에서 말하고자 하는 내용은 이런 흐름과 연관이 있는 것이죠.

그런데 이 시를 잘 보면 실제로 전하고자 하는 내용에 비해 시가 굉장히 길다는 것을 한 눈에 알 수 있습니다. 시가 길다는 것은 여러 가지로 불리한 점입니다. 시가 길면 우선 이미지들이 서로 단단하게 짜이기가 어렵습니다. 시가 30행을 넘어가면 대부분 긴장을 잃고 늘어집니다. 어수선해지죠. 그것은 시에서 다루고자 하는 내용이 순간의 집중된 생각인데, 순간의 그 긴장을 긴 시에서는 유지할 수 없기 때문입니다. 서사시라든가 해서 특별한 구조를 갖지 않으면 긴 시가 성공하기는 상당히 힘듭니다.

시가 길어지면 불필요하게 반복되는 이미지들이 많습니다. 그리고 설명이 많아집니다 앞 뒤로 늘어지는 이미지를 연결하기 위해서 자꾸 그 둘을 갖다 붙이려는 노력을 하기 때문에 생기는 현상입니다. 이 시에서도 비슷한 얘기를 계속 반복하고 있습니다. 그리고 주제가 작은 여러 개로 흩어집니다. 장시가 성공하려면 이렇게 흩어지는 작은 주제들을 커다란 어떤 주제 속으로 빨려들도록 해야 하는데, 그렇게 하기가 쉽지 않습니다. 이 시 역시 그런 단점을 곳곳에서 드러냅니다.

그런데 그런 단점을 굳이 감추지 않고 이렇게 길게 끌면서 시를 쓰는 것은 시인이 그런 단점들을 별로 중요한 것이 아니라고 여기기 때문입니다. 그리고 이것은 시를 어떻게 바라보는가 하는 태도와 연관이 있습니다. 실제로 옛날부터 내려오는 시의 아름다움을 모두 버리고 시를 오로지 사회 개혁과 선전 선동을 위한 도구라고 생각하는 사람들이 이때 생겨난 것입니다. 그리고 그것은 일본을 통해서 들어왔고, 일본은 유럽의 여러 나라에 유행하던 사상에서 배워온 것입니다 유럽 여러 나라에 유행하던 사상이란 다름 아닌 사회주의 사상을 말합니다.

사회주의 사상에서는 문학 역시 사회를 개혁하는 데 필요한 도구에 지나지 않는다고 봅니다. 그렇기 때문에 사람들에게 그런 영향을 줄 수 있다면 이미 전해오던 아름다움마저도 버릴 수 있다는 것입니다. 그러니 우리가 좋은 시라고 평가하는 그런 요소들을 모두 버려도 상관없다고 믿는 것입니다. 그리고 이것은 당시 우리 사회의 현실과 깊은 관련이 있습니다.

3.1운동 후 조선은 더 이상 일본의 거대한 군사력 앞에서 정면대결을 할 수 없을 만큼 약해집니다. 독립운동가들은 거의가 해외로 망명한 상태였습니다. 무장한 병력들도 점차 그 세력을 잃습니다. 국내에 남아있던 지식인들은 1930년대를 지나면서 대부분 일제에 투항하거나 침묵을 지킵니다. 그러는 동안에 조선은 점차 중국을 공격하기 위한 병참기지로 전락합니다. 각지에 공장이 들어서 농사꾼의 자식들이 그 공장으로 끌려가 노예에 가까운 비참한 생활을 합니다. 이것이 3.1운동이 실패로 돌아간 이후에 조선에서 일어난 변화의 흐름이었습니다.

이런 상황에서 독립운동을 주도하던 세력들은 모두 해외로 도피했고, 국내의 독립운동은 주로 학생들을 비롯한 젊은이들이 이어갑니다. 이 중에서 가장 중요한 흐름이 사회주의 세력입니다. 이들은 학생과 노동자들 틈으로 스며들어가 일본 경찰의 눈을 피해서 비밀조직을 만들고 독립운동을 벌입니다. 그래서 당시에 국내의 사회주의 운동은 독립운동과 거의 동의어가 되다시피 했습니다. 민족주의 독립운동 세력의 힘이 주춤해진 1920년대 후반 들어 이런 흐름은 사회 거의 모든 분야에서 나타나는 것이어서 문학판도 예외는 아니었습니다. 그래서 그런 움직임이 구체화되어 1927년에 카프(KAPF)가 결성됩니다. 그리고는 현실 문제를 문학 속으로 끌어들이죠. 임화는 이 시기 카프를 대표하는 시인이자 문예 이론가로 명성을 떨칩니다.

이들은 시의 아름다움이나 예술성보다는 사상의 투철함과 현장성, 그리고 실천을 가장 중요한 덕목으로 여깁니다. 따라서 시는 현장에서 시위를 할 때 낭송하는 경우가 많고, 또 어려운 비유나 기교를 사용하지 않은 채 누구나 다 알아들을 수 있는 말로 선동에 가까운 표현을 사용합니다. 그러니 우리가 알고 있는 일반 시와는 크게 다르지요. 무슨 선언문 같은 것이 많습니다. 당시에 발표된 시들을 보면 해도 너무 하다 싶을 정도로 볼품이 없는 경우가 대부분입니다. 그렇다고 시를 못 썼다고 할 수도 없는 것이, 이들은 시를 대하는 태도가 우리가 흔히 아는 그런 태도와 완전히 달랐던 까닭입니다. 이들에게 문학은 그저 투쟁을 격려하고 선동하는 도구에 지나지 않았습니다. 아름다움은 생각하기 나름이라는 것이죠. 우리가 두 발로 걸어다닌다고 해서 네 발로 뛰는 표범을 탓할 수 없는 것과 마찬가지입니다.

이런 생각은 해방과 한국전쟁을 겪으면서 땅밑으로 완전히 잠복합니다. 문학을 이렇게 생각하던 사람들이 해방정국의 어지러운 상황에서 거의가 북을 선택하여 38선을 넘었고, 그 뒤로는 남한에서 공산주의 사상은 빨갱이로 낙인 찍혀 입에 담을 수도 없는 시대가 되었기 때문입니다. 그러다가 노동문제가 사회문제로 대두되는 1980년대 들어 노동문학이라는 이름으로 다시 문학계에 태풍의 눈이 되어 떠오릅니다. 이 부분에 대해서는 이 책의 다음 순서인 『좋은 시의 비밀 2』 편에서 다시 다룰 것입니다. 이 책은 4월혁명까지 활동한 시인을 다루고, 이 다음에 나올 2권에서는 4월혁명 이후부터 활동한 시인들을 다룰 것이기 때문입니다.

이 상 1910~1937

_________ 본명은 김해경. 서울 출생. 보성고등보통학교를 거쳐 1929년 경성고등공업학교 건축학과 졸업. 조선총독부 건축과 기원(技員)으로 취직. 31년 〈이상한 가역반응〉, 〈파편의 경치〉 등 일본어로 된 시를 발표하면서 문학활동을 시작. 33년 각혈로 기원직을 그만두고 요양을 하면서 이태준·박태원·김기림·정지용 등과 사귀었고, 34년 구인회 가입. 36년 일본에 갔다가 사상불온혐의로 구속. 이로 인하여 건강이 더욱 나빠져 도쿄대학 부속병원에서 사망. 말년에 소설 〈날개(1936)〉, 〈종생기(1937)〉, 〈동해(1937)〉 발표.

꽃나무

벌판한복판에꽃나무하나가있소. 근처에는꽃나무가하나도없소꽃나무는제가생각하는꽃나무를열심으로생각하는것처럼열심으로꽃을피워가지고섰소. 꽃나무는제가생각하는꽃나무에게갈수없소. 나는막달아났소. 한꽃나무를위하여그러는것처럼나는참그런이상스러운흉내를내었소.

[2] 형

배에 실려온 것을 박래품(舶來品)이라고 합니다. 재미있는 말이죠. 서양의 세력이 동양을 위협하면서 자신들의 물건을 팔아먹을 시장을 생각하고는 자신들의 상품을 배에 가득 싣고 동양의 여러 나라로 팔러

다니던 식민지 시대의 정서가 깃든 말입니다. 우리나라의 자유시는 바로 이런 분위기에서 시작되었습니다. 그리고 그 박래품은 예외 없이 현해탄을 건너왔습니다. 황해 쪽으로는 안 왔느냐구요? 별로 안 왔습니다. 왜냐하면 중국도 역시 우리나라와 비슷하게 깊은 잠에서 막 깨어 비몽사몽간에 헤매던 중이었거든요. 게다가 우리나라는 일본의 식민지였으니, 거의 모든 신문물이 일본을 통해 들어온 것이죠. 우리가 배우는 자유시 역시 그런 박래품의 일종이라고 봐도 됩니다.

앞서 살펴본 두 시에 바다 이미지가 나오는데, 바로 이런 의미를 담고 있습니다. 그런데 현대문명과 함께 사회주의 사상이 들어온 것을 앞의 두 시에서 봤는데, 이번에도 역시 박래품 하나를 볼까 합니다. 이상의 시가 그것입니다. 이 시 역시 일본의 실험시 계열이 우리나라에 수입된 그런 경우입니다. 그래도 수입품치고는 아주 훌륭한 제품임을 미리 알려드립니다.

앞서 자유시는 그 전의 전통으로부터 멀어지는 것을 목표로 삼았다고 말했습니다. 그래서 전래되던 형식을 버리고 자유로운 형태를 선택했다고 말했습니다. 그런데 그런 가운데 가장 멀리 달아난 것이 바로 이상입니다.

위의 시를 잘 보면 꽃나무를 묘사하고 있습니다. [2]형의 전형이라고 해도 될 정도입니다. 그런데 띄어쓰기도 안 했고, 또 산문처럼 행도 끊지 않았습니다. 그리고 내용도 역시 시에서 우리가 흔히 보는 서정성이 풍부한 그런 내용이 아닙니다. 도대체 뭔 소리를 하려고 하는 것인지 알 수가 없을 정도입니다.

이런 형태의 시는 우선 우리 시의 전체 흐름 위에서 이해해야 하고, 바로 그 점 때문에 여러 번 긴 설명을 했습니다. 자유시는 그 이전의 시 관행으로부터 벗어나려는 시도에서 나온 시라고 말입니다.

이렇게 형태면에서 다른 어떤 시인보다도 더 철저하게 자유를 누린 시인이 이상입니다. 이름이 좀 이상하지요? 원래는 김해경인데 이름까지도 완전히 바꾸었습니다. 보통 예술인들이 이름을 바꿀 때는 성은 그대로 두고 이름만 바꾸는 경우가 흔한데 여기서는 아예 성까지도 바꿔버렸습니다. 전통을 버리려는 의지가 그만큼 강하게 작용한 것이라고 봐야겠죠? 이런 의식의 철저함 때문에 이상의 시는 문학사에서 아주 중요한 조명을 받는 것입니다. 이 시의 형태가 바로 그런 철저함을 보여준다고 생각하면 됩니다.

그러면 내용을 볼까요? 꽃나무와 나의 관계를 설명한 시입니다. 벌판에 홀로 서있는 꽃나무를 내가 관찰하는 상황입니다. 나는 그 꽃나무로부터 달아납니다. 꽃나무는 꽃나무에게 다가갈 수 없습니다. 이게 뭔 소리래요? 이상의 다른 작품을 고려하면 이것은 의식의 분열을 뜻하는 것입니다. 뒤의 〈거울〉이라는 작품에서 설명할 것입니다. 그런데 묘사만 해놓았을 뿐, 더 이상 이 꽃나무에 대해 설명이 없습니다. 꽃나무가 그렇다는 것만을 얘기해놓고는 어떻게 보든지 그건 독자더러 알아서 하라는 식입니다. 이런 느닷없는 제시물이 어쩌면 상징과 관련이 있을지도 모른다고 생각하면 여러분은 아주 훌륭한 독자입니다. 그리고 큰 시인이 될 소질이 다분합니다. 그렇다고 그런 생각을 못한 학생들도 기죽을 필요 없습니다. 문제는 여러분이 아니라 이 시에 있으니까요. 다만, 여기서는 시가 이렇게 낯선 형태로 나타날 수도 있구나 하는 것만을 맛보면 감상에 성공이라고 봅니다.

한 가지 부탁할 것은, 여러분은 절대로 이런 시를 흉내 내서는 안 된다는 것입니다. 여러분이 문학사에 대한 이해 없이 이런 흉내를 내면 치기 밖에 안 됩니다. 사실 이상의 시도 치기가 많습니다. 치기는 미숙하기 때문에 저지르는 것입니다. 그러니 구경만 해야지 절대로 흉내 내면 안 됩니다. 나중에 문학에 대해서 좀 더 깊이 고민하고 그럴 필요가 있다고 판단될 때 그때 가서 이런저런 시도를 하기 바랍니다.

사실은 그런 부분이 걱정돼서 이상을 소개할까 말까 잠시 망설였습니다. 그러나 이후 이상의 이 실험이 계속해서 후대의 시인들에게 나타나기 때문에 맛보기로 이렇게 소개하는 것입니다.

거 울

거울속에는소리가없소
저렇게까지조용한세상은참없을것이오

거울속에도내게귀가있소
내말을못알아듣는딱한귀가두개나있소

거울속의나는왼손잡이오
내악수를받을줄모르는—악수를모르는왼손잡이오

거울때문에나는거울속의나를만져보지를못하는구료만은
거울아니었던들내가어찌거울속의나를만나보기만이라도했겠소

나는지금거울을안가졌소만은거울속에는늘거울속의내가있소
잘은모르지만외로된사업에골몰할께요

거울속의나는참나와는반대요만은
또꽤닮았소
나는거울속의나를근심하고진찰할수없으니퍽섭섭하오

[2] 형

거울을 보면 여러분은 무슨 생각을 하나요? 아마도 자신의 미모에 대해서 혹은 못 생긴 부분에 대해서 고민하고 있겠죠? 그런 나이니까요. 그런데 저는 거울에서 세월을 봅니다. 여러분처럼 얼굴을 바라보며 어떻게 하면 좀 더 멋있는 남자로 보일까 행복한 고민을 하던 것이 엊그제 같은데, 요즘은 거울 속에 웬 머리 희끗희끗한 아저씨가 나타납니다. 인상을 쓰면 같이 인상을 쓰고 오른손을 들면 왼손을 들면서 따라 합니다. 그래도 소리 칠 수 있는 건 저지요. 거울 속의 그 아저씨는 입만 방긋하고 맙니다. 세수할 때마다 마주칩니다. 이제 조금 더 지나면 호호백발의 할아버지가 거기 나타나겠죠. 그러다가 거울 속을 아예 떠나겠죠. 거울 속에는 내 몸 속을 여울져 흘러가는 세월이 있습니다. 여러분은 어떤가요?

이 시는 거울 속의 자신을 그리고 있습니다. 보이는 대로 그리고 있죠. 완전히 묘사입니다. 그래서 [2]형입니다. 나는 거울 속에서 세월을 보았는데, 이 사람은 무엇을 보고 있나요? 조용한 세상을 봅니다. 그러니까 이 세상은 시끄럽다는 것이겠죠. 거울 속 사내에게도 귀가 있는데 그는 듣지 못합니다. 그런 그를 딱하게 여기죠. 그리고 왼손잡이입니다. 오른손잡이가 가득한 세상에서 왼손잡이는 때때로 병신 취급을 받습니다. 거울 속의 나는 그런 상태죠. 하지만 거울 속의 그 존재 때문에 나를 알게 됩니다. 이 사람은 누구일까요?

이렇게 집요하게 질문을 하면 아하! 이거 상징이구나 하고 눈치를 채야죠? 그러면 거울 속의 나는 무엇일까요? 그것은 말할 것도 없이 또 다른 나입니다. 또 다른 나란 실제의 나가 아니라 내가 의식하는 나를 의미합니다. 이런 걸 콤플렉스라고 하나요? 대부분 콤플렉스는 자신이 싫어하는 부분이죠. 그래서 부인하려고 합니다. 그러나 부인할수록 더욱 강하게 드러나는 것이 그것이기도 합니다. 내가 왼손잡이임을 부인할수록 거울 속의 나는 왼손을 흔들면서 강조하죠. 평상시에는 잘 느끼지 못하던 자신의 의식을 거울 속에서 보는 것입니다. 문제는 그것을 '진찰할 수 없으니 섭섭하'다고 생각하는 화자의 의식이죠. 그러니까 이 시인은 거울 속의 나에 대해 못 마땅하거나 병든 상태라고 생각하는 것입니다. 부인하고 싶은 자신의 모습을 거울에서 봅니다.

이 시 이후에도 거울에 관한 시는 많이 나옵니다. 그러나 이 시처럼 선명하고 명료하게 거울의 이미지를 잘 활용한 시는 보기 쉽지 않습니다. 거울에 관한 시로는 명작입니다.

띄어쓰기를 무시하는 이상의 특성이 여기서도 드러나죠? 그런데 띄어쓰기만 안 했을 뿐 그래도 우리에게 익숙한 시의 모습을 띠고 있습니다. 연도 갈랐고 행도 나누었습니다. 그러면서도 시의 관행으로부터 벗어나려는 일탈의 심리가 띄어쓰기를 무시하는 방식으로 나타났죠.

이런 심리는 오래 묵은 관행과 딱딱한 제도를 견디지 못하고 새로운 세계를 보려는 시인의 태도와 깊이 연관되어 있습니다. 차차 연구해보기 바랍니다.

오감도(烏瞰圖)

시제1호

13인의아해(兒孩)가도로로질주하오.
(길은막다른골목이적당하오.)

제1의아해가무섭다고그리오.
제2의아해도무섭다고그리오.
제3의아해도무섭다고그리오.
제4의아해도무섭다고그리오.
제5의아해도무섭다고그리오.
제6의아해도무섭다고그리오.
제7의아해도무섭다고그리오.
제8의아해도무섭다고그리오.
제9의아해도무섭다고그리오.

제10의아해도무섭다고그리오.
제11의아해도무섭다고그리오.

제12의아해도무섭다고그리오.

제13의아해는무서운아해와무서워하는아해와그렇게뿐이모였소

(다른사정은없는것이차라리나았소).

그중에1인의아해가무서운아해라도좋소.

그중에2인의아해가무서운아해라도좋소.

그중에2인의아해가무서워하는아해라도좋소.

그중에1인의아해가무서워하는아해라도좋소.

(길은뚫린골목이라도적당하오.)

13인의아해가도로로질주하지아니하여도좋소.

시제2호

나의아버지가나의곁에서조을적에나는나의아버지가되고또나는나의아버지의아버지가되고그런데도나의아버지는나의아버지대로나의아버지인데어쩌자고나는자꾸나의아버지의아버지의아버지의……아버지가되니나는왜나의아버지를껑충뛰어넘어야하는지나는왜드디어나와나의아버지와나의아버지의아버지와나의아버지의아버지의아버지노릇을한꺼번에하면서살아야하는것이냐

시제3호

싸움하는사람은즉싸움하지아니하든사람이고또싸움하는사람은싸움하지아니하는사람이었기도하니까싸움하는사람이싸움하는구경을하고싶거든싸움하지아니하든사람이싸움하는것을구경하든지싸움하지아니하는사람이싸움하는구경을하든지싸움하지아니하든사람이나싸움하지아니하는사람이싸움하지아니하는것을구경하든지하였으면그만이다

시제4호

환자의용태에관한문제

· 0 9 8 7 6 5 4 3 2 1
0 · 9 8 7 6 5 4 3 2 1
0 9 · 8 7 6 5 4 3 2 1
0 9 8 · 7 6 5 4 3 2 1
0 9 8 7 · 6 5 4 3 2 1
0 9 8 7 6 · 5 4 3 2 1
0 9 8 7 6 5 · 4 3 2 1
0 9 8 7 6 5 4 · 3 2 1
0 9 8 7 6 5 4 3 · 2 1
0 9 8 7 6 5 4 3 2 · 1
0 9 8 7 6 5 4 3 2 1 ·

진단 0:1

26.10.1931

이상 책임의사 이　상

[2] 형

이상이 쓴 시의 진수를 보여주는 시입니다. 〈오감도〉는 시제15호

까지 이어집니다만, 너무 길어서 여기서는 4호까지만 소개합니다. 이 시는 어느 잡지에 연재를 하다가 집어치우라는 독자들의 성화에 못 이겨 결국은 중도에 하차한 작품이라고 합니다. 마음의 상처를 받았겠죠? 이상은 건축설계사였습니다. 그래서 시 곳곳에서 건축에 관한 이미지가 많이 나옵니다. 시 제 몇 호니 하는 것도 그런 발상과 관련이 있습니다.

오감도(烏瞰圖)라는 말은 없습니다. 조감도(鳥瞰圖)라는 말이 있지요. 烏와 鳥는 한 획의 차이입니다. 하나 더 긋느냐 그렇지 않으냐의 차이이지요. 그래서 처음엔 이상이 조감도를 잘못 쓴 것이라고 하다가 오의 뜻인 '까마귀'가 상징성이 나름대로 있다고 해서 오감도로 확정했습니다. 이상이라면 충분히 그런 발상을 하고도 남을 사람이죠. 조감도는 건물을 45도 상공에서 내려다보는 방향으로 그려놓은 그림을 말합니다. 건물이 올라가기 전에 미리 전체의 그림을 그려서 확인해보는 것이죠. 그래서 새가 날아가면서(鳥) 내려다본(瞰) 그림(圖)이라는 뜻입니다. 그런데 鳥를 烏로 바꿔놓으면 어떤 뜻이 되나요? '까마귀가 날아가면서 내려다본 그림'이라는 뜻이 되니까, 어때요? 까마귀가 날아가면서 본다? 까마귀는 실제 사실과는 상관없이 징그럽고 섬칫한 느낌을 주는 그런 새로 알려져 있습니다. 죽은 시체를 파먹는 습성 때문이겠죠? 식민지 현실을 바라보는 지식인의 장난 같은 것이 느껴지지 않나요?

여기서 다루고 있는 내용들을 보면 알쏭달쏭한 것들이 대부분입니다. 그리고 시제4호에서는 그림에 가까운 숫자 배열도 나타납니다. 시라고 생각하고 바라보는 독자들의 고정관념을 여지없이 깨버리는 것입니다. 그러니 이런 발상을 왜 했으며, 이렇게 해놓고서 버젓이 시라는 이름을 붙인 까닭을 한번 생각해 보아야 할 일입니다. 그리고 이것은 전통과 그 관성에 대한 반발이라는 측면으로 생각해 보아야 합니다. '시는 이런 것이다'라고 생각하는 사람들의 생각을 깨주고 싶었던 것이죠.

시가 지닌 중요한 기능 중의 하나가 사람들의 굳어버린 생각 밖으로 상상력을 뻗쳐나가는 것입니다. 이것은 물론 시라는 형식 안에서 이렇게 할 수 있습니다. 그리고 대부분의 시인들이 그렇게 하고 있구요. 자신이 깨달은 새로운 내용을 전달하려 하니까요. 그러나 잘 생각해보면 어떤 테두리를 그어놓고서 그 안에서만 놀라고 하는 것은 일종의 폭력일 수도 있습니다. 금 그어놓고 '더 이상 나오지마'라고 하는 것이 정당할 수도 있지만, 그렇다고 해서 나가지 않는 것은 나갔을 때 마주칠 수 있는 상황을 스스로 회피하거나 포기하는 것이기 때문에 새로운 세계를 탐색하는 시인의 호기심을 스스로 버리는 결과를 초래합니다. 바로 이 부분을 깨려는 사람들이 시의 형식 밖으로 나가고는 합니다. 물론 그것이 성공이냐 아니냐는 한참 세월이 지난 뒤에 밝혀지곤 합니다.

이상은 1910년에 태어나서 1937년에 죽은 사람입니다. 이 시기는 조선이 망하고 일본의 식민지로 확정되어 가는 시기였습니다. 이상은 중학교를 졸업한 엘리트였습니다. 식민지의 지식인이 갖는 좌절을 가장 불행한 시기에 맛본 사람이죠. 당시로서는 고치기 힘든 폐결핵으로 죽습니다. 그의 생애를 들여다보면 죽어가도록 스스로 방치한 듯한 인상을 곳곳에서 받습니다. 어떤 무기력이 그의 영혼을 갉았겠지요. 그것이 무엇인지는 본인이 말하지 않았기 때문에 알 수 없습니다만, 식민지 현실 또한 그런 요인의 한 가지로 작용했다고 보는 것이 옳을 것입니다. 그래서 그의 시 전체는 정신분열증을 앓는 환자들의 의식 상태를 드러낸 듯한 착각을 불러일으킵니다.

다시 한 번 당부하지만, 여러분은 절대로 이 시를 흉내 내면 안 됩니다. 시가 어떤 것인가를 알고 난 다음에 시의 근본에 대해서 부딪힐 때 이런 시를 참고하는 것이지, 시를 막 배우는 상태에서 흉내 낼 시가 못 됩니다. 저도 처음엔 이 시가 하도 신기해서 이와 비슷하게 끄적거리기도 했습니다만, 그리고 그게 무척 재미있기도 했습니다만, 시간이 좀 지나면 유치한 장난이었다는 생각이 일어납니다.

그리고 이상의 시는 분명 중요한 실험이기는 하지만, 시의 겉모양만 바꾼다고 해서 시의 혁명이 일어나는 것은 아니라는 사실을 깨달은 경지에 이르지는 못한 시입니다. 시의 형식을 공격하는 것도 중요한 것이지만, 그보다는 그런 형식을 낳을 수 있는 어떤 정신의 경지를 구축하고 그런 경지 위에서 새로운 국면을 찾는 것이 더 중요합니다. 여러분은 그러기에는 아직 역부족입니다. 그리고 형식을 일그러뜨려 봤자 이상의 아류에 지나지 않습니다. 이상이 벌써 할 짓을 다 했기 때문입니다. 따라서 여러분이 진정으로 시를 사랑한다면 이 상태에 머물지 않고 여기서 한 발 더 나아가 시의 진정한 혁명을 이룰 수 있어야 합니다. 함부로 따라하지 말기를 거듭 부탁하면서 다음으로 넘어갑니다.

윤동주 1917~1945

북간도 명동촌 출생. 1925년 명동소학교에 입학. 31년 대랍자(大拉子)의 중국인관립학교를 거쳐 32년 용정의 은진중학교 입학. 35년 평양 숭실중학교로 옮겼으나 신사참배문제로 폐교되자, 용정의 광명학원 중학부 4학년에 편입. 38년 서울 연희전문학교 문과에 입학. 39년 산문 〈달을 쏘다〉를 조선일보에, 동요 〈산울림〉을 「소년」지에 각각 발표. 42년 일본 리쿄대학 영문과 입학, 그 해 도시샤 대학으로 전학. 43년 귀국 직전에 항일운동을 한 혐의로 송몽규와 함께 체포되어 2년형을 받고 후쿠오카형무소에서 복역 중 45년 옥사. 유고시집 『하늘과 바람과 별과 시』.

또 다른 고향

고향에 돌아온 날 밤에
내 백골이 따라와 한방에 누웠다.

어둔 방은 우주로 통하고
하늘에선가 소리처럼 바람이 불어온다.

어둠 속에 곱게 풍화작용하는
백골을 들여다보며

눈물짓는 것이 내가 우는 것이냐

백골이 우는 것이냐
아름다운 혼이 우는 것이냐

지조 높은 개는
밤을 새워 어둠을 짖는다.
어둠을 짖는 개는
나를 쫓는 것일 게다.

가자 가자
쫓기우는 사람처럼 가자
백골 몰래
아름다운 또 다른 고향에 가자.

[3 + 2 + 1] 형

시의 발상이 어디서 시작되었는가 하는 것을 아는 것이 중요합니다. 어디서 시작되었는지 먼저 살피기 바랍니다. 고향에 돌아와서 자기 방에 누운 것에서 시가 시작되고 있죠? 그러면 거기서 상상을 펼쳐보기 바랍니다.

여러분은 고향에 오면 어떤 마음이 드나요? 친구들 앞에서 목에 힘주고 자기의 잘난 모습을 자랑하고 싶은가요? 그러고 싶은 것이 고향 찾아가는 사람들의 마음이기도 합니다. 그러나 잘 생각해보면 그런 일그러진 마음이 발동하는 것도 고향이란 곳이 그런 마음을 받아줄 수 있는 포근한 곳이기 때문입니다. 그런 단점까지 안아주기에 고향은 누구한테나 포근한 겁니다.

그런데 여기는 고향이긴 하지만 방에서 혼자 있습니다. 혼자 있는데 그럴 필요가 없지요. 자신의 본래 모습을 마주치게 됩니다. 그러면 자신의 영혼이 어떤 상태인가를 돌아보지 않을 수 없습니다. 이 시에서 맑은 영혼의 울림이 느껴진다면 시의 출발점을 이렇게 고향의 방에서 잡았기 때문입니다. 고향의 방에 누워서 자신의 내면에서 울리는 소리를 들으면서 그 모습을 정직하게 그린 것이 이 시입니다.

백골은 무엇일까요? 백골은 죽음의 이미지입니다. 나를 죽이는 그 어떤 존재겠죠? 결국은 자신의 영혼을 올바르게 보지 못하게 하는 나의 한 모습입니다. 실제로 백골이 따라왔다가는 까무러치기밖에 더 하겠어요? 그렇다면 백골이란 허영 끼나 나태한 자신의 모습일 것입니다. 아무도 없는 고향의 조용한 방에 와서 누우면 그런 허영 끼가 다 사라지고 순수한 영혼만이 남아서 자신의 본래 모습을 돌아봅니다. 시간이 흐르면서 그런 허영 끼를 벗어버리는 모습을 '풍화작용'한다고 표현한 것이죠. 영혼이 열리면 그것은 우주까지 통합니다. 하늘에서 별들이 돌아가는 모습이 보이고, 어둠 속에서 귀뚜라미 우는 소리가 들립니다. 이런 것은 불필요한 집착이나 욕심을 버릴 때 비로소 마음이 받아들이는 것입니다. 마음속에 욕심이 가득 들어차 있으면 이런 것들이 들어오지 않습니다.

이렇게 맑은 영혼으로 돌아오면 저절로 눈물이 나지요. 그리고 맑아진 영혼으로 가만히 기다리면 내가 가야할 곳과 해야 할 일이 무엇인가를 알게 됩니다. 그것은 이 세상에 진리가 있음을 맑은 영혼은 알기 때문입니다. 도 닦는 사람들이 어두운 동굴 속으로 들어가는 것은 바로 그런 진리를 깨우치고자 함입니다. 그러니 진리를 알면서도 실천하지 못하는 연약한 영혼은 늘 쫓긴다는 생각을 할 수밖에 없죠. 개 짖는 소리에서 쫓기는 자신을 발견하는 것은 영혼을 되찾은 자의 양심이 울리는 소리입니다. 그러면 갈 곳이 어디겠습니까? 그런 진리가 빛나는 곳이겠지요. 그곳이 어딘가는 시인만이 알 것입니다. 그러나 이 시를 읽으면서 자신의 영혼을 깨끗이 비우면 그곳이 어딘가 알게 됩니다. 그 세계를 불교에서는 이심전심, 직지인심, 염화미소, 견성성불이라 했습니다. 이 시가 일제 강점기 말 전쟁터로 끌려갈 상황에서 쓰였음을 감안한다면 죽음의 이미지들을 좀 더 절박하게 해석할 수도 있습니다. 뒤의 참회록이라는 시도 일본에 유학하기 위해 어쩔 수 없이 창씨개명을 한 뒤 쓴 시임을 감안하면 더욱 그렇습니다.

여기에 나오는 어둠이니, 지조 높은 개니, 방이니, 고향이니 하는 것들은 상징으로 작용하고 있다는 것을 알아야 합니다. 처음 고향에 돌아와서 하고픈 말을 하다가([3]) 그 정경을 묘사하면서([2]) 마침내 상징으로 나아간([1]) 것입니다. [3+2+1]형입니다.

참회록

파란 녹이 낀 구리거울 속에
내 얼굴이 남아 있는 것은
어느 왕조의 유물이기에
이다지도 욕될까.

나는 나의 참회의 글을 한 줄에 줄이자
— 만 24년 1개월을 무슨 기쁨을 바라 살아 왔든가.

내일이나 모레나 그 어느 즐거운 날에
나는 또 한줄의 참회록을 써야한다
— 그때 그 젊은 나이에
왜 그런 부끄런 고백을 했든가.

밤이면 밤마다 나의 거울을
손바닥으로 발바닥으로 닦아 보자.

그러면 어느 운석 밑으로 홀로 걸어가는
슬픈 사람의 뒷모양이
거울 속에 나타나온다.

[3 + 1] 형

이상의 시에서도 거울이 나왔는데 여기에도 거울이 나왔네요! 그러니까 이 시는 거울을 들여다보면서 자신의 모습을 털어놓은 것([3])이네요. 거기에다가 비유의 일종인 상징이 뒤에 나옵니다. 거울, 운석 같은 것이 다 상징이지요. 그래서 [3+1]형이라고 봅니다.

거울은 자신의 내면을 들여다보는 행위라고 했습니다. 그런데 여기의 거울은 이상의 거울하고는 다르네요. 이상의 거울은 그냥 거울입니다. 자신의 내면을 되비치는 기능만을 할 뿐이죠. 그런데 여기의 거울은 다릅니다. '파란 녹이 낀 구리거울'이죠. 게다가 '어느 왕조의 유물'이냐고 묻습니다. 그러니까 이 거울은 세계와 나의 관계를 드러내는 거울이 되겠습니다. 이상의 거울하고는 조금 다르죠. 따라서 시인이 그 거울에서 얻어내는 내용도 다를 수밖에 없겠지요?

즐거운 날에 참회록을 또 써야 한다고 한 것으로 보아서 지금은 즐겁지 않다는 얘깁니다. 참회는 잘못을 뉘우친다는 얘기입니다. 즐겁지 않은 지금의 상태를 뉘우친다는 것이죠. 그런데 다시 젊은 나이에 그런 부끄런 고백을 했느냐고 뉘우친다면 지금의 상태는 분명 잘못 된 것이라는 말입니다. 지금 나는 후회할 짓을 하는 중입니다.

그런데 3연에서 4연으로 넘어가면서 비약이 일어납니다. 더 이상 참회에 대해서 설명하지 않고, 손발로 닦은 거울에 나타난 모습을 전해주는 것으로 시는 끝납니다. 그러면 독자는 그것을 가지고 결과를 추측해야 합니다. 자, 해볼까요?

거울을 밤에 닦는다고 했습니다. 그랬더니 슬픈 사람의 뒷모습이 나타납니다. 자신의 모습이겠죠. 그런데 자신의 모습이 어떠냐면 운석 밑으로 걸어갑니다. 운석은 별똥별을 말합니다. 별똥별은 캄캄한 밤에 갑자기 나타나죠. 짧은 순간에 타오르며 밝은 빛을 내는 것입니다. 그러면서 바라보는 사람의 머릿속에 강한 인상을 남기죠. 그렇기에 별똥별은 사람의 죽음을 예고한다고 합니다. 섬칫하죠?

그러니까 시인은 자신이 소속된 옛 시대의 거울을 보면서 그 시대의 운명을 벗어날 수 없는 자신의 모습을 마주하고 있는 것입니다. 응당 그 운명을 벗어나도록 개척해야 하지만, 그게 여의치 않기 때문에 슬픔을 느끼면서 미구에 닥쳐올 운명의 순간을 직감하는 것입니다. 식민지 시대 말기의 시인이 직감한 운명이라면 어떤 것일까요?

시인은 맑은 자신의 영혼 속에서 자신이 소속된 세계의 운명을 읽고 있는 것입니다. 순전히 자신의 이야기인 것 같지만, 맑게 정화된 영혼은 먼 우주의 운명까지도 담아냅니다. 윤동주의 시에서 우리가 배워야 할 것은 이런 맑은 영혼을 가지려 해야 한다는 것입니다. 시를 쓰는 사람이 가장 먼저 취해야 할 일은 잔재주를 버리고 주변의 사물을 애정의 눈으로 살펴주는 것입니다. 여러분의 주변에 모든 답이 다 있습니다. 영혼만 맑다면 밥숟가락 부딪는 소리에서도 인류를 구원할 이상을 찾아낼 수 있습니다. 여러분의 마음속에는 시인이 하나씩 들어있고, 그 시인은 혼잣몸으로도 세계는 물론 우주의 영혼까지 구원할 수 있는 큰 존재입니다. 단, 영혼이 순수할 때에만!

쉽게 씌어진 시

창밖에 밤비가 속살거려
육첩방(六疊房)은 남의 나라,

시인이란 슬픈 천명인 줄 알면서도
한 줄 시를 적어 볼까.

땀내와 사랑내 포근히 품긴
보내주신 학비 봉투를 받아

대학 노-트를 끼고
늙은 교수의 강의 들으러 간다.

생각해 보면 어린때 동무를
하나, 둘, 죄다 잃어 버리고

나는 무얼 바라
나는 다만, 홀로 침전하는 것일까?

인생은 살기 어렵다는데
시가 이렇게 쉽게 씌어지는 것은
부끄러운 일이다.

육첩방은 남의 나라
창 밖에 밤비가 속살거리는데,

등불을 밝혀 어둠을 조금 내몰고,
시대처럼 올 아침을 기다리는 최후의 나,

나는 나에게 작은 손을 내밀어
눈물과 위안으로 잡는 최초의 악수.

[3 + 2] 형

비오는 날 시를 쓰면서 드는 생각을 적은 시입니다.([3]) 여기에 묘사가 첨가되었으니([2]), [3+2]형이 되겠습니다.

시를 쓰다가 가장 괴로운 때가 언제냐면 시가 나나 가족, 이웃, 나아가 사회에 대해 해줄 것이 아무 것도 없다는 생각이 들 때입니다. 이런 무기력증은 쉬지 않고 찾아옵니다. 시를 읽고서 감동해서 정말로 사람을 울릴 수 있는 그런 것이 되기는 어려운 일이기 때문입니다. 더구나 식민지 같은 엄청난 상황에서는 더더욱 이런 무력감이 찾아오겠지요. 이 시는 그런 고민을 적어본 시입니다.

밖에는 비가 오지요. 비가 오면 사람의 발길도 뚝 끊어집니다. 그리고 혼자서 방에 뒹글게 됩니다. 육첩방이란 여섯 겹으로 둘러싸인 깊은 방이라는 뜻인데, 이렇게 혼자된 상황을 말하는 것입니다. 이럴 때 빈대떡에 막걸리 생각이 나는 것은 바로 이 혼자된다는 생각 때문입니다. 그런데 이 시인은 빈대떡에 막걸리 생각을 하는 것이 아니라 시를 쓰려고 합니다. 그러니 방이 깊어질 수밖에 없죠. 거기서 떠올리는 것은 인생이 살기 어렵다는 것과 시가 쉽게 씌어진다는 자책감입니다. 게다가 나는 집에서 부쳐주는 학비를 받아서 공부를 하러 다니는 처지입니다. 남이 해주는 것을 받아서 편하게 생활하는 것이죠.

그래서 인생을 너무 쉽게 살려는 나를 하나씩 걷어내고 자신 속으로 점점 가라앉습니다. 거기서 드디어 나 속의 나를 만납니다. 그것은 인생을 진지하게 살아가려는 나의 진실된 마음이겠죠. 비오는 날 빈대떡에 막걸리 먹을 생각을 하는 것이 아니라 거짓된 자신 속에 깊이 감춰진 진실된 자신을 만나는 것입니다. 그러기에 참 된 나를 만나는 것은 눈물나는 일이고, 또 나에게 그런 존재가 남아있다는 사실만으로도 큰 위안이 되는 것입니다.

이런 생각을 하고 각오를 다지면 그 다음에는 어떻게 생활할지 더 말하지 않아도 알 수 있을 것입니다. 그래서 '시대처럼 올 아침'이란 표현이 예사롭게 읽히지를 않고 상징으로 읽히는 것입니다. 여러분도 그렇게 읽었습니까? 그래야 합니다.

박남수 1918~1995

________ 평양 출생. 숭실상업을 거쳐 일본 주오대학 졸업. 1939년 문예지 「문장」에 시 〈초롱불〉, 〈밤길〉, 〈마을〉 등이 추천됨. 51년 1·4후퇴 때 월남하여 「문학예술」, 「사상계」 등을 편집하고 73년 한양대학교 문리과대학에 출강. 시집으로 『초롱불(1940)』, 『갈매기 소묘(1958)』, 『신의 쓰레기(1964)』, 『새의 암장(1970)』, 『사슴의 관(1983)』

종소리

나는 떠난다. 청동의 표면에서
일제히 날아가는 진폭의 새가 되어
광막한 하나의 울음이 되어
하나의 소리가 되어.

인종은 끝이 났는가.
청동의 벽에
'역사'를 가두어 놓은
칠흑의 감방에서.

나는 바람을 타고
들에서는 푸름이 된다.

꽃에서는 웃음이 되고
천상에서는 악기가 된다.

먹구름이 깔리면
하늘의 꼭지에서 터지는
뇌성이 되어
가루 가루 가루의 음향이 된다.

[1 + 2] 형

이 시는 제목이 '종소리'입니다. 그런데 내용을 잘 보면 종소리를 다른 것에 빗대어 표현한 것입니다. 우선, 2연을 빼고서 이 시를 읽어보기 바랍니다. 그러면 각 연에서 종의 표면을 떠난 종소리가 다른 사물로 바뀐 모습을 표현한 것을 볼 수 있습니다. 정리해볼까요?

1연 : 진폭의 새, 울음, 소리

3연 : 푸름, 웃음, 악기

4연 : 뇌성, 가루의 음향

종에서 나는 소리를 이렇게 다양한 것과 연결시키는 재미있고 놀라운 상상력을 우리는 이 시에서 배울 필요가 있습니다. 이미 용도가 결정돼버린 사물을 이렇게 다른 모습으로 바꿔볼 수 있는 것을 바로 상상력이라고 하는 것입니다. 바로 사람의 상상이 어떻게 작동하여 다양하게 변주될 수 있는가 하는 것을 보여주는 시입니다. 이렇게 상상력이 뻗어가는 것만을 보여주어도 사람은 아름다움을 느낍니다. 시가 굳이 무언가 거창한 주제를 노래하지 않아도 얼마든지 아름다울 수 있음을 이 시는 보여줍니다. 그리고 그런 아름다움을 발견하는 것이 예술의 본질이기도 합니다.

그런데 2연이 문제입니다. 2연은 다른 연과는 달리 종소리를 다른 사물로 바꿔서 표현한 것이 아닙니다. 그럼 무엇을 말한 것인가 잘 연상해보세요. 이런 것을 잘 이해해야만 시인의 기질을 발휘할 수 있습니다. 느닷없이 인종이 끝났다니요? 이게 무슨 말인가요? 인종은 참는다는 말 아닌가요? 종에서 뭘 참았다는 얘기죠? 여기에 대한 답을 독자 스스로 해야 합니다. 시인은 말이 없습니다. 제시만 했을 뿐이죠.

그러면 그 다음 구절을 보기 바랍니다.

> 청동의 벽에
> '역사'를 가두어 놓은
> 칠흑의 감방에서.

칠흑의 감방이란, 종 안쪽의 공간을 말하는 것이겠죠? 그런데 종은 청동으로 만들어졌습니다. 그래서 '청동의 벽'이라고 한 것일 것이고요. 종이 감싸안은 그 속은 어두울 테니까, 이런 표현을 한 것이겠죠. 그런데 감방은 무언가를 가두어 놓는 곳입니다. 그 감방 안에서 소리가 나간다는 얘깁니다. 그런데 '역사'를 가두었다고 말했습니다. 이 역사가 무엇일까요? 이런 것을 잘 상상해야만 시를 실감나게 이해하고 감상할 수 있습니다.

물론 이 역사라는 말은 읽는 사람에 따라서 다양한 의미를 부여할 수 있습니다. 그러나 시를 쓰는 사람에게는 그런 해석이 중요한 것이 아니라 시인이 이 시를 쓸 때 무엇을 보고 이런 구절을 떠올렸느냐 하는 것이 중요합니다. 제가 보기에 '역사를 가두'었다는 것은 종의 표면을 말하는 것 같습니다. 종의 표면에는 왜 그림도 넣고, 글씨도 넣고, 하잖아요? 유명한 종의 그림 중에 비천상이라는 것도 있죠. 피리 부는 선녀가 하늘로 날아오르는 그림 말예요. 종 표면에는 그런 것이 있습니다. 바로 그것을 보고 이 구절을 연상한 것입니다.

1연에서는 종소리가 종의 표면을 떠난다고 말하고, 2연에서는 종의 상태를 묘사하고, 3연, 4연에서는 다시 종소리가 다양한 사물의 모습을 변한 것을 묘사한 시입니다.

이 시인은 이미지에 평생을 집착한 사람입니다. 그래서 시를 통해서 무언가를 전달하려 하기보다는 사물의 이미지를 관찰해서 그것을 이미지로 제시하는 시를 썼습니다. 이럴 경우 시가 전문가들이 아니면 이해하기 어려워지는 단점이 있습니다만, 시를 쓰는 사람으로서 그런 시를 읽으면 전율을 느낄 만큼 아름다운 장면을 많이 만납니다. 이미지라는 것이 사람을 얼마나 냉정한 시각을 갖추도록 요구하며, 그러한 세심하고 냉정한 관찰이 시에서 얼마나 놀라운 효과를 발휘하는가 하는 것을 느끼게 합니다.

앞의 책에서 이미지가 앞으로 활용할 가치가 무궁무진하다고 한 적이 있을 겁니다. 이 시인을 보면 그런 것을 절실하게 느낍니다.

김광섭 1905~1977

호는 이산. 함경북도 경성 출생. 1926년 일본 와세다대학 영문과 입학. 33년 귀국하여 모교인 중동학교 영어교사로 있으면서 박용철·이웅·유형목 등과 함께 극예술연구회에서 활동. 버나드 쇼의 〈무기와인간〉을 번역·상연하는 한편, 평론「연극운동과 극연」,「애란연극운동소관」,「1년 동안의 극계 동향」 등을 발표. 중동학교 재직 중 아일랜드의 시를 강의하면서 반일 민족사상을 고취했다 하여 일경에 체포되어 3년 8개월의 옥고. 광복 이후 상당기간 문화계·관계·언론계 등에서 활동하는 한편, 45년 중앙문화협회 창립, 46년 조선문필가협회 창립, 47년 민중일보 편집국장, 48년 대통령 공보비서관을 지냈다. 시집으로『동경(1938)』,『마음(1949)』,『해바라기(1957)』,『성북동 비둘기(1969)』,『반응(1971)』

산

이상하게도 내가 사는 데서는
새벽녘이면 산들이
학처럼 날개를 쭉 펴고 날아 와서는
종일토록 먹도 않고 말도 않고 엎뎄다가는
해질 무렵이면 기러기처럼 날아서
틀만 남겨 놓고 먼 산 속으로 간다

산은 날아도 새둥지나 꽃잎 하나 다치지 않고

짐승들의 굴 속에서도
흙 한줌 돌 한개 들성거리지 않는다
새나 벌레나 짐승들이 놀랄까봐
지구처럼 부동의 자세로 떠간다
그럴 때면 새나 짐승들은
기분 좋게 엎데서
사람처럼 날아가는 꿈을 꾼다

산이 날 것을 미리 알고 사람들이 달아나면
언제나 사람보다 앞서 가다가도
고달프면 쉬란 듯이 정답게 서서
사람이 오기를 기다려 같이 간다

산은 양지바른 쪽에 사람을 묻고
높은 꼭대기에 신을 뫼신다

산은 사람들과 친하고 싶어서
기슭을 끌고 마을에 들어오다가도
사람 사는 꼴이 어수선하면
달팽이처럼 대가리를 들고 슬슬 기어서
도로 험한 봉우리로 올라간다

산은 나무를 기르는 법으로

벼랑에 오르지 못하는 법으로
사람을 다스린다

산은 울적하면 솟아서 봉우리가 되고
물소리를 듣고 싶으면 내려와 깊은 계곡이 된다
산은 한번 신경질을 되게 내야만
고산도 되고 명산이 된다

산은 언제나 기슭에 봄이 먼저 오지만
조금만 올라가면 여름이 머물고 있어서
한 기슭인데 두 계절을
사이좋게 지니고 산다

[1 + 2] 형

시가 굉장히 길죠? 시가 길면 긴장이 풀어지기 일쑤입니다. 그래서 긴 시치고 긴장을 끝까지 유지하면서 초점을 잃지 않는 시는 보기 드뭅니다. 그래서 시가 길어질 때는 그런 긴장을 잃지 않을 수 있는 특별한 장치를 마련하지 않으면 안 됩니다.

이 시는 굉장히 긴 편인데도 명작만을 모아놓는다고 말한 여기에 초대받은 것을 보면 그런 긴장을 잃지 않았다는 얘기겠죠? 그렇습니다. 이 정도면 긴장을 잃지 않고 아주 좋은 작품이 되었습니다. 그 이유를 알아보는 것이 이 시를 보는 즐거움이면서 좋은 공부가 되겠습니다.

먼저 맨 앞의 1연을 보기 바랍니다. 산이 아침과 저녁에 어떤 모양으로 존재하는가 하는 것을 제시한 것입니다. 산의 전체 모양을 묘사했지요. 이것은 앞으로 이 산의 여러 모습에 대해서 얘기할 것이라는 예고입니다. 보통 짧은 시일 것 같으면 아침의 산 모습을 말한 다음에 맨 끝에서 저녁의 산 모습을 말하겠죠. 그런데 여기서는 1연에서 모두 나타났어요. 그건 독자들에게 시인이 아침부터 저녁까지 바라본 산의 모습 전체를 알려주고서 그 다음에 산의 부분부분 모습을 하나씩 알려주겠다는 포석입니다. 바로 이 점을 배우기 바랍니다.

실제로 그렇게 전개되고 있습니다.

2연 : 산은 어느 것 하나 다치지 않게 이동한다.

3연 : 사람을 기다린다.

4연 : 산은 죽은 사람과 신을 모신다

5연 : 사람의 사는 꼴에 따라 반응한다.

6연 : 산은 자신의 방법으로 사람을 다스린다.

7연 : 산의 모양은 다양하다.

8연 : 산은 다양성이 있다.

그런데 전체를 읽어보면 알겠지만, 산은 각 연에서 모두 살아있는 생명체에 비유되고 있습니다. 따라서 전체의 창작 방법은 [1]형입니다. 여기에다가 부분부분 그 모양을 알려주기 위해서 묘사의 방법을 선택하고 있지요. [2]형입니다. 그래서 [1+2]형의 시로 보는 것입니다.

그리고 이 시의 긴장이 풀어지지 않는 이유 또 한 가지는, 시인이 산을 전혀 새로운 시각으로 보는 것입니다. 우리는 보통 산을 사람들이 깃들어 사는 터전 정도로 생각하지 그것이 마치 옆집에 사는 할아버지처럼 생명을 갖고 사람들의 심리에 반응한다는 생각을 하지 못합니다. 그런데 여기서는 산이 그렇게 행동합니다. 화도 내고 신경질도 내고 정답게 기다리기도 합니다. 완전히 사람 같죠. 바로 이 시각이 시 전체를 지배하고 있기 때문에 시가 길어도 긴장을 잃지 않는 것입니다. 긴 시를 쓰기 어려운 이유는 바로 이와 같은 장치와 방법을 마련하기 어려운 까닭입니다. 그런데도 이 시는 성공을 하고 있지요.

1연의 '틀만 남겨 놓고'는 무슨 뜻인가요? 이런 표현을 그냥 스쳐 지나가면 안 됩니다. 이 말은 어두워진 상태의 산 모습을 말합니다. 낮에는 산의 나무며 비탈의 색깔까지 선명하게 보이지만 어둠이 내리면 어떤가요? 하늘과 맞닿은 부분만 검게 나타나지요? 그것을 미술 용어로 실루엣이라고 하나요? 바로 그것을 가리킨 표현입니다. 아름답지요? 시 중간중간에 이런 아름다운 구절이 끼어 있어야만 읽는 사람이 지루하지 않게 느낍니다. 생활 속에서 부지런히 이런 좋은 표현들을 채집해놓을 필요가 있습니다. 그러다가 시상이 잡히면 그때 이용하는 것이지요.

이용악 1914~?

―――― 함경북도 경성 출생. 니혼대학 예술과 1년 수료하고 1939년 일본 조치대학 신문학과 졸업. 1935년 〈패배자의 소원〉을 「신인문학」에 발표. 방학 때는 귀향하여 만주 등지를 다니며 유민들의 비극적인 실상을 체험했는데, 그 결실로 『분수령(1937)』, 『낡은 집(1938)』 등의 시집을 냄. 39년 귀국 후 「인문평론」에서 일했으며, 이 잡지에 망국민의 비애를 노래한 〈오랑캐꽃〉 발표. 46년 조선문학가동맹에 가입하여 활동하다가 남로당서울시문화예술사건에 연루되어 수감되었고, 6·25 때에 월북. 56년 평남관개공사장을 소재로 연작시 〈평남관개 시초〉를 발표했고, 63년 월북시인들과 『역대악부시가』를 번역.

북 쪽

북쪽은 고향
그 북쪽은 여인이 팔려간 나라
머언 산맥에 바람이 얼어붙을 때
다시 풀릴 때
시름 많은 북쪽 하늘에
마음은 눈감을 줄 모르다

[2] 형

이 시는 고향을 그리워하는 마음을 표현한 시입니다. 그런데 잘 읽어보면 우리가 흔히 보는 고향을 그리워하는 시와는 여러 가지로 다릅니다. 그것을 보려고 여기에 초대한 것입니다.

고향에 관해 시를 쓰면 고향의 정경이나 자신이 겪은 일을 설명해 놓고서 그것이 그립다고 하는 것이 보통입니다. 그런데 이 시는 그런 상황이 전혀 안 나타나있고, 완전히 묘사로 일관합니다. 그러면서도 고향을 그리워하는 마음이 절절하게 나타납니다. 바로 이런 기술이 놀라운 것입니다.

이 시를 이해하기 위해서는 왕소군 이야기를 알아야 합니다. 왕소군은 한나라 궁실의 궁녀였습니다. 아름다웠지요. 한나라는 북방의 흉노족과 국경선을 맞대고 있었습니다. 그런데 가을만 되면 흉노족의 약탈과 침략이 시작됩니다. 그래서 매년 골머리를 앓았습니다. 나중에는 흉노족과 싸울 것이 아니라 협정을 체결하여 서로 사이좋게 지내자는 쪽으로 정책이 바뀌었습니다. 그래서 한족의 왕실 중에서 여자를 하나 선택하여 흉노의 왕 선우에게 시집을 보내기로 했습니다. 서로 왕끼리 친척이 되면 싸움이 많이 줄어들겠지요. 사돈이 되니까요. 그래서 한나라 왕실에서는 왕녀을 고르려고 했는데, 생각해보세요. 누가 그 북방의 추운 곳으로 시집을 가려고 하겠어요. 그래서 지원자가 없자 한나라의 임금은 궁녀 중에서 하나를 뽑아서 공주라고 속이기로 합니다. 그래서 궁녀들더러 자신의 초상화를 하나씩 제출하라고 명령을 내립니다. 그 중에서 못난 것을 골라서 보내려고 한 것입니다. 그래서 궁녀들은 흉노족에게 가지 않으려고 그림 그리는 환쟁이를 찾아가 예쁘게 그려달라고 뇌물을 줍니다.

그런데 궁녀 중에서 아주 뛰어나게 예쁜 왕소군이라는 여자가 있었습니다. 예쁜 것들은 예나 지금이나 콧대가 높죠. 이 여자는 환쟁이에게 뇌물을 주지 않았습니다. 그래서 환쟁이는 일부러 못나게 그렸죠. 임금은 그 그림을 보고 이 여자라고 결정을 해버렸습니다. 그리고는 곧 채비를 차려서 보냈죠. 보내는 날 임금은 깜짝 놀랐습니다. 너무 아름다웠거든요. 하지만 이미 늦었습니다. 그래서 자색이 뛰어난 왕소군은 졸지에 흉노 땅으로 시집을 가서 선우의 왕비가 됩니다. 울면서 떠나는 이 왕소군의 이별장면은 옛날부터 중국 시인들이 즐겨 노래 부른 소재였습니다. '여인이 팔려간 나라'라는 것은 바로 만주를 말하는 것이고, 이 시인이 만주와 맞닿은 국경지역 출신이기 때문에 이런 발상을 한 것입니다. 함경북도 경성 출신입니다.

경성은 두만강에 인접한 도시이니 날씨는 당연히 춥죠. 그래서 바람이 얼어붙는 것입니다. 땅이 척박하다 보니 옛날부터 사람들이 드문드문 살았고, 또 여진족들이 끊임없이 쳐들어와서 전쟁이 끊일 날이 없었습니다. 이것이 북방 변경의 상황이었습니다. 이 많은 역사의 이야기들을 '시름 많은 북쪽 하늘'이라는 말로 압축시켰습니다.

하지만 고향은 언제나 그리운 곳이죠. 그래서 '마음은 눈감을 줄 모른다'고 한 것입니다. 그립다는 말을 이렇게 표현한 것이죠.

짧은 시에 그리운 마음을 아주 잘 표현한 시가 되겠습니다. 무엇보다도 우리가 흔히 보는 고향 시와 색깔이 다르기 때문에 개성이 아주 잘 살아있는 시입니다. 시에서 개성은 생명이라고 할 만큼 중요한 요소입니다. 그것은 시인이 세상을 다른 사람과는 다르게 바라보고 있다는 뜻이기 때문입니다.

전라도 가시내

알룩조개에 입맞추며 자랐나
눈이 바다처럼 푸를뿐더러 까무스레한 네 얼골
가시내야
나는 발을 얼구며
무쇠다리를 건너온 함경도 사내

바람소리도 호개도 인전 무섭지 않다만
어드운 등불 밑 안개처럼 자욱한 시름을 달게 마시련다만
어디서 흉참한 기별이 뛰어들 것만 같애
두터운 벽도 이웃도 못미더운 북간도 술막

온갖 방자의 말을 품고 왔다
눈포래를 뚫고 왔다
가시내야
너의 가슴 그늘진 숲속을 기어간 오솔길을 나는 헤매이자
술을 부어 남실남실 술을 따르어
가난한 이야기에 고히 잠거다오

네 두만강을 건너왔다는 석 달이면
단풍이 물들어 천리 천리 또 천리 산마다 불탔을 겐데
그래두 외로워서 슬퍼서 초마폭으로 얼굴을 가렸더냐

두 낮 두 밤을 두루미처럼 울어 울어
불술기 구름 속을 달리는 양 유리창이 흐리더냐

차알삭 부서지는 파도소리에 취한 듯
때로 싸늘한 웃음이 소리없이 새기는 보조개
가시내야
울 듯 울 듯 울지 않는 전라도 가시내야
두어 마디 너의 사투리로 때아닌 봄을 불러줄게
손때 수집은 분홍 댕기 휘 휘 날리며
잠깐 너의 나라로 돌아가거라

이윽고 얼음길이 밝으면
나는 눈포래 휘감아치는 벌판에 우줄우줄 나설 게다
노래도 없이 사라질 게다
자욱도 없이 사라질 게다

[3 + 2 + 1] 형

앞의 시도 그렇지만, 이 시에도 북방의 정서가 많이 나타나 있습니다 시인이 자신의 체험을 시로 쓸 때 어쩔 수 없이 나타나기도 하는 부분입니다. 그런데 이런 체험이 너무 특수한 상황으로 가게 되면 시에서는 단점으로 보게 됩니다. 독자들이 이해할 수 없기 때문이죠. 이 시는 그런 위험한 곳까지 닿아있습니다만, 우리가 소홀히 지나칠 수 없는 시대의 문제들이 이따금 시에 실려서 시가 개인의 고민만을 노래하는 것이 아니라 당시 사회의 아픔까지도 아울러 담아내는 수가 있습니다. 이 시의 정서 역시 그렇습니다.

이 시 안의 상황을 우선 추려보겠습니다. 장소는 북간도 술막입니다. 이 시의 화자는 술을 마시려고 두만강을 넘었지요. 함경도 사람이 국경인 두만강을 넘어서 술을 마시러 간 것입니다. 요즘 같으면 상상하기 힘든 일이겠지요. 그런데 만주는 중국의 땅이기는 하지만 중국은 내부의 혼돈에 휩싸여 변경 지역까지 통제력을 발휘하지 못한 때였습니다. 그러니 이런 일이 생기는 것이지요. 그러니까 마치 서울의 종로에서 사는 사람이 강남으로 술을 마시러 간 그런 방식으로 당시 두만강을 넘어다닌 모양입니다. 그런데 그 술막에서 술을 파는 여인은 전라도 가시네입니다. 이 어인 일일까요?

조선을 식민지로 삼은 일본이 제일 먼저 수탈해간 것이 전라도 지역의 쌀이었습니다. 일본은 섬이기 때문에 늘 곡식이 부족했습니다. 그래서 옛날부터 조선 조정에 대해서 계속 통상해줄 것을 요구했고, 그것이 안 될 때는 노략질도 서슴지 않았습니다. 그러다가 근대에 이르러 서구 문물을 먼저 받아들이면서 상황은 역전되어 조선이 일본의 식민지가 되는 비운을 겪지요. 그러니 전라도의 곡창지대에서 나는 쌀을 모조리 수탈해다가는 일본 제 나라 국민들이 먹도록 한 것입니다. 조선은 당연히 쌀 부족을 겪지요. 조선 사람들의 원망이 너무 심하니까 이제는 만주에서 콩을 들여다가 뿌립니다만, 그게 일이 제대로 될 리 없지요. 일본인들에게 논을 빼앗긴 농민들은 지게에 이불 보따리를 지고 아이들 손목을 잡고 북으로 올라갑니다. 마침내 압록강과 두만강을 넘어서 만주 땅으로 갑니다. 만주는 원래 여진족들이 살던 곳이었지만, 청나라가 서면서 모두 중국으로 들어가는 바람에 그들이 원래 살던 만주는 텅 비게 된 것입니다. 소문을 듣고서 사람들은 그리로 간 것이죠. 거기서 억척스럽게 땅을 개간해서 곡식을 심으며 살지요. 이들 유이민은 1930년대 후반부터 꾸준히 늘어서 나중에는 굉장한 규모가 됩니다. 지금 중국의 길림성에는 조선족 자치구가 섰는데, 이들은 바로 이들 유이민의 후예들입니다. 이 시는 바로 당시의 그런 정황을 보여준다는 의미가 있습니다. 시가 현실을 도외시하지 않고 받아들인 경우입니다. 그리고 이런 정서는 한국시의 흐름에서 볼 때도 상당한 의미가 있는 것입니다.

1연에서 등장인물이 나타나고 2연에서 장소가 제시되지요. 그리고는 술을 마시며 바라본 여인의 모습을 묘사하고, 그 여인의 사투리에서 느낄 수 있는 당시의 절박한 시대 상황에 대해 아주 안타까운 시선으로 자신의 심정을 말하고 있습니다.

그래서 유이민의 모습을 보면서 자신의 안타까운 심정을 말하고 있는 시입니다.([3]) 여기에다가 술막의 상황을 잘 묘사하여 보여주면서([2]), 비유도 들어갔습니다.([1]) 그러니 [3+2+1]형이라고 보는 것이지요. 술막에서 술을 마시면서 느낀 바를 여인에게 말하듯이 쓴 시입니다.

오랑캐꽃

— 긴 세월을 오랑캐와의 싸움에 살았다는 우리의 머언 조상들이 너를 불러 '오랑캐꽃'이라 했으니 어찌 보면 너의 뒷모양이 머

리 태를 드리인 오랑캐의 뒷머리와도 같은 까닭이라 전한다 —

아낙도 우두머리도 돌볼 새 없이 갔단다
도래샘도 띳집도 버리고 강 건너로 쫓겨갔단다
고려 장군님 무지무지 쳐들어와
오랑캐는 가랑잎처럼 굴러갔단다

구름이 모여 골짝골짝을 구름이 흘러
백 년이 몇 백 년이 뒤를 이어 흘러갔나

너는 오랑캐의 피 한 방울 받지 않았건만
오랑캐꽃
너는 돌가마도 털메투리도 모르는 오랑캐꽃
두 팔로 햇빛을 막아 줄게
울어보렴 목놓아 울어나 보렴 오랑캐꽃

[1 + 2 + 3] 형

이 시 역시 북녘의 정서를 아주 잘 보여주는 시입니다. 오랑캐는 여진족을 말합니다 왕조실록에 보면 만주의 여진족 때문에 양계인 평안도와 함경도가 늘 시끌시끌합니다. 그런 부족 중에 실록에 자주 나타나는 이름이 올적합(兀赤哈)이라고 있습니다. 오랑캐는 이 올적합이나 아니면 그들의 한 부족을 가리키는 말이라고 합니다. 여진 말이 우리나라 말로 정착하는 과정에서 생겨난 말이라고 보면 되겠습니다.

여진족은 반농반목의 단계에 있던 부족이었습니다. 주로 양과 소를 치면서 콩이나 기장 같은 단순한 곡물을 재배하는 부족이었지요. 그리고 겨울이 깁니다. 겨울을 나기가 쉽지 않죠. 그래서 두만강과 압록강이 어는 겨울이 오면 조선으로 쳐들어와서 노략질을 하고는 했습니다. 조선의 통치권에 순응을 하다가도 여차하면 도적으로 변하여 물건을 털어 가는 것입니다. 이들에 대한 대책이 인조 때까지 조선의 중요한 국방정책이 됩니다. 그런데 어느 순간부터 이들에 대한 기록이 사라집니다. 바로 청나라가 서는 때부터죠. 부족별로 뿔뿔이 흩어져 살던 여진족에 한 영웅이 나타납니다. '멧돼지가죽'이라는 뜻의 이름을 가진 '누루하치'가 그 사람이죠. 이 사람이 여진족을 통일하고 팔달령 만리장성을 넘어 중국으로 쳐들어가서 청나라를 세웁니다.

이렇게 되기 전까지는 두만강 가에 있던 여진족들은 해마다 조선에 조공을 바치며 살았습니다. 그러다가 노략질이 일어나면 조선의 장수들이 군사를 이끌고 토벌을 하곤 했지요. 1연의 상황은 그런 역사를 말하는 것입니다. 그렇다 보니 우리가 쓰는 말 중 꽃 이름에 오랑캐라는 여진족의 말이 살아있게 된 것입니다. 여진족은 머리 앞부분을 중머리처럼 박박 밀어버립니다. 그리고 뒤통수 쪽의 머리카락만 남겨서 길게 땋아 늘이죠. 아마도 이런 모양을 닮아서 이름이 오랑캐꽃이라고 한 것이 아닌가 하는 추측을 시의 앞부분에 해놓았죠. 그래서 오랑캐하고는 상관이 없는데 오랑캐꽃이라고 하니까 꽃으로서는 억울할 것이고, 그런 심정을 시인은 오랑캐꽃을 바라보면서 생각해본 것입니다.

그런데 유독 시인이 이런 사실에 매달린 것은, 그 자신이 북쪽 두만강 근처 출신인 까닭에 고향에서 여진족에 대한 이야기는 많이 들었을 것이고, 그러다가 오랑캐꽃이라는 이름을 보고서는 그런 연상을 했을 것입니다. 꽃과 그 이름이 시인의 상상력을 자극하여 만들어낸 시라고 보면 되겠습니다.

백석  1912~?

본명은 백기행. 평안북도 정주 출생. 1929년 오산고등보통학교 졸업. 30년 조선일보 신춘문예에 단편 〈그 모와 아들〉 당선. 그 해 조선일보 후원 장학생으로 일본 아오야마 학원 영문과에 유학했다. 1934년 조선일보 입사, 잡지 「여성」 편집을 맡음. 1936년 33편의 시가 실린 시집 『사슴』을 자비로 100부 한정판으로 출간. 함흥 영생고보 영어교사 등으로 재직하다 만주로 가 방랑생활. 해방 후 고향 정주에 정착.

여우난골족(族)

명절날 나는 엄매 아배 따라 우리집 개는 나를 따라 진할머니 진할아버지가 있는 큰집으로 가면

얼굴에 별자국이 솜솜 난 말수와 같이 눈도 껌벅거리는 하로에 베 한 필을 짠다는 벌 하나 건너 집엔 복숭아나무가 많은 신리(新里) 고무 고무의 딸 이녀(李女) 작은 이녀(李女)

열여섯에 사십이 넘은 홀아비의 후처가 된 포족족하니 성이 잘 나는 살빛이 매감탕 같은 입술과 젖꼭지는 더 까만 예수쟁이 마을 가까이 사는 토산(土山) 고무 고무의 딸 승려(承女) 아들 승(承)동이

육십리라고 해서 파랗게 뵈이는 산을 넘어 있다는 해변에서 과부가 된 코끝이 빨간 언제나 흰옷이 정하든 말끝에 섧게 눈물을 짤 때가 많은 큰골 고무 고무의 딸 홍녀(洪女) 아들 홍(洪)동이 작은 홍(洪)

동이

배나무접을 잘 하는 주정을 하면 토방돌을 뽑는 오리치를 잘 놓는 먼섬에 반디젓 담그러 가기를 좋아하는 삼춘 엄매 사춘누이 사춘 동생들

이 그득히들 할머니 할아버지가 있는 안간에들 모여서 방안에서는 새옷의 내음새가 나고

또 인절미 송구떡 콩가루차떡의 내음새도 나고 끼때의 두부와 콩나물과 뽂운 잔디와 고사리와 도야지비계는 모두 선득선득 하니 찬 것들이다

저녁술을 놓은 아이들은 외양간섶 밭마당에 달린 배나무 동산에서 쥐잡이를 하고 숨굴막질을 하고 꼬리잡이를 하고 가마 타고 시집가는 놀음 말 타고 장가가는 놀음을 하고 이렇게 밤이 어둡도록 북적하니 논다

밤이 깊어가는 집안엔 엄매는 엄매들끼리 아르간에서들 웃고 이야기하고 아이들은 아이들끼리 웃간 한 방을 잡고 조아질하고 쌈방이 굴리고 바리깨돌림하고 호박떼기하고 제비손이구손이 하고 이렇게 화디의 사기방등에 심지를 멫 번이나 돋구고 홍게닭이 멫 번이나 울어서 졸음이 오면 아릇목싸움 자리싸움을 하며 히드득 거리다 잠이 든다 그래서는 문창에 텅납새의 그림자가 치는 아침 시누이 동세들이 욱적하니 흥성거리는 부엌으론 샛문 틈으로 장지 문틈으로 무이징게국을 끓이는 맛있는 내음새가 올라오도록 잔다

[2] 형

골치가 아프지요? 당연합니다. 이런 시를 읽으면서 골치가 아프지 않다면 그것이 오히려 정상이 아니지요. 그러면 왜 골치가 아픈가를 알아봐야겠죠? 우선 알아듣기 힘든 말이 많이 나옵니다. 이유는 간단합니다. 사투리이기 때문입니다. 어디 사투리냐구요? 평안북도 사투리입니다. 이 시인은 평안북도 정주 출신입니다. 사투리를 있는 그대로 쓸 뿐만 아니라 그곳의 풍속을 있는 그대로 묘사하고 있습니다. [2]형이죠. 그 정황에 대한 시인의 느낌도 없이 마치 카메라를 들이댄 것처럼 모습만 묘사하고 있습니다. 그래서 지루하고 골치가 아프게 느껴지는 것입니다.

그런데 우리가 어떤 장면을 자세히 묘사하는 것은 어떤 의도가 있기 때문입니다. 어떤 의도일까요? 그것은 지금은 찾아보기 어려운 장면이기 때문에 그것을 회상하는 효과가 있습니다. 이 시에 묘사된 명절날 평안도 시골의 모습은 이제 찾아볼 길이 없습니다. 그래서 실제로 그런 체험을 한 사람들이 이 시를 읽으면 자신이 몸담고 있던 그 시절 그 장면이 머릿속에 고스란히 떠오르면서 그 시절로 돌아갑니다. 큰 감동이 뒤따라오는 것은 당연한 일이지요.

그런데 만약 그런 상황에서 이 부분에 대한 느낌은 어떻고, 저 부분에 대한 느낌은 어떻고 시시콜콜 설명하면 그런 상황의 느낌까지 이미 알고 있는 독자들에게는 오히려 감동을 막는 요인이 될 것입니다. 그렇다면 차라리 그냥 사진처럼 보여주는 것이 더 좋을 수도 있죠. 이 시는 바로 그런 효과를 노린 것입니다. 이 시인의 시집 전체가 이런 식으로 묘사돼 있습니다. 그렇게 묘사하는 과정에서 동원된 사투리들은 또 기록의 의미도 갖습니다. 시가 풍속을 살리고 보존하는 드문 작용을 하는 것이지요.

오장환 1918~?

충청북도 보은 출생. 1933년 휘문고등보통학교 재학시 「조선문학」에 산문시 〈목욕간〉 발표. 이후 낭만, 시인부락, 자오선 등의 동인으로 활동. 37년 첫 시집 『성벽』을 낸 이래 월북 이전까지 『헌사(1939)』, 『병든 서울(1946)』, 『나사는 곳(1947)』 등을 출간. 해방 후 조선문학가동맹에 가입하여 활동하면서 프롤레타리아문학 지향. 46년 월북하여 시집 『붉은 기』를 펴냄.

병 실

양어장 속에서 갓 들어온 금붕어
어항이 무척은 신기한 모양이구나.

병상의 검온계는
오늘도 39도를 오르나리고
느릿느릿한 맥박과 같이
유리항아리로 피어오르는 물방울
금붕어는 아득한 꿈길을 모조리 먹어버린다.

몬지에 끄을은 초상과 마주 대하야
그림자를 잃은 청자의 화병이 하나
오늘도 시든 카네숀의 꽃다발을 뱉어버렸다.

유현한 꽃향기를 입에 물고도
충충한 몬지와 회색의 기억밖에는
이그러지고도 파리한 얼골.

금붕어는 지금도 어느 꿈길을 따르는가요
책갈피에는 청춘이 접히어 있고
창밖으론 포도알들이 한테 몰리어 파르르 떱니다.

[2] 형

이 시는 병실의 모습을 아주 자세하게 묘사한 시입니다. 병실은 아픈 사람이 거처하는 곳입니다. 아픈 사람의 상태를 잘 연상하면서 읽어야 할 시입니다. 아픈 사람에게는 꿈이 없지요. 병이 나을지 어떨지 신만이 아는 것이기 때문에 일단은 인간으로서는 모든 것을 포기하기 마련입니다. 그렇기 때문에 꿈이 있을 수가 없습니다. 꿈이 없는 사람은 모든 상황의 정지를 뜻합니다.

그래서 살아있는 생물을 병원에 선물로 갖다 주는 수가 많습니다. 병원 측에서도 환자들의 이런 심리상태를 감안하여 될수록 밝은 분위기를 만듭니다. 간호사나 의사들이 흰 가운을 입고 있는 것도 이런 배려겠죠? 그래서 병원에 드나드는 사람들은 활짝 핀 꽃을 선물로 가져가곤 합니다. 그런데 이 병실에는 금붕어까지 있네요. 손발을 움직이기도 힘든 환자에게 살아 움직이는 금붕어야말로 좋은 선물이겠네요.

그런데 병실은 상황이 안 좋은지 꿈길을 먹어버린다고 묘사했습니다. 게다가 시인의 눈은 곧바로 초상화 밑에 있는 꽃병으로 이동합니다. 꽃병에는 시든 꽃이 꽂혀 있음을 발견합니다. 그리고 다시 금붕어로 시선을 돌립니다. 상황이 안 좋은 방향으로 가고 있다는 것을 시의 분위기는 말합니다.

— 금붕어는 아득한 꿈길을 모조리 먹어버린다

— 책갈피에는 청춘이 접히어 있고

— 창밖으론 포도알들이 한테 몰리어 파르르 떱니다

이런 묘사들을 보면 시인이 어떤 생각으로 이 병실을 묘사했는지 알 수 있습니다. 병실에 와서 희망이 없는 것을 이 시인은 알아본 것입니다. 그래서 그런 마음으로 병실을 바라보니 이렇게 우울한 모습만 보이는 것이죠. 이 경우 묘사된 경치는 시인의 마음이 투영된 것입니다. 이런 것을 '명징한 상관물'이라고 한다고 말했습니다.

이렇게 해서 시인이 할 일은 끝났습니다. 자신의 마음을 실어서 그 심정에 맞는 풍경만을 묘사한 것이죠. 그래서 [2]형입니다.

그런데 이렇게 묘사해놓으면 이 상황은 읽는 사람에게 어떤 것을 환기시켜줍니다. 시인이 의도하지 않은 것까지도 독자는 읽는 것이죠. 특히 시대상황과 연관지어서 어떤 이미지를 해석하려고 합니다. 그러면 그런 해석을 시도해볼까요?

시인은 하필 왜 병실을 선택했을까요? 이것을 일제하의 식민지 상황과 연관시키면 어떤 뜻을 찾아낼 수 있을까요? 사실 환자는 병든 사람인데, 일본에게 먹힌 식민지 하의 조선이 환자가 아닐는지요? 이렇게 보자니까 또 그럴듯하지 않나요? 이렇게 그럴듯할 때는 그렇게 봐도 되는 것입니다. 이것을 '의도의 오류'라고 합니다. 시인 자신이 이런 의도를 넣었을 수도 있고 그렇지 않을 수도 있습니다. 그러나 그렇게 보이면 그렇게 해석해주는 것이 작품을 감상하는 데 좋은 방법입니다.

시인 개인의 사정으로 보면 이 시는 병 문안을 가서 병실의 무기력한 상황을 드러내려고 한 것이지만, 이것을 시대상황과 연관시켜 보면 식민지 하의 병든 조선을 상징한다고 보면 되겠습니다.

노천명 1911~1957

황해도 장연 출생. 진명여자고등보통학교를 거쳐 1934년 이화여자전문학교 영문과 졸업. 그의 시작 활동은 이화여자전문학교 재학 때부터 시작되었고, 졸업 후 35년에 시원 동인으로 시 〈내 청춘의 배는〉을 발표. 38년 제 1 시집 『산호림』 간행. 제 2 시집 『창변(窓邊)』은 45년 매일신보사에서 간행. 제 3 시집 『별을 쳐다보며(1953)』. 그의 사후 58년에 제 4 시집 『사슴의 노래』 간행. 산문집으로 수필집 『산딸기』, 『나의 생활백서』.

사 슴

모가지가 길어서 슬픈 짐승이여.
언제나 점잖은 편 말이 없구나.
관이 향기로운 너는
무척 높은 족속이었나 보다.

물 속의 제 그림자를 들여다보고
잃었던 전설을 생각해 내고는
어찌할 수 없는 향수에
슬픈 모가지를 하고
먼 데 산을 쳐다본다.

[1 + 2] 형

사슴의 모습을 보고 그것에 대한 자기 나름의 해석을 해본 작품입니다. 사슴을 사람에 가까운 어떤 존재로 보고 있지요.([1]) 그리고 그런 존재의 상태를 묘사하고 있습니다.([2]) 그래서 [1+2]형으로 봅니다.

사슴은 우선 뿔이 크다는 것이 눈에 띄지요. 그런데 이상한 것은 뿔이라는 것은 자신을 방어하고 상대를 공격하기 위한 것인데, 사슴의 뿔은 무슨 무기라기보다는 꽃나무의 가지 같다는 생각이 듭니다. 게다가 사슴은 약자여서 당하기만 하는 존재죠. 그래서 무기라고 보기에는 거추장스러울 정도로 큰 뿔이 특색입니다. 여러분은 이런 사슴을 보면 무슨 생각이 드나요? 별로 생각해본 적이 없다구요?

저는 사슴뿔을 보면 나이가 들어서 그런지 녹용 생각이 납니다. (농담입니다.)

여기서 이 시인은 사슴을 어떤 존재로 보고 있죠? 슬픔의 존재죠. 그런데 사슴한테 물으면 어떨까요? 사슴은 아니라고 답할 걸요. 그런데 왜 시인은 사슴을 이렇게 억지로 보고 있나요? 바로 이 점을 생각해보아야 할 시입니다.

세상은 자신이 원하는 만큼만 보이는 겁니다. 사랑에 빠지면 상대의 단점은 전혀 보이지 않습니다. 오로지 예쁘게만 보입니다. 눈에 콩깍지가 씌었다는 것은 그것을 말합니다 상대의 단점이 보여도 오히려 그것이 상대의 인간성을 보여주는 장점으로 착각이 든다니까요. 그래서 결혼을 하게 된답니다. 결혼을 하고 나서는 내가 어째 저런 것한테 넘어갔다? 이러면서 후회하죠. 하지만 때는 이미 늦습니다. 책임져야 할 것이 남거든요.

이게 농담 같지만, 세상의 모든 이치가 그렇습니다. 똥개 눈에는 똥밖에 안 뵌다는 말이 있죠. 사람은 세상의 전부를 보고 있는 것 같지만, 자신이 보고자 하는 것 이외에는 보지 않으려는 속성이 강합니다. 반대로 어떤 생각이나 감정에 휩싸이면 자신이 보고자 하는 것만을 보려고 듭니다. 이 시를 쓴 시인은 바로 그런 것을 잘 보여줍니다. 지금 시인은 어떤 감정에 휩싸였습니다. 그건 슬픔이라는 감정입니다. 그래서 기린에 비하면 별로 길지도 않은 사슴의 목을 보고서 길다고 생각을 하고, 그런 전제 위에서 높은 족속이었노라고 추측을 합니다. 그리고는 현재를 낮아진 존재라고 생각하고 낮아진 그것을 슬퍼하죠.

사슴은 그냥 물을 먹으려고 고개를 숙일 뿐인데, 마치 제 그림자를 들여다보면서 과거를 생각한다는 듯이 해석하고 있습니다. 그러니 고개를 다시 들어서 돌리면 슬퍼서 바라보는 것이라고 생각하는 것이죠. 이런 감정은 특히 사춘기 소녀 때 느끼는 것들입니다. 가랑잎 굴러가는 소리만 들어도 눈물이 난다는 그 시절이죠.

그렇다고 해서 지금 그것이 나쁘다는 얘기를 하는 것이 아닙니다. 시에서는 오히려 그런 감정에 빠져들어서 세상을 볼 필요가 있습니다. 시는 어차피 감정을 과장하게 됩니다. 그리고 그런 과장된 감정을 노래하는 것이기도 합니다. 그래서 어떤 감정을 어떤 사물에 의탁해서 드러내는 방법을 우리는 이 시에서 배웁니다.

모가지가 길어서 슬픈 짐승이여.

라는 구절을 보면 목이 길다는 것과 슬프다는 감정은 서로 상관이 없는 것입니다. 길다고 슬프다면 기린은 어떻겠어요? 당장 목이 떨어져 죽겠지요. 안 그래요? 이 구절은 시인이 먼저 슬픔이라는 감정에 휩싸여서 바라보았기 때문에 얻은 구절입니다. 슬픈 감정으로 바라봤기 때문에 모가지가 길다는 것을 슬픔으로 연결시킬 수 있었던 것입니다. 이렇게 어떤 감정을 전제로 하면 서로 전혀 관련이 없는 세상의 사물이 연결되면서 놀라운 표현 효과를 얻게 된다는 사실을 알게 됩니다. 사랑에 처절하게 실패한 사람을

개도 안 물어갈 사랑!

이라고 욕하는데, 개가 사랑을 왜 물어갑니까? 차라리 똥덩이를 물어가지! 그런데도 개와 사랑이 연결되는 것은 그의 감정이 만든 연결입니다. 이와 같이 시에서는 감정에 북받쳐서 전혀 생소한 사물을 서로 연결시키기도 하는데, 그것은 잘못된 것이 아니라 좋은 점이라는 것을 알아야 합니다.

하지만 시의 정서가 오래도록 이런 감정에 머물러서 벗어나지 못하면 그것보다 유치한 것도 없습니다. 똥을 누었으면 바로 그 자리를 떠나야지, 아깝다고 깔고 뭉개야 냄새만 진동합니다. 요즘 젊은 시인들 중에서도 삶의 외로움이나 쓸쓸함을 10년 넘게 울궈먹는 사람들이 몇몇 있습니다. 삶의 실상이 그렇다고 해도 거기 퍼질러 앉아서 징징거리고 있는 모습은 결코 좋아 보이지 않습니다.

모윤숙 1909~1990

함경남도 원산 출생. 이화여자전문학교 문과 졸업. 배화여고 교사, 중앙방송국 기자 등을 거쳐 1935년 시원 동인으로 참가하며 시 창작을 시작. 첫 시집인 『빛나는 지역(1933)』 출간. 일기체 산문집 『렌의 애가(1937)』 출간. 49년 월간 「문예」 창간. 54년에 국제펜클럽 한국본부 창립에 참여.

밤 호수

호수 밑 그윽한 곳
품은 꿈 알 길 없고
그 안에 지나는 세월의 움직임도
내 알 길 없네.
오직 먼 세계에서 떠온 밤별 하나
그 안에 안겨 흔들림 없노니
바람 지나고 티끌 모여도
호수 밑 비밀 모르리
아무도 못 듣는 그 곳
눈물 어린 가슴 속같이
호수는 별 하나 안은 채 조용하다.

[2 + 1] 형

호수 밑의 비밀에 대해서 묘사한 시입니다. 그런데 좀 알쏭달쏭하죠? 호수 밑이면 진흙 뻘일 텐데 그윽하다느니, 그 안에 세월이 지난다느니, 하는 표현들이 일반 호수와는 안 어울립니다. 그런데 전체 시를 읽어보면 별 무리가 없습니다. 별 이상이 없으면서도 알 듯 말 듯, 혹은 알쏭달쏭 하면, 아! 이거 뭔가 있구나! 하고 정신을 번쩍 차려야죠. 뭐죠? 상징이 아니면 이런 일이 안 일어납니다. 그렇습니다. 이 시는 상징으로 읽어야만 됩니다.

앞의 시 〈사슴〉은 내 감정이 북받쳐서 세상의 풍경까지도 뒤바꾸어 읽은 경우인데, 이 시의 경우에는 오히려 내 자신의 감정을 감추고 바깥 사물을 묘사하는 것으로 심정의 한 끝을 드러냈습니다.

이 시를 잘 보면 두 가지 이미지가 짝을 이루어 대응합니다. 호수와 별이 그것이죠. 호수 밑의 그윽한 곳은 자신만이 아는 곳인데, 그곳은 어떻다고 설명하지 않고 느닷없이 별 얘기로 대신하고 있습니다. 이 호수 밑 비밀이 무엇일까요? 이것을 아는 것이 이 시의 숙제입니다. 그리고 이미 이런 것을 본 적이 있는 사람은 대번에 아, 이거구나! 하고 아는 것입니다. 그리고 그것은 세상의 욕망에 몸과 마음을 맡긴 사람은 절대로 볼 수 없는 것이기도 합니다.

인간의 마음속에는 순수하고 맑은 영혼이 깃들어 삽니다. 그런 영혼은 어린 아이들에게 잘 살아있죠. 그래서 아이들은 하는 말이 모두 법과 같을 때가 많습니다. 아이들은 어른의 스승이라는 말은 그들이 때 묻지 않은 채로 세상을 보기 때문입니다. 반면에 어른들은 자신의 이익이 되는 것이 아니면 좀처럼 관심을 갖지 않습니다. 교통신호조차도 무시하기가 일쑤죠. 그러면서 교통신호를 지키면 시간이 지연되고 그러면 시간만 손해 본다는 생각을 하면서 삽니다. 그러니 세상의 질서가 엉망이 되죠. 자신이 불행해지는 것은 물론 자신의 그런 행동 때문에 남까지 불행하게 만드는 것이 욕심 많은 어른들 사이에서 쉽사리 일어나는 일입니다.

이렇게 욕심에 휩싸이면 원래 갖고 있던 순수한 영혼이 흐려집니다. 어떻게 살아야 하는 건지 갈피를 못 잡고 이리저리 헤맵니다. 마침내는 자신이 어떤 존재인지도 모르고 갈팡질팡 합니다. 이익이 눈앞에 있으면 그것을 움켜쥐고, 그러다가 그것이 자신을 파멸의 구렁텅이로 몰고 가는 것인지도 모르고 자신의 욕망의 본능에만 따라다닙니다. 그러다가 어느 날 이게 뭐 하는 짓인가 하고 생각을 하죠. 생각해보면 꼭 이렇습니다.

품은 꿈 알 길 없고
그 안에 지나는 세월의 움직임도
내 알 길 없네.

그래서 밤하늘을 올려다보죠. 거기에 뭐가 있나요? 별이 있습니다. 수 십 년 동안 별은 거기 있었습니다. 그런데 나는 한 번도 거기를 올려다보지 않았어요. 그런데도 별은 밤마다 자신의 머리 위에서 자신을 지켜보고 있었어요. 자신이 한 못된 짓을 하나도 빼놓지 않고 다 보고 있던 것이죠.

그리고서는 고개를 떨구고 자신의 내면을 들여다봅니다. 자신에게도 세상을 순수하게 바라보던 그런 시절이 있었습니다. 그때는 이웃이 전부 친구였고 세상이 모두 자신과 가까왔습니다. 호기심이 많아서 세상의 모든 것이 궁금했고, 세상은 그런 궁금증을 아무런 조건 없이 풀어주었습니다. 그런데 지금은 어떤가요? 욕망에 찌들어서 자신이 왜 사는지 모른 채 세상을 살고 있습니다. 그렇게 자신의 일그러진 모습을 가만히 들여다보면 옛날에 자신이 마음속에 지녔던 별 하나가 흐려진 마음의 밑바닥에서 가만히 빛을 보내옵니다.

어때요? 여러분은 그런 생각을 한 적이 없나요? 없을지도 모르겠습니다. 왜냐하면 학생 여러분은 아직은 순수한 영혼을 간직하고 있을 나이니까요. 기껏해야 성적이나 잘 받으면 된다는 그런 고민을 하고 있을 테니까요. 그런 고민도 여러분에게는 중요하겠지만, 인생 전체의 큰 고민에서 보면 그런 고민은 참 순수한 편입니다.

이 시는 자신이 잃어버린 어떤 순수한 영혼을 노래한 것입니다. 그리고 그런 순수함은 늘 마음속에 가려져 있어서 겉으로 잘 드러나지 않는 현실을 노래한 것입니다. 사람은 많건 적건 먼 세계를 동경하는 마음이 있습니다. 그 먼 세계라는 것이 허황한 것일 수도 있고, 실현 가능한 것일 수도 있지만, 그런 꿈이 없이는 한시도 살 수 없는 것이 사람이기도 합니다. 그런 꿈이 자신의 순수한 영혼을 인도하려고 하늘에 떠있지요. 사람은 살아가면서 먹고사는 일에 바빠서 대부분 그것을 잊고 살지만 때로 그런 때 묻은 마음속에서 빛을 보내오는 영혼의 소리를 듣습니다. 괴롭지요. 그때 하늘을 보면 내가 처음에 꿈꾸었던 그 순수한 꿈이 하늘에서 별로 빛납니다. 옛날에 순수했던 시절에 꾸었던 꿈은 죽지 않고 하늘로 올라가 이제사 그 꿈을 보여주는 것입니다. 그러니 그 비밀을 누가 알겠어요? 아무도 모르지요. 나 자신조차도 알 길이 없는데 말이죠. 그래서

> 호수 밑 비밀 모르리
> 아무도 못 듣는 그 곳

인 것이고,

> 눈물 어린 가슴 속같이

에서처럼 눈물이 어린 것입니다. 별은 왜 밤에만 나타나는지 아시나요? 낮에는 햇빛 때문이라구요? 물론 그렇지요. 화려한 빛에 가려서 가물가물한 그 별빛은 드러나지를 않기 때문이지요. 이렇게만 생각하면 시인이 못 됩니다.

낮에는 가릴 게 많습니다. 다른 사람에게 얕잡아 보이지 않으려고 옷도 잘 차려입고, 말도 조심하죠. 그런데 밤에는 그럴 필요가 있나요? 없지요. 왜? 안 보이니까. 어둠 속에서는 옷을 굳이 잘 차려입을 필요가 없어요. 상황이 이렇기 때문에 밤이면 사람들은 낮의 그 시끄러운 욕망의 세계로부터 한발 멀어집니다. 그래서 어둠 속에서는 자신에게 솔직해집니다. 솔직해질 때 자신을 보고 진실한 마음으로 한결 더 가까이 가는 것입니다. 이렇게 자신의 내면을 들여다보면 그것이 무엇을 닮았다는 생각이 들지 않나요?

여기서 호수라고 답하는 사람은 감수성이 풍부하고 굉장히 민감한 사람입니다. 호수는 늘 출렁입니다. 물이기 때문이지요. 그리고 도시에 가까우면 먼지도 잔뜩 끼어 있습니다. 그런데 밤에는 그런 몰골을 어둠이 감춰줍니다. 밤에 호수는 잔잔하죠. 그래서 거기를 들여다보면 밤하늘의 별도 뜹니다. 이 때 호수는 거울과 같은 노릇을 합니다. 거울은 자신을 되비치는 물건이죠. 그래서 자신의 모습을 들여다보는 계기를 맞는 것입니다. 낮의 호수에서는 생각하기 쉽지 않은 일이죠.

자, 이렇게 해서 길게 설명을 했는데, 그러니까 이 시는 자신의 마음속에 잠자고 있던 순수한 영혼을 호수에 빗대어서 표현한 것입니다. 별은 그 영혼이 투영된 어떤 것이겠죠. 마음에 대해서는 일체 말하지 않고 호수만 얘기했기 때문에 시가 어려운 상징으로 건너가 버렸습니다. 그러나 이런 것을 잘 배울 필요가 있습니다. 짧은 묘사로 정말 많은 뜻을 담을 수 있는 것이 시라는 것을 이런 시에서 봅니다.

모윤숙의 시를 보면 정말 시를 잘 쓰는 시인이라는 생각을 합니다. 이미지들의 연결과 흐름이 너무나 자연스럽고 말투도 매끄럽습니다. 웬만한 감수성으로는 감당하기 힘들 만큼 빼어난 작품들이 많습니다. 이 작품도 만만찮지요? 영혼을 통찰하는 능력까지 갖추었으니, 정신의 경지 또한 상당하다는 생각을 합니다. 게다가 이 시인이 쓴 〈렌의 애가〉, 〈논개〉, 〈국군은 죽어서 말한다〉 같은 장시를 보면 그 능력을 여실하게 볼 수 있습니다. 시에서 긴 호흡을 구사할 수 있는 몇 안 되는 시인 중의 한 명입니다. 그러나 안타깝지만, 이 시인에게는 돌이킬 수 없는 허물이 있습니다. 그 허물에 대해서는 뒤에서 다시 이야기하겠습니다.

함형수 1916~1946

———— 함경북도 경성 출생. 함흥고보 재학 때 학생운동에 가담하여 퇴학당한 뒤 중앙불교전문학교에 다니면서 서정주·김동리와 교제. 1936년 서정주 등과 「시인부락」을 창간하고 〈해바라기 비명〉, 〈형화〉, 〈홍도〉 등을 발표. 한때 만주에서 교사. 8·15 당시 북한에 거주하였으나 정신착란증으로 사망.

해바라기의 비명(碑銘)

— 청년 화가 L을 위하여

나의 무덤 앞에는 그 차가운 빗(碑)돌은 세우지 말라.

나의 무덤 주위에는 그 노오란 해바라기를 심어 달라.

그리고 해바라기의 긴 줄거리 사이로 끝없는 보리밭을 보여 달라.

노오란 해바라기는 늘 태양같이 태양같이 하던 화려한 나의 사랑이라고 생각하라.

푸른 보리밭 사이로 하늘을 쏘는 노고지리가 있거든 아직도 날아오르는 나의 꿈이라고 생각하라

[3 + 2 + 1] 형

이 시를 보면 단 한 편의 시로도 이름을 후세에 길이 남길 수 있다는 것을 알게 됩니다. 이 시인은 작품을 몇 편 남기지도 못했습니다. 그리고 이 작품 말고 다른 작품들은 별로 보잘것이 없습니다. 그런데 이 작품 하나 때문에 많은 독자들로부터 세월이 흘러도 사랑을 받고 있습니다. 참, 신기한 일이지요. 그리고 배울 바이기도 합니다. 영혼을 울리는 명작은 숫자가 중요한 것이 아닙니다.

부제를 보니 어떤 화가를 위해서 쓴 작품입니다. 비명은 비석에 새겨 넣는 글귀를 말합니다. 그러니까 이 말의 뜻대로 보통은 돌에다가 사람의 이름을 새겨서 무덤 주인의 표시를 합니다. 다들 그렇게 하는데, 이 화자만큼은 그렇게 하지 말라고 주문합니다. 그리고 해바라기를 심어달라는 것이죠. 그런데 이 풍경은 그대로 하나의 그림이 되지 않는가요? 화가가 그리고자 하는 그런 풍경이 시에 고스란히 살아있습니다. 화가가 해바라기가 심어져 있는 그런 풍경을 좋아했다는 것을 알 수 있고, 거기에 집착을 하다가 죽었기에 시인은 그의 그런 점을 위로하기 위해 이런 시를 쓴 것이겠지요. 예술가의 꿈이 작품 속에서 영원히 살아있기를 바라는 염원이 잘 살아있는 시입니다.

그러니까 이 시는 젊은 화가의 죽음을 맞이하여 그가 꿈꾸던 예술세계를 살아있는 풍경으로 바꾸어 표현한 것입니다. 화가가 꿈꾸던 풍경을 묘사로 제시하여 독자들의 마음속에 그림 한 폭을 재구성하도록 한 것입니다.([3]) 거기에 묘사([2])와 비유([1])가 들어갔지요. 그래서 [3+2+1]형으로 보는 것입니다.

유치환 1908~1967

호는 청마. 경상남도 통영 출생. 연희전문학교 중퇴. 1931년 「문예월간」에 〈정적〉을 발표. 그 뒤 여러 직업을 전전하던 중 부산에서 문예동인지 「생리」를 주재·간행했고, 39년 첫번째 시집 『청마시초』 발간. 40년 만주로 이주. 8·15 뒤 청년문학가협회장 등을 지내면서 민족문학운동 전개. 6·25 때에는 종군문인으로 참가. 이때 쓴 시들을 모아 시집 『보병과 더불어』 발간. 이후에는 고향으로 돌아가 교직생활과 시작을 병행. 『울릉도』, 『청마시집』, 『뜨거운 노래는 땅에 묻는다』, 『파도야 어쩌란 말이냐』 등.

바 위

내 죽으면 한 개 바위가 되리라.
아예 애련(愛憐)에 물들지 않고
희로(喜怒)에 움직이지 않고
비와 바람에 깎이는 대로
억 년 비정의 함묵(緘默)에
안으로 안으로만 채찍질하여
드디어 생명도 망각하고
흐르는 구름
머언 원뢰(遠雷).
꿈 꾸어도 노래하지 않고,
두 쪽으로 깨뜨려져도

소리하지 않는 바위가 되리라.

[1 + 3] 형

감정이 없는 바위를 바라보며 자신이 그런 존재가 되고 싶다는 생각을 말한 작품입니다. 그러니까 이 시의 가장 중요한 소재와 발상은 바위에서 이루어지고 있고, 그것을 말하는 형태로 한 것입니다. 그래서 [1+3]형이라고 보는 것이죠. 아주 간단한 방법이면서도 자신의 의지를 가장 분명하게 드러낼 수 있는 방법입니다. 이 방법은 시에서 아주 많이 쓰입니다. 활용하기가 좋은 방법입니다.

사람은 감정이 죽 끓듯 하는 존재입니다. 그래서 그 감정에 따라서 손해를 보더라도 행동하는 경우가 많습니다. 특히 젊어서 그런 짓을 많이 하죠. 사랑할 때는 오직 그 사람의 관심에 드는 것이 중요합니다. 그 밖의 여건은 전혀 생각지 않지요. 그래서 흔히 보는 사랑 드라마에 대기업 사장 아들이 촌뜨기 아가씨를 사랑한다든가 하는 뻔한 이야기가 나오는 것입니다. 뻔한 데도 사람들이 그런 드라마를 보는 것은 사랑은 조건을 넘는 그 어떤 열정이라고 생각하기 때문입니다. 사람의 행위를 경제논리만으로 설명할 수 없는 것이 바로 이런 감정 때문입니다.

그런데 어떤 때는 그런 사실들이 아주 귀찮을 때가 있습니다. 바로 그런 감정들 때문에 5분이면 갈 거리를 몇 년에 걸려서 가는 경우가 사람 사회에는 허다하거든요. 한 기업 간부의 사랑행각 때문에 회사가 부도나고 회사원들이 직장을 잃었다면 어떨까요? 당사자야 사랑을 위해서 그렇다고 스스로 위안을 삼겠지만, 직장을 잃음으로 인해 가정이 파탄 나는 사람들은 상황이 달라지겠죠. 이럴 때는 사람의 감정이 정상 상태를 일그러뜨리는 경우에 해당합니다. 그리고 이데올로기로 수십 년을 헤어져 사는 가족들의 가슴 아픈 이야기는 이제 우리에게 낯익은 것이 돼버렸습니다. 이데올로기가 가족을 때어놓을 만큼 그렇게 중요한 건가 하는 의문을 던질 만한 일이 아닐 수 없습니다.

사람이 후회하는 것은 이런 감정들에 휩싸여서 일을 저지르고 난 다음의 일입니다. 그리고 사람은 기계가 아니기 때문에 이런 일은 피할 수 없는 것이기도 합니다. 자신의 뜻대로 몸이 따라줄 리는 없습니다. 그렇기 때문에 자신을 채찍질하고 중심을 잡으려고 몸부림치는 것이죠. 그래도 그것이 잘 안 되는 것이 사람의 일입니다. 그래서 아예 때로 묵묵히 앉아있는 바위가 부러워질 때가 있는 법입니다. 이 시는 그런 상태의 자신을 바라보며 쓴 시이겠지요.

사실, 이 시인의 작품 중에서 〈깃발〉이란 시를 소개하려고 했습니다만, 몇 번 망설이다 이 시로 바꾸었습니다. 그 시 중에 해원(海原)이란 말이 나오는데 그것이 우리말이 아니라 일본말이거든요. 자존심 상하는 일입니다. 그래서 좋은 시인데도 소개하지 않았습니다.

이 시인의 시에는 어려운 한자말이 많이 나옵니다. 시집을 읽기 부담스러울 정도로 나옵니다. 한자를 청산하지 못한 앞 세대의 흔적이 분명합니다. 그렇지만 그런 가운데서도 정신을 단련한 자한테서만 나오는 어떤 힘이 있습니다. 그런 세계 또한 우리의 근대시에서는 빼놓을 수 없는 것입니다.

김광균 1914~1993

________ 개성 출생. 개성상업고등학교를 졸업한 후 고무공장에 근무하면서 틈틈이 시를 씀. 1930년 동아일보에 시 〈야경차〉를 발표한 뒤 36년 시인부락 동인, 다음해 자오선 동인으로 시 〈대화〉를 발표. 모더니즘 시인 김기림의 영향을 받음. 39년에 제 1 시집 『와사등』, 47년 제 2 시집으로 『기항지』 출간. 6·25 발발 뒤 실업계에 투신, 문단과는 거의 인연을 끊었으며 제 2 시집 이후 문단 고별 시집 『황혼가(1969)』 출간. 시집으로는 『추풍귀우』가 있고, 문집으로는 『와우산』 등.

설 야

어느 머언 곳의 그리운 소식이기에
이 한밤 소리 없이 흩날리느뇨.

처마 밑에 호롱불 야위어 가며
서글픈 옛 자취인 양 흰 눈이 내려

하이얀 입김 절로 가슴이 메어
마음 허공에 등불을 켜고
내 홀로 밤 깊어 뜰에 내리면

머언 곳에 여인의 옷 벗는 소리.

희미한 눈발
이는 어느 잃어진 추억의 조각이기에
싸늘한 추회(追悔) 이리 가쁘게 설레이느뇨.

한 줄기 빛도 향기도 없이
호올로 차단한 의상을 하고
흰 눈은 내려 내려서 쌓여
내 슬픔 그 위에 고이 서리다.

[2 + 1] 형

설야(雪夜)란 눈 내리는 밤을 말합니다. 이 시는 눈 내리는 밤의 풍경을 눈에 들어오는 대로 묘사한 것입니다.([2]) 그런데 가장 중요한 부분에서 이 눈을 다른 것에 빗대어 표현했기 때문에 [1]을 추가한 것입니다. 그래서 [2+1]형으로 보는 것이죠.

이 시에서 볼 것은 이미지입니다. 눈 내리는 밤의 풍경을 특별한 고민 없이 보이는 대로, 느껴지는 대로, 생각나는 대로 묘사한 것입니다. 시각 이미지가 특별히 선명하게 나타나는 가운데 눈 내리는 소리를

머언 곳에 여인의 옷 벗는 소리

라고 표현한 것은 아주 섬세한 관찰이 잡아낸 놀라운 표현이라고 할 수 있죠. 폭설이 내릴 때 그 속에서 맞고 있으면 눈 내리는 소리가 정말 들

립니다. 차갑지만, 어쩌면 그래서 더욱 감미로운지도 모르는 그런 소리죠. 거기서 여인의 옷 벗는 소리를 연상한다는 것은 참 놀라운 일이고 상상력입니다.

참고로, 이 시인은 김기림과 더불어 1930년대 우리나라의 시에서 이미지즘을 실험한 시인입니다. 모든 시들이 시각 이미지를 가장 중요하게 다루어서 마치 무슨 풍경화를 구경하는 듯한 착각이 들 만큼 선명한 이미지로 시를 썼습니다. 그래서 내용이 없이 그저 그림처럼 묘사된 작품들이 대부분입니다. 이미지즘의 원래 취지를 오해한 것이죠. 방법만 취하고 그 방법이 출현하게 된 근본 원인을 고려하지 않으면 이론은 불구가 될 수밖에 없다는 것을 잘 보여주는 사례입니다. 그렇지만 이 시처럼 뜻하지 않게 아주 빼어난 작품들도 있습니다. 아무리 좋은 이미지라도 거기에 걸맞는 내용이 뒤따라주어야 한다는 것을 1930년대의 실패를 통해서 우리는 깨달아야 합니다.

서정주 1915~2000

———— 호는 미당. 전라북도 고창 출생. 1936년 중앙불교전문학교를 졸업하고, 동국대학교 교수, 한국문인협회 이사장, 예술원 회원 역임. 36년 동아일보 신춘문예에 시 〈벽〉이 당선. 김광균·김달진·김동리 등과 동인지 「시인부락」 발간. 첫 시집 『화사집』, 제 2 시집 『귀촉도』 간행. 56년 『서정주시선』, 68년에 시집 『동천』 간행.

자화상

애비는 종이었다. 밤이 기퍼도 오지 않었다.

파뿌리 같이 늙은 할머니와 대추꽃이 한 주 서 있을뿐이었다.

어매는 달을두고 풋살구가 꼭하나만 먹고 싶다하였으나 … 흙으로 바람벽한 호롱불밑에

손톱이 깜한 에미의아들.

갑오년이라든가 바다에 나가서는 돌아오지 않는다하는 외할아버지의 숯많은 머리털과

그 크다란 눈이 나는 닮었다 한다.

스물세햇동안 나를 키운건 팔할이 바람이다.

세상은 가도가도 부끄럽기만하드라.

어떤이는 내눈에서 죄인을 읽고가고

어떤이는 내입에서 천치를 읽고가나

나는 아무것도 뉘우치진 않을란다.

찰란히 티워오는 어느아침에도
이마우에 언친 시의 이슬에는
멫방울의 피가 언제나 서꺼있어
볕이거나 그늘이거나 혓바닥 늘어트린
병든 숫개마냥 헐덕어리며 나는 왔다.

[3 + 1 + 2] 형

이번에는 시에서 거짓말하는 법을 좀 배우겠습니다. 이 시인은 일제 강점기 말기에 시로 일본에 대한 충성을 노래한 흔적이 너무 뚜렷하고, 또 그 뒤에도 전혀 반성하는 기색을 보이지 않아서 두고두고 지탄을 받은 시인입니다. 그런 시인한테서 시의 거짓말을 배운다는 것이 참 어찌 보면 아이러니이기도 하지만, 그래도 배울 건 배워야 하지요.

자화상이란 자신의 모습을 그린 그림을 말합니다. 그러니까 이 시의 전체 내용은 자신의 모습을 그린 것이라고 보면 되겠죠. 원래의 모습을 보여주기 위해서 이 시에서는 발표되던 당시의 표기법과 맞춤법을 그래도 두었습니다. 꼼꼼히 읽기 바랍니다.

자신을 그렸으면 자신과 닮아야 하는데, 이 시와 시인은 여러 가지로 다릅니다. 첫 구절을 보면 시인의 아버지는 종이었어야 하는데, 실제로 시인의 아버지는 농부였지 종이 아니었습니다. 그런데도 첫 구절은 종이었다는 거짓말로 시작하고 있습니다. 그러니까 이 시에서 설정된 상황은 실제 상황이 아니라 꾸며진 것이라는 뜻이죠.

그렇다면 왜 시인은 이렇게 거짓을 했을까요? 그것은 이 시의 주제와 관련해서 살펴야겠죠? 이 시의 뒤로 가면 시인이 하고자 하는 얘기가 나옵니다. 나는 수캐마냥 살아왔는데, 그이유가 무엇이냐면 바로 시 때문입니다. 자신은 시를 쓰려고 하는 자세로 살아왔다는 얘깁니다. 그런데 그 시에는 피가 섞여있다고 했습니다. 이 피는 실제로 몸에 흐르는 피가 될 수도 있고, 아니면 혈통이라는 뜻의 피가 될 수도 있습니다. 여기서는 혈통의 의미가 가깝다고 봐야겠죠? 그렇지 않다면 굳이 앞에서 아버지나 할아버지의 내력을 얘기할 필요가 없었겠죠. 결국 집안 내력 때문에, 혹은 자신을 둘러싸고 있는 어떤 불가피한 내력에 대해 시를 쓰게 된다는 얘긴데, 애비 없는 자식처럼 혼자서 시를 배웠고 썼다는 얘깁니다.

스물세햇동안 나를 키운건 팔할이 바람이다

라는 유명한 구절은 바로 이것을 의미합니다. 따라서 내게 시를 가르쳐준 사람도 없고, 나 혼자 미친 듯이 쏘다니며 배운 것이니, 사람들이 그 시를 보면서 뭐라고 하든 나는 내 길을 가겠다, 뭐 이런 얘기를 하고 있는 것입니다. 다만 개처럼 헐떡거리더라도 피를 흘리는 정신으로 철저하게 시를 써야겠다는 자기 나름의 의지를 나타낸 것이죠.

따라서 자신의 처지와 각오를 이야기하는데([3]), 거기에 비유([1])와 묘사([2])를 곁들인 작품입니다. 그래서 [3+1+2]형으로 봅니다.

애비는 종이었다.

라고 시작하는 이 시를 두고서 당시의 시대상황과 연관 지어서 해석을 하는 사람도 있습니다. 식민지란 나라를 잃은 시대이니, 나라가 집에 비유하면 아버지가 되니, 아버지가 종이었다는 것은 바로 식민지 치하의 한국을 상징하는 것이 아니냐 하는 해석입니다. 그럴 듯한 해석이지요. 엘리어트의 말대로 의도의 오류를 즐길 권리는 모든 독자에게 있는 것이기는 합니다.

그러나 어쩐지 억지스러운 해석이라는 느낌이 가시지 않는 것은, 이 시의 전체 주제가 식민지의 그런 현실을 염두에 두고 쓴 것이 아니라는 점 때문입니다. 이 시의 주제는 시에 대한 자신의 각오입니다. 나는 시를 이런 태도로 써왔고, 앞으로도 그렇게 쓸 것이라고 자신의 각오를 시로 쓴 것인데 내가 시를 쓴다는 것과 식민지 현실과 무슨 관계가 있나요? 시를 쓰는 것은 방법의 문제이고, 식민지 현실은 역사와 내용의 문제입니다. 여기서는 시의 방법론과 실상을 말하는 것이지, 시로 담아야 할 내용을 거론한 것이 아닙니다. 이 갈래의 혼동을 무시하면서까지 의도의 오류를 즐겨야 할 그 어떤 이유가 있는 것일까요? 참, 모를 일입니다. 국문학계의 오랜 연구경력을 가진 박사님들의 주장이니, 글쎄요, 나 같은 백면서생이 모르는 그 어떤 심오한 시 이해의 방법이 있겠지요. 이 정도로 넘어가겠습니다. 서정주는 이 책의 뒤에서 다시 만날 것입니다.

국화 옆에서

한 송이의 국화꽃을 피우기 위해
봄부터 소쩍새는
그렇게 울었나 보다.

한 송이의 국화꽃을 피우기 위해
천둥은 먹구름 속에서
또 그렇게 울었나 보다.

그립고 아쉬움에 가슴 조이던
머언 먼 젊음의 뒤안길에서
인제는 돌아와 거울 앞에 선
내 누님같이 생긴 꽃이여.

노오란 네 꽃잎이 피려고
간밤엔 무서리가 저리 내리고
내게는 잠도 오지 않았나 보다.

[1] 형

서정주 시의 상상력을 유감없이 잘 보여주는 작품입니다. 국화꽃을 보면서 그 국화꽃이 누님을 닮았다고 노래한 것입니다. 그러니까 국화꽃을 누님에 빗댄 것이지요. 그래서 [1]형입니다.

그런데 여기서 배울 것은 누님을 국화꽃에 빗댄 것은 누구나 다 할 수 있는 일입니다. 그런데 그런 비유를 시로 완성시키기 위해서 동원한 나머지 조건들을 유심히 살펴보아야 합니다. 소쩍새와 천둥이 운다는 사실과 국화꽃이 핀다는 사실은 엄밀하게 보면 큰 연관이 있지는 않습니다. 소쩍새가 열 번 울면 꽃이 새끼손가락만큼 크고 스무 번 울면 엄지손가락만큼 크나요? 천둥이 세 번 치면 꽃술이 10개 달리고 일곱 번 치면 30개 달리나요? 그렇지는 않을 겁니다.

여기서 천둥이나 소쩍새를 등장시킨 것은 세월이 흘러가는 것을 나타내주기 위한 것입니다. 국화꽃이 가을에 피기 위해서는 어느 날 갑자기 꽃송이만 불쑥 솟는 것이 아니라 우주가 움직이면서 계절이 바뀌고 거기에 국화가 적응하여 성장하여야 한다는 설명을 하려고 한 것이죠. 그런 긴 설명을 소쩍새의 울음으로 연결시킴으로써 간단하게 두 줄로 요약을 한 것입니다. 놀라운 통찰이고 대단한 요약이라고 할 수 있죠. 이런 것에서 시인의 수련이 굉장한 성취를 보였다고 보는 것입니다. 이만한 경지는 세월이 흘러가면 저절로 얻을 수 있는 것이 아닙니다. 뼈를 깎는 수련이 없으면 절대로 낼 수 없는 경지입니다.

국화는 옛날부터 사군자 중의 하나였습니다. 사군자는 옛날의 선비들이 자신들이 생각하는 이상에 가까운 모습을 잘 갖추었다고 해서 즐겨 그리던 것들을 말합니다. 겨울에 피는 꽃 매화, 벼랑에서도 물 몇 모금만 있으면 버티며 향기로운 꽃을 피우는 난초, 부러질지언정 휘지 않는 대나무에, 여기서 말한 국화죠. 국화는 다른 꽃이 다 지는 가을에 서리를 맞으며 피는 꽃입니다. 선비들이 이 꽃을 좋아한 것은 어떤 고난이 닥쳐도 굴하지 않고 자신의 사상을 지켜서 끝내는 아름답고 탐스러운 꽃을 피운다는 점 때문입니다. 가을에 피는 국화에서 자신들의 사상과 그 순결한 정신을 본 것이죠.

그런데 이 시의 국화는 나이가 어느 정도 든 누님을 닮은 꽃이라고 했으니, 여태까지 사람들이 국화에 대해서 가졌던 기대에서 한참 어긋났죠? 그 어긋남은 칭찬이라는 것을 여러분은 알겠죠. 남들이 보는 대로 보지 않고 자기가 보는 것을 보는 이런 것이 시의 개성입니다.

한하운 1919~1975

———— 본명은 태영. 함경남도 함주 출생. 일본 도쿄 세이케이고등학교 2년 수료하고 베이징으로 건너가 1943년 베이징대학 농학원 졸업. 49년 「신천지」 4월호에 〈전라도 길〉과 함께 12편의 시를 발표. 같은 해 첫시집 『한하운 시초』 간행, 이어 55년 제 2 시집 『보리피리』, 56년 제 3 시집 『한하운 시선집』, 57년 자서전 『나의 슬픈 반생기』, 60년 자작시 해설집 『황토길』 등을 펴냄. 나환자 구제사업에 헌신.

전라도 길

— 소록도 가는 길

가도 가도 붉은 황톳길
숨 막히는 더위뿐이더라.

낯선 친구 만나면
우리들 문둥이끼리 반갑다.

천안 삼거리를 지나도
쑤세미 같은 해는 서산에 남는데

가도 가도 붉은 황톳길
숨 막히는 더위 속으로 절름거리며

가는 길

신을 벗으면
버드나무 밑에서 지까다비를 벗으면
발가락이 또 한 개 없어졌다.

앞으로 남은 두 개의 발가락이 잘릴 때까지
가도 가도 천리, 먼 전라도 길.

[3 + 2 + 1] 형

끔찍하죠? 왜 그럴까요? 그것은 이 시의 설정 때문입니다. 부제가 〈소록도 가는 길〉입니다. 소록도는 전라남도 끝에 있는 섬입니다. 록(鹿)은 사슴 록자이니 록도는 사슴섬일 테고, 소록도는 사슴섬이 두 개니까 그 중의 하나에 붙은 이름이겠죠. 그런데 이 섬이 유명해진 것은 일제가 그곳에다가 문둥이들을 격리해서 수용했기 때문입니다. 물론 강제로 그랬습니다.

문둥병은 한자로 나병이라고 합니다. 요새는 이 말도 어감이 안 좋다고 하여 한센병이라고 하지요. 이 병의 병원균을 밝혀낸 사람의 이름인 모양입니다. 이 병이 완전히 치료된 것은 해방 후의 일입니다. 그 전에는 불치병이었죠. 게다가 이것은 전염성도 있습니다. 그래서 문둥이들이 동네에 들어오지 못하도록 동네마다 야단을 쳤던 것입니다. 그러니 막상 문둥병 걸린 사람의 처지는 어떻겠어요? 그야말로 마른 하늘의 날벼락이겠죠.

한하운은 이 문둥병이 걸린 사람이었습니다. 그래서 소록도로 가는 길이었겠죠. 그 길을 가면서 자신의 신세를 생각했고, 마침 전라도 지역을 지나면서 느낀 심정을 시로 쓴 것입니다. 특별히 기교를 부리려고 한 곳도 없이 자신이 암담한 마음을 잘 나타냈습니다.

> 가도 가도 천리, 먼 전라도 길.

이라는 표현은 실제로 거리가 먼 것을 뜻하는 것만은 아니라는 것을 알아야겠죠? 마음이 그렇다는 뜻도 됩니다.

이렇게 전라도의 소록도로 가는 자신의 심정을 털어놓은 것인데([3]), 여기에다가 그 여정을 자세히 묘사했고([2]), 중간에 비유도 나타납니다.([1]) 실은 이렇게 가는 문둥이의 운명이 바로 비유겠죠. 그래서 [3+2+1]형으로 보는 겁니다.

끔찍한 처지에 놓인 자신의 운명을 숨김없이 있는 그대로 드러냈습니다. 그런데 이렇게 숨김없이 드러내면 그런 처지와 비슷한 어떤 존재들을 암시하지 않을까요? 이 시를 쓰는 지금은 식민지 치하입니다. 희망이 없습니다. 그런 처지가 문둥이들의 그것과 비슷하지 않은가요?

> 애비는 종이었다.

를 우리 민족의 운명이라고 읽느니 차라리 이 시를 식민지 현실을 반영한다고 보는 것이 더 정직한 반응일 것입니다.

박두진 1916~1998

_______ 호는 혜산. 경기도 안성 출생. 1940년 문예지 「문장」에 시 〈묘지송〉, 〈낙엽송〉, 〈향현〉 등이 추천됨. 추천자 정지용은 그의 시에 대해 '그의 새로운 자연의 발견은 삼림에서 풍기는 식물성의 체취'라고 함. 일제강점기 말에는 침묵으로 절조를 지킴. 46년 박목월·조지훈과 3인시집 『청록집』을 펴내 청록파라는 말을 들음. 연세대학교 교수를 지냄. 대표 시집으로 『해(1949)』, 『오도(1953)』 『박두진시선(1956)』, 『고산식물(1973)』 등.

묘지송

북망이래도 금잔디 기름진데 동그만 무덤들 외롭지 않어이.

무덤 속 어둠에 하이얀 촉수가 빛나리. 향그런 주검의 내도 풍기리.

살아서 설던 주검 죽었으매 이내 안 서럽고 언제 무덤 속 화안히 비춰줄 그런 태양만이 그리우리.

금잔디 사이 할미꽃도 피었고 삐이 삐 배 뱃종! 뱃종! 멧새들도 우는데 봄볕 포근한 무덤에 주검들이 누웠네.

[2] 형

제목이 〈묘지송〉이니 묘지에 대해서 노래한 시라는 것을 알 수 있습니다. 실제로 무덤이 늘어선 곳에 대해서 자세하게 묘사했습니다. 그런데 이상하지요. 살아서 서러웠는데, 죽어서 안 서럽다고 말을 합니다. 문제가 있는 삶임을 암시합니다. 그러니까 이 시의 화자는 묘지에 와서 오히려 포근함을 느낍니다. 그리고 이런 원인에 대해서는 시 어디에서도 암시를 해주는 곳이 없습니다. 그렇다고 해서 시가 엉망이냐면 그렇지도 않습니다. 묘지에 대한 묘사력이라든지 시를 만드는 여러 가지 요인들이 아주 잘 사용되고 있습니다. 이렇게 되면 천상 그 원인을 찾으러 시 밖으로 나갈 수밖에 없습니다.

이것은 해방 직후에 박목월, 조지훈과 함께 낸 합동시집 『청록집』에 들어있는 작품입니다. 여기에 실린 작품들은 특별한 의미가 있습니다. 1940년대 들면 일제는 마지막 발악을 합니다. 그 중에서 완전히 일본인으로 조선인을 동화시키기 위해서 국어상용을 강화합니다. 모든 학교에서는 국어 빼놓고는 글도 말도 못하게 합니다. 국어를 사용하는 게 뭐 그리 나쁜 일이냐구요? 여기서 말하는 국어는 일본어를 말합니다. 조선은 일본의 한 부분이니까 국어 하면 일본어를 뜻하는 것이죠. 그러면 우리말은 뭐라고 했나구요? 조선어라고 했습니다. 그래서 조선어를 쓰거나 말하면 죄인 취급을 했습니다. 요즘에 나쁜 짓만 하면 빨갱이라고 표현하는 것과 비슷한 분위기입니다.

그런데 이런 상황에서 시를 쓰는 사람들은 어떡해야 할까요? 시는 언어로 쓰는 것인데, 언어를 쓰지 못하게 하면 어떻게 하죠? 답은 간단하죠. 안 쓰거나 써놓고도 발표를 안 하면 됩니다. 당시 많은 시인들은 일본어로 일본을 찬양하는 시를 씁니다. 그리고 많은 시인들은 입을 꽉 다물죠. 아예 시를 안 쓰는 것입니다. 그런데 몇몇 시인은 시를 쓰고서는 발표를 안 했습니다. 발표할 날을 기약할 수 없는 상태에서 시를 쓴 것이죠. 이런 상황을 지금 실감하기는 어렵습니다.

그런데 『청록집』의 시인들이 정말 그런 겁니다. 그래서 이들의 시집은 해방 직후에 나왔지만, 해방 전의 우울한 분위기를 그대로 담고 있습니다. 이제야 이 시의 분위기가 왜 이렇게 어두운가 하는 것을 이해할 수 있겠죠?

시대 이야기는 하나도 안 나옵니다. 그렇지만 그런 어두운 분위기는 잘 나타나죠. 우리가 이런 시에서 배울 점이 바로 이런 것입니다. 암울한 상황을 말하기 위해서 거기에 알맞은 상황을 찾아내어 감정을 줄이고 냉정하게 묘사를 하면 그것은 묘한 상징성을 불러일으킵니다. 이런 방법은 아주 눈여겨봐 둘 필요가 있습니다.

북망은 보통 저승이라는 뜻인데, 원래는 중국의 지명이었습니다. 중국의 당나라 때 수도는 장안이었습니다. 장안은 사람이 많이 사는 도시입니다. 그러다 보니 사람이 죽으면 인근 산에 묻을 수밖에 없지요. 그런데 이 장안 북쪽에 야트막한 산이 하나 있었습니다. 그래서 사람들은 죽으면 으레 그곳에다 묻었죠. 그곳 산 이름이 북망산이었습니다. 그래서 죽으면 사람은 북망으로 가죠. 그래서 나중에는 북망산 간다고 하면 죽는다는 말로 쓰인 것입니다.

우리나라에서도 이와 비슷한 곳이 있습니다. 망우리가 그곳이죠. 공동묘지가 있어서 서울에서는 망우리 간다고 하면 죽어서 상여 타고 간다는 뜻으로 들리죠. 그런데 묘하죠? 망우(忘憂)란 근심을 잊는다는 뜻입니다. 정말, 죽어야만 세상의 모든 근심을 잊는 법이죠. 지명도 우습게 볼 일이 아닙니다.

해

해야 솟아라, 해야 솟아라, 말갛게 씻은 얼굴 고운 해야 솟아라. 산 넘어 산 넘어서 어둠을 살라 먹고, 산 넘어 밤새도록 어둠을 살라 먹고, 이글이글 애띤 얼굴 고운 해야 솟아라.

달밤이 싫어, 달밤이 싫어, 눈물 같은 골짜기에 달밤이 싫어. 아무도 없는 뜰에 달밤이 나는 싫어……

해야, 고운 해야, 늬가 오면, 늬가사 오면, 나는 나는 청산이 좋아라. 훨훨훨 깃을 치는 청산이 좋아라. 청산이 있으면 홀로라도 좋아라.

사슴을 따라 사슴을 따라, 양지로 양지로 사슴을 따라, 사슴을 만나면 사슴과 놀고,

칡범을 따라 칡범을 따라, 칡범을 만나면 칡범과 놀고……

해야, 고운 해야, 해야 솟아라. 꿈이 아니라도 너를 만나면, 꽃도

새도 짐승도 한 자리에 앉아, 워어이 워어이 모두 불러 한 자리 앉아,
애띠고 고운 날을 누려 보리라.

[3 + 1 + 2] 형

이 역시 『청록집』에 실린 시입니다. 『청록집』의 상황은 앞서 설명했으니, 이 시에 나타난 분위기 역시 저절로 설명이 되겠죠? 여기서는 해를 좋아하고 어둠과 달밤을 싫어하는데, 그 표현이 말하고자 하는 바는 정말 뻔하지 않은가요? 새로운 세상을 기다리는 마음을 드러낸 것인데([3]), 그것을 겉으로 직접 드러내지 않고 상징의 수법으로 나타냈고([1]), 거기에다가 묘사를 했죠. ([2]). 그러니 [3+1+2]형이라고 봐야겠죠.

어둠과 해가 식민지니 해방이니 하는 해석을 하지 않아도 이 시의 분위기를 이해하는 데는 별 어려움이 없습니다. 청산으로 대표되는 것은 이상향이나 꿈을 말한다고 보면 되니까요. 밝은 세상을 꿈꾸는 인간을 염원을 드러낸 작품이라고 보면 되나요?

하지만 시를 쓰는 사람은 어떤 상황에서 이 시가 나왔는가 하는 것을 이해하는 것이 중요합니다. 그렇다면 그런 시대 분위기 속에서 새로운 세상을 애타게 기다리고 기대하는 마음으로 썼다고 보는 것이 타당한 해석이라고 하겠습니다.

조지훈 1920~1968

_________ 본명은 동탁. 경상북도 영양 출생. 1941년 혜화전문학교를 졸업한 뒤 오대산 월정사에서 불교전문강원 강사를 지내면서 불경과 당시를 탐독. 이듬해 조선어학회 『큰사전』 편찬위원이 되었으며, 8·15 이후 전국문필가협회·청년문학가협회에 참여, 활동. 47년부터 고려대학교 교수로 재직, 62년 고려대학교 민족문화연구소 초대 소장이 되어 『한국문화사대계』 발간을 기획, 추진. 39~40년 사이에 「문장」지에 〈고풍의상〉, 〈승무〉, 〈봉황수〉가 추천됨. 시집 『청록집』, 『풀잎단장』, 『조지훈시선』, 『여운』, 수상록 『창에 기대어』, 수필집 『시와 인생』, 『지조론』, 시론집 『시의 원리』 등.

고 사(古寺)

목어를 두드리다
졸음에 겨워

고오운 상좌아이도
잠이 들었다.

부처님은 말이 없이
웃으시는데

서역 만리길

눈부신 노을 아래

모란이 진다.

[2] 형

이 시도 그렇고 다음에 나올 시도 그렇고, 언어를 아주 세밀하게 다듬었다는 느낌이 우선 올 겁니다. 7·5조의 리듬이 기본을 이루고 있다는 것도 쉽게 눈에 띄고요. 그런데 언뜻 앞 시의 설명과 견주어보면 일견 이해가 안 가는 수가 있습니다. 당시 조선의 식민지 현실은 어둡고 괴로운데, 이곳에 나타난 언어 현상은 지극히 아름답습니다. 언어조차 빼앗겼는데, 언어는 아름답다?

이건 일종의 역설입니다만, 그래서 더욱 언어에 집착을 하여 빼앗긴 언어를 아름답게 세공하고 다듬는 것이 시인이 할 수 있는 마지막 일이라면 그렇게 하는 것이 가장 좋은 언어 사랑이겠죠? 너무 합리화했나요? 그런데 『청록집』에 실린 시들을 보면 너무 아름다워서 식민지 현실을 도외시했다는 비난을 해도 되지만 오히려 잃어버린 언어로 그만큼 아름다운 언어세계를 일구었다는 것이 놀랍다는 생각이 듭니다. 이 놀라움은 현실도피라는 비난을 삭히고도 남을 정도입니다.

이 시는 절의 풍경을 보이는 대로 묘사했을 뿐입니다. 우리나라의 절 풍속과 모습이 아주 선명하게 드러나죠.

눈부신 노을 아래

모란이 진다.

는 표현은 '명징한 상관물'이라는 것을 재빨리 눈치 채야죠? 한시에서 아주 많이 볼 수 있는 기법이라고 여러 차례 설명했습니다.

완화삼

– 목월에게

차운산 바위 우에 하늘은 멀어
산새가 구슬피 울음 운다.

구름 흘러가는
물길은 칠백리

나그네 긴 소매 꽃잎에 젖어
술 익는 강마을의 저녁노을이여.

이 밤 자면 저 마을에
꽃은 지리라.

다정하고 한 많음도 병인 양하여
달빛 아래 고요히 흔들리며 가노니

[2] 형

이 시는 풍경 묘사로 이루어져 있습니다. 이 풍경 뒤에 숨어서 자신의 감정은 전혀 드러나지 않습니다. 이 시 역시 앞의 시와 같은 맥락에서 읽으면 됩니다. 언어를 최대한 갈고 닦아서 아름다운 빛을 내도록 한 노력이 돋보이는 시입니다.

박목월 1916~1978

본명은 영종. 경상북도 경주 출신. 1935년 대구의 계성중학교 졸업. 46년 무렵부터 교직에 종사. 47년 한국문필가협회 발족과 더불어 상임위원. 1933년 「어린이」지에 동시 〈통딱딱 통딱딱〉이 특선되었고, 같은 해 「신가정」지에 동요 〈제비맞이〉가 당선된 이후 많은 동시를 씀. 55년 시집 『산도화(1954)』로 제3회 아시아자유문학상, 68년 『청담』으로 대한민국문예상 본상 등을 수상. 수필집으로는 『구름의 서정(1956)』, 『토요일의 밤하늘(1958)』 등.

나그네

술 익은 강마을의 저녁노을이여 - 지훈

강나루 건너서
밀밭 길을

구름에 달 가듯이
가는 나그네

길은 외줄기
남도 삼백리

술 익은 마을마다
타는 저녁놀

구름에 달 가듯이

가는 나그네

[2] 형

이 시도 완전히 묘사로만 이루어져 있습니다. 이 시에는 부제가 붙어있습니다. 그러니까 조지훈의 윗시를 보고서는 감동하여 그에 대한 답시로 지은 것이지요. 성격도 비슷하고 시에 들인 공도 비슷합니다.

청노루

머언 산 청운사

낡은 기와집

산은 자하산

봄눈 녹으면

느릅나무

속잎 피어가는 열두 구비를

청노루

맑은 눈에

도는

구름

[2] 형

이 시 역시 완전히 묘사로만 이루어져 있습니다. 배경도 그렇고 사건도 그렇고 우리나라의 아름다운 자연 속에 들어와 있는 듯한 착각을 불러일으킵니다.

이 시를 보면 시에서 쓰는 언어가 현실의 언어와 얼마나 다른가 하는 것을 여실히 볼 수 있습니다. 제목부터가 '청노루'인데, 노루에 파란 노루가 어디 있겠습니까? 그런데도 우리는 이 시를 아무런 문제가 없다고 생각하고 심지어 아름답다고 생각합니다. 그러니까 여기의 파랑 이미지는 실제의 빛깔이 아니라 우리의 관념 속에서 만들어진 빛임을 알 수 있습니다.

청산의 '청'과 같은 것이죠. 청산은 티끌 자욱한 속세와 대비된 개념입니다. 이 시에서 동원된 언어들은 모두 이렇게 인간의 환상이 만들어낸 광경입니다. 일제 강점기의 참혹한 현실에서 거꾸로 이런 꿈속의 세상을 노래한다는 것이 이상하기도 한데 오히려 이렇게 해놓음으로써 그 전의 시인들이 가보지 못한 아름다운 언어의 세계가 만들어졌습니다.

이것이 청록파의 공로이기도 합니다. 귀걸이나 목걸이 금반지 같은 금은 세공품처럼 우리 말이 이들 청록파 시인의 손끝에서 아주 아름답게 다듬어졌습니다.

김수영 1921~1968

_______ 서울 출생. 1941년 선린상업고등학교를 졸업한 뒤 일본에 건너가 도쿄상대 전문부에 입학하였으나 학병 징집을 피해 귀국. 44년 가족과 함께 만주 지린성으로 이주하여 연극운동을 했으며, 광복 후 귀국하여 시 〈묘정의 노래(1945)〉를 발표. 49년 김경린·박인환·박태진 등과 함께 합동시집 『새로운 도시와 시민들의 합창』을 간행. 6·25 때에는 공산군에 끌려가 거제도 포로수용소 생활을 했으며, 미8군의 통역·공무원·신문기자 등을 지내기도 함. 56년 이후 시작과 번역에 전념. 59년 첫 개인시집 『달나라의 장난』을 간행. 산문집 『시여, 침을 뱉어라(1975)』, 『퓨리턴의 초상』 등과 저서·역서로 『20세기 문학평론』, 『카뮈의 사상과 문학』, 『현대문학의 영역』 등이 있음.

달나라의 장난

팽이가 돈다
어린아해이고 어른이고 살아가는 것이 신기로워
물끄러미 보고 있기를 좋아하는 나의 너무 큰 눈앞에서
아해가 팽이를 돌린다
살림을 사는 아해들도 아름다웁듯이
노는 아해도 아름다워 보인다고 생각하면서
손님으로 온 나는 이집 주인과의 이야기도 잊어버리고
또한번 팽이를 돌려주었으면 하고 원하는 것이다
도회안에서 쫓겨다니는 듯이 사는
나의 일이며

어느 소설보다도 신기로운 나의 생활이며
모두 다 내던지고
점잖이 앉은 나의 나이와 나이가 준 나의 무게를 생각하면서
정말 속임 없는 눈으로
지금 팽이가 도는 것을 본다
그러면 팽이가 까맣게 변하여 서서 있는 것이다
누구 집을 가보아도 나 사는 곳보다는 여유가 있고
바쁘지도 않으니
마치 별세계같이 보인다
팽이가 돈다
팽이가 돈다
팽이 밑바닥에 끈을 돌려 매이니 이상하고
손가락 사이에 끈을 한끝 잡고 방바닥에 내어던지니
소리 없이 회색빛으로 도는 것이
오래 보지 못한 달나라의 장난 같다
팽이가 돈다
팽이가 돌면서 나를 울린다
제트기 벽화밑의 나보다 더 뚱뚱한 주인 앞에서
나는 결코 울어야 할 사람은 아니며
영원히 나 자신을 고쳐가야 할 운명과 사명에 놓여있는 이 밤에
나는 한사코 방심조차 하여서는 아니될 터인데
팽이는 나를 비웃는 듯이 돌고 있다
비행기 프로펠러보다는 팽이가 기억이 멀고
강한 것보다는 약한 것이 더 많은 나의 착한 마음이기에

팽이는 지금 수천년전의 성인과 같이
내 앞에서 돈다
생각하면 서러운 것인데
너도 나도 스스로 도는 힘을 위하여
공통된 그 무엇을 위하여 울어서는 아니 된다는 듯이
서서 돌고 있는 것인가
팽이가 돈다
팽이가 돈다

[3 + 1 + 2] 형

팽이가 도는 것을 보면서 문득 생각나는 바를 적은 것입니다.([3]) 그런데 그 발상의 전개방법이 팽이가 도는 것과 자신이 하고픈 이야기를 대비시키려고 하고 있기 때문에 비유를 이용하고 있고([1]), 그 과정에서 묘사가 같이 진행되고 있습니다([2]). 그래서 [3+1+2]형으로 보겠습니다. 실은, 비유를 가장 중요한 방법으로 보아도 상관은 없습니다. 그러면 [1+3+2]형이 되겠죠.

먼저 이 시에 나타난 상황을 정리하면 이렇게 됩니다. 나는 지금 다른 사람의 집에 손님으로 가있습니다. 그런데 그 집의 아이가 팽이를 돌립니다. 그 팽이가 도는 것을 보면서 신기하다는 생각을 합니다. 팽이는 혼자서는 설 수 없는 물건인데 거기에다가 속도를 가하니까 서는 것입니다. 이것을 보고 자신의 내면에 있는 어떤 정신의 문제를 떠올립니다. 그리고는 그것에 대해서 말하는 것이죠. 발상은 이렇게 남의 집

아이가 돌리는 팽이를 구경하는 것에서 자신의 내면에 있는 어떤 문제로 옮겨갑니다. 그 중심에는 돌면서 선다는 팽이의 속성과 그렇게 되어야 하는 정신의 어떤 속성이 묘하게 대립하고 있습니다. 이것을 보아야 합니다.

여러분은 팽이를 돌려본 적이 있나요? 많은 학생들이 돌려봤다고 했을 텐데, 여러분들은 디지털 세대이기 때문에 아마도 그것으로 신나는 놀이를 하면서 자라지는 않았을 것 같습니다. 민속놀이 체험이나 아니면 체육활동의 일환으로, 아하! 팽이는 이렇게 치는 거구나, 하는 정도의 관찰체험쯤을 하지 않았을까 짐작됩니다.

그런데 우리는 어려서 팽이를 진짜로 즐거운 놀이로 알고 자랐습니다. 산에서 팔뚝만한 나무를 베어다가 낫으로 직접 깎아서 만들었습니다. 시골에서는 특히 겨울에 얼음판에서 손을 호호 불면서 팽이를 돌렸지요. 그런데 그때 우리가 하던 말 중에 '꼿선다'는 게 있습니다. 그때 우리가 쓰던 팽이는 이 시에 나오는 팽이처럼 끈을 둘둘 감아서 팽이를 내던지는 것이 아니라 밑을 몽당연필처럼 깎아서 막대 끝에 헝겊을 매단 팽이채로 때려서 돌리는 그런 팽이였습니다. 그것을 열심히 치다보면 팽이 윗면에 크레용으로 그린 색깔들이 배합되면서 아주 희한한 색깔을 만듭니다.

그런데 열심히 치다보면 팽이가 어느 순간 한 자리에 가만히 서서 움직이지도 않습니다. 마치 못으로 땅바닥에 고정시켜놓은 듯이 딱 멈추어 섭니다. 그것을 '꼿선다'고 했습니다. 꼿꼿이 선다는 얘기겠죠? 이게 얼마나 신기한 현상인지 지금도 그 장면이 눈에 선합니다. 이 장면을 두고

그러면 팽이가 까맣게 변하여 서서 있는 것이다

이라고 했겠지요. 팽이 얘기를 하자는 것이 아니고! 그런데 이 시에서는 시인이 이 풍경을 아주 낯설다고 보는 것이 문제입니다. 얼마나 낯선지 '달나라의 장난' 같다고 했습니다. 그러면서

팽이가 돌면서 나를 울린다

고 합니다. 그리고 곧이어 '나를 비웃는 듯이 돌고 있다'고도 말합니다.

이렇게 되는 이유는 서있을 수 없는 물건인 팽이가 회전력을 얻으면서 서있게 된 사건 때문에 그렇게 된 것입니다. 회전력은 팽이 자체에 있는 것이 아니고 바깥에서 부여된 힘입니다. 바깥의 반응과 자극에 의해서 팽이는 회전합니다. 이 점이 자신의 삶과 같다고 생각한 것은 아닌가요? 그럴 겁니다. 그래서 혼자서도 도는 팽이를 보면서 이렇게 말하는 것입니다.

영원히 나 자신을 고쳐가야 할 운명과 사명에 놓여있는 이 밤에
나는 한사코 방심조차 하여서는 아니될 터인데

그러니까 팽이가 서는 회전력에 해당하는 것이 나에게는 위의 밑줄 친 부분입니다. 바깥의 자극에 대해 나 자신을 고쳐가야 한다는 것이죠. 고쳐가야 한다는 것은 내 결심의 문제이고 결심은 정신의 문제입니다. 결국 외부의 자극은 정신을 세우는 것으로 극복해야 한다는 그

런 얘깁니다. 그런데 그게 맘대로 되나요? 안 되죠. 그래서 그렇게 잘 도 서는 팽이가 '수천년전의 성인과 같이' 보이는 것입니다. 성인은 말과 행동이 어긋나지 않고, 마음먹은 것을 그대로 실천하는 존재죠. 그리고 비유의 말로써 자신의 어떻게 해야 할 것인가 하는 것을 떠올립니다. 다음이 그것이죠.

> 너도 나도 스스로 도는 힘을 위하여
>
> 공통된 그 무엇을 위하여 울어서는 아니 된다는 듯이

그러니까 팽이에서 김수영은 나 자신만이 아니라 우리들 모두의 공통된 그 무엇을 보고 있는 것입니다. 그것은 팽이가 바깥에서 주어진 자극에 홀로 서듯이 내가 서 있을 수 있게 하는 그 어떤 것이며, 마찬가지로 이 사회가 팽이처럼 설 수 있게 만드는 어떤 중심 원리일 것입니다. 그것이 무엇일까요?

그것은 이 시에서 답을 주지 않습니다. 이 시만을 읽은 사람은 스스로 자신의 문제에서 발견을 해보라는 뜻입니다. 그러나 김수영의 시를 주욱 읽은 사람들은 틀림없이 '자유'라고 답할 것입니다. 다른 시와 산문에서 김수영은 자유의 이야기를 아주 많이 했거든요. 그래서 여기서는 일단 그렇게 이야기를 하고 넘어갑니다만, 꼭 시인의 의도에 맞추어서 시를 감상할 필요는 없을 것입니다. 현재 나의 삶을 지탱하는 유일한 이유가 내 애인 때문이라면 여기서 팽이가 암시하는 힘은 애인이 되겠지요. 내 삶의 이유가 술이라면 술이 되겠구요. 이와 마찬가지로 우리 사회를 버티는 유일한 원리가 자유민주주의라면 팽이가 서는 이

유에 해당하는 원리는 이것일 것입니다.

사랑의 변주곡

욕망이여 입을 열어라 그 속에서
사랑을 발견하겠다 도시의 끝에
사그러져가는 라디오의 재갈거리는 소리가
사랑처럼 들리고 그 소리가 지워지는
강이 흐르고 그 강건너에 사랑하는
암흑이 있고 3월을 바라보는 마른나무들이
사랑의 봉오리를 준비하고 그 봉오리의
속삼임이 안개처럼 이는 저쪽에 쪽빛
산이

사랑의 기차가 지나갈 때마다 우리들의
슬픔처럼 자라나고 도야지우리의 밥찌끼
같은 서울의 등불을 무시한다
이제 가시밭 덩쿨장미의 기나긴 가시가지
까지도 사랑이다

왜 이렇게 벅차게 사랑의 숲은 밀려닥치느냐
사랑의 음식이 사랑이라는 것을 알 때까지

난로 위에 끓어오르는 주전자의 물이 아슬

아슬하게 넘지 않는 것처럼 사랑의 절도는
열렬하다
간단도 사랑
이 방에서 저 방으로 할머니가 계신 방에서
심부름하는 놈이 있는 방까지 죽음같은
암흑 속을 고양이의 반짝거리는 푸른 눈망울처럼
사랑이 이어져가는 밤을 안다
그리고 이 사랑을 만드는 기술을 안다
눈을 떴다 감는 기술 ── 불란서혁명의 기술
최근 우리들이 4.19에서 배운 기술
그러나 이제 우리들은 소리내어 외치지 않는다

복사씨와 살구씨와 곶감씨의 아름다운 단단함이여
고요함과 사랑이 이루어놓은 폭풍의 간악한
신념이여
봄베이도 뉴욕도 서울도 마찬가지다
신념보다도 더 큰
내가 묻혀사는 사랑의 위대한 도시에 비하면
너는 개미이냐

아들아 너에게 광신을 가르치기 위한 것이 아니다
사랑을 알 때까지 자라라
인류의 종언의 날에
너의 술을 다 마시고 난 날에

미대륙에서 석유가 고갈되는 날에
그렇게 먼 날까지 가기 전에 너의 가슴에
새겨둘 말을 너는 도시의 피로에서
배울 거다
이 단단한 고요함을 배울 거다
복사씨가 사랑으로 만들어진 것이 아닌가 하고
의심할 거다!
복사씨와 살구씨가
한번은 이렇게
사랑에 미쳐 날뛸 날이 올 거다!
그리고 그것은 아버지같은 잘못된 시간의
그릇된 명상이 아닐 거다

[3 + 1 + 2] 형

머릿속에서 쥐가 나려고 하지요? 이 현란한 말투와 강물처럼 흐르는 묘한 논리를 따라가노라면 그럴 수밖에 없습니다.

사랑의 순수한 의미는 남에게 베푸는 것입니다. 아무런 조건 없이 사람을 사랑한다는 것은 사랑하는 그 사람에게 아무런 조건 없이 나의 것을 베푼다는 것입니다. 그런데 어떤 조건 때문에 남에게 베푼다면 어떨까요? 그것은 사랑이 아니고 사랑을 빙자한 욕망이죠. 그런데 세상은 이 욕망의 덩어리로 이루어져 있습니다.

예를 들면 입시 때만 되면 자기 자식 대학에 합격시켜달라고 교회

가서 빌고 절에 가서 빌곤 합니다. 그것도 모자라서 아침이면 시험장 문에다가 엿을 갖다 붙이고 합장을 합니다. 그때마다 예수도 부처도 미치고 팔딱 뛸 일이지요. 대학 정원은 40만 명인데, 70만 명이 와서 합격시켜달라고 기도를 하면 어떡하겠어요? 이런 욕망들. 이런 것들은 틀림없이 사랑이 아니라 욕망입니다.

그런데 문제는 이 사랑과 욕망이 사실 구별하기가 참 힘들다는 것입니다. 자식이 잘 되기를 바라는 부모의 그 심정이 사랑과 어떻게 구별이 되겠어요? 사실 어렵습니다. 바로 이와 같은 감정이 사회의 발전을 더디게 하는 요인이기도 하지만, 막상 사람의 일이라는 것이 무슨 도시계획처럼 밀어붙인다고 되는 것 또한 아니어서 욕망 속에 깃든 사랑에 희망을 거는 수밖에 달리 뾰족한 방법이 없습니다. '사랑의 음식이 사랑이라는 것을' 안다는 것은 이것을 말합니다. 그래서 제목도 사랑이 아니라 사랑의 '변주곡'이라고 한 것입니다. 욕망 속에 깃들어 있는 사랑을 찾아서 노래하겠다는 얘기죠. 변주곡이란 원곡의 흐름을 다치지 않으면서 나름대로 편집자의 색깔을 가미하여 편집한 곡을 말하죠. 사랑의 원액에 말하자면 자신의 물을 섞은 것이라는 뜻입니다. 이러한 지점에 도달하기까지 4.19가 있다는 사실과, 그런 사실을 깨달은 뒤에 자식에게 이런 것을 깨달을 때가 올 것이라고 이야기하는 것이 이 시의 주제입니다.

그래서 아들에게 이야기하는 투로 서술했고([3]), 거기에 비유([1])와 묘사([2])가 삽입되었습니다. 그래서 [3+1+2]형으로 봅니다.

넷째 마당

여섯 번째 손가락, 친일_모멸의 시대

여기까지
여러분은
즐거운 마음으로 따라왔을 것입니다. 그런 즐거운 이야기를 하는 저도 여러분과 마찬가지로 즐거웠습니다. 그러나 우리가 이 글을 마치기 전에 꼭 하지 않으면 안 될 가슴 아픈 이야기가 있습니다. 이른바 친일문학이 그것입니다.

친일이란 일본과 친하다는 얘깁니다. 그런데 엄밀히 말하면 이건 정확한 용어가 아닙니다. 민족의 양심을 저버리고 배신한 사람들이 쓴 문학이라는 얘긴데, 그렇다면 그건 부일(附日) 문학이나, 부역(附逆) 문학이라고 해야 할 것들입니다. 하지만 통상 친일문학이라는 말로 표현하고 있습니다.

친일문학은 물론 불행했던 근대사의 산물입니다. 다 시대를 잘못 만나고 나라를 잘못 만난 탓에 생긴 일이죠. 그렇다고 해서 시대나 나라를 탓할 만도 아닌 것이, 문학은 스스로 즐겁게 선택하지 않으면 할 수 없는 일이기 때문입니다. 덮어버린다고 해서 영원히 묻혀있을 것이 아닙니다. 한국문학을 한다면 이 부분은 비키려야 비킬 도리가 없는 것입니다.

비유하자면, 친일문학은 마치 여섯째 손가락과 같습니다. 잠시 아프다고 해서 그대로 두었다가는 나머지 성한 다섯 손가락까지 모두 불구를 만들고 마는 그런 것입니다. 애초에 여섯째 손가락이 돋아날 때에 수술을 했으면 쉬웠겠지만, 이제는 뚜렷이 돋아나서 더는 손을 써볼 수 없을 지경으로 자라났습니다. 그러니 청산되지 않은 역사 때문에 한국 문학의 역사는 육손이의 모습으로 살아가는 수밖에 없습니다. 몇몇이 저지른 잘못이 끝내는 전체를 불구로 만드는 이 어이없는 현실을 우리는 겪었습니다. 그리고 우리 시대에 청산하지 못했기에 앞으로도 영원히 그럴 것입니다.

그렇다고 해서 마치 여섯째 손가락이 없는 것인 양 덮어둘 수는 없습니다. 덮는다고 해서 없어지지는 않을 것이기 때문입니다. 차라리 정면으로 마주보고, 있는 그대로를 인정하는 것이 역사 앞에 자신 앞에 더 당당한 일일 것입니다. 자신에게 당당하지 않은 자가 시에서 할 수 있는 일이 무엇일까요? 친일문학의 문제는 바로 이 점을 고민하게 합니다.

허긴, 이런 고민이 이제 마악 시를 배우는 여러분의 몫은 아니겠지요. 그렇지만 여러분이 시를 향해서 조금만 다가선다면 곧 벽처럼 마주칠 일입니다. 한국에서 태어난 자들에게 내려진 원죄랄 수 있지요. 그렇지만 그 원죄는 더 큰 문학을 위한 거름이 될 것이라는 것을 미리 말하고자 합니다. 우리가 저지른 짓은 아니지만, 도외시할 수 없는 것이란, 결국 양심의 문제로 솟을 것이고, 시가 양심을 생각하면 바로 그 지점에서 가장 깊은 고민과 사색이 시작될 것이며, 그것이야말로 양심의 울림을 감성의 안테나로 잡아내는 시인의 영혼이 가장 위대한 떨림을 갖는 순간이 될 것이기 때문입니다.

하지만, 지레 겁먹을 것은 없습니다. 그건 그때 가서 할 일이니, 가벼운 마음으로 읽어가면서 여러분의 선배들이 어떤 짓을 했는지 잠시 구경이나 하고 가기 바랍니다.

達城靜雄

마쓰이(松井) 오장 송가

아아 레이테만은 어데런가
언덕도
산도
뵈이지 않는
구름만 둥둥둥 떠서 다니는,
몇천 길의 바다런가

아아 레이테만은
여기서 몇만 리련가…

귀 기울이면 들려오는
아득한 파도소리…
우리의 젊은아우와 아들들이
그 속에서 잠자는 아득한 파도소리…

얼굴에 붉은 홍조를 띄우고
『갔다가 오겠습니다』

웃으며 가드니
새와 같은 비행기가 날아서 가드니
아우야 너는 다시 돌아오진 않는다

마쓰이 히데오!
그대는 우리의 오장 우리의 자랑.
그대는 조선 경기도 개성사람
인씨의 둘째 아들 스물 한 살 먹은 사내

마쓰이 히데오!
그대는 우리의 가미가제 특별공격대원
귀국대원

귀국대원의 푸른 영혼은
살아서 벌써 우리게로 왔느니
우리 숨쉬는 이 나라의 하늘 위에
조용히 조용히 돌아왔느니

우리의 동포들이 밤과 낮으로
정성껏 만들어 보낸 비행기 한 채에
그대, 몸을 실어 날았다간 내린 곳
소리 있이 벌이는 고흔 꽃처럼
오히려 기쁜 몸짓 하며 내리는 곳

쪼각쪼각 부서지는 산더미 같은 미국 군함!

수백 척의 비행기와
대포와 폭발탄과
머리털이 샛노란 벌레 같은 병정을 싣고
우리의 땅과 목숨을 뺏으러 온
원수 영미의 항공모함을

그대
몸뚱이로 내려져서 깨었는가?
깨뜨리며 깨뜨리며 자네도 깨졌는가 —

장하도다
우리의 육군 항공 오장 마쓰이 히데오여
너로 하여 향기로운 삼천리의 산천이여
한결 더 짙푸르른 우리의 하늘이여

아아 레이테만은 어데련가
몇천 길의 바다런가

귀 기울이면
여기서도, 역력히 들려오는
아득한 파도소리...

레이테만의 파도소리…

[3 + 2 + 1] 형

송가는 찬양의 노래라는 뜻입니다. 말 그대로 누군가를 찬양한 시입니다. 찬양은 그 대상에 대한 자신의 감정을 말하는 것이기 때문에 직접 말하기의 방법이 주축이 됩니다.([3]) 거기에다가 사람들의 감성을 자극하기 위해 적절한 비유와 상징([1]), 그리고 묘사([2])가 동원됩니다. 그래서 [3+2+1]형으로 보는 것입니다.

그런데 이 시는 이러한 찬양시의 조건을 모두 갖추고 있고, 또 상상력 또한 아주 절묘하게 전개되었습니다. 찬양시로는 흠잡을 데가 별로 없는 아주 훌륭한 작품입니다. 그러면 시에서 노래된 줄거리를 요약해볼까요?

시인은 레이테만이라고 하는 몇 만리 밖에서 들려오는 파도소리를 듣고 있습니다. 그런데 그의 아우가 가미가제 특별공격대원으로 비행기를 타고 가서는 그곳에 있는 원수들의 군함을 공격하고 함께 죽었습니다. 그 사람은 개성에 사는 인 씨의 둘째 아들이고 나이는 21세입니다. 거기서 죽었기 때문에 그는 돌아올 수 없는 것인데, 시인은 시에서 그가 이미 돌아왔다고 말했습니다. 언뜻 생각하면 말도 안 되는 소리지만, 내가 듣고 있는 파도소리에 그의 넋이 살아 돌아온 것입니다. 내가 듣고 있는 그 파도소리는 그의 영혼인 것입니다. 참 절묘한 발상에 눈물겨운 정경입니다. 스스로 목숨을 던진 인 씨의 둘째 아들도 아들이지만, 그의 죽음을 이렇게 갸륵하게 기억을 하는 이 시인도 대단한 감수성과 상상력을 지닌 시인입니다. 위대한 시인이 될 기질을 갖추었음을 이 시는 보여줍니다.

레이테만은 필리핀의 레이테섬 부근 해역을 뜻하는 것이고, 가미가제 특별공격대는 일본이 레이터만 해전에서 공격할 때 폭탄을 싣고 간 항공부대에 붙여준 이름입니다. 가미가제는 신풍(神風)을 일본식으로 읽은 것인데, 이 신풍은 옛날에 원나라가 일본을 토벌하려고 고려에서 배를 만들어서 일본을 공격한 일에서 유래했습니다. 일본에서 외부세력의 공격을 받은 유일한 예인 이 몽골의 일본정벌은 실패로 끝납니다. 때마침 태풍이 올라와서 전쟁을 제대로 해보지도 못한 채 대부분의 군사를 잃고 돌아온 것입니다. 이 태풍이 고려와 몽골 병사들에게는 악몽이었겠지만, 반대로 일본에게는 그야말로 신이 보내준 바람이었겠지요. 그래서 이 태풍을 신풍이라고 한 것입니다.

가미가제 특공대는 자살폭탄테러 부대와 똑같습니다. 레이테만에서 작전중인 미국 군함까지 날아갈 수 있는 분량의 기름만을 비행기에 넣어서 보냈다고 하니, 진짠지 거짓인지 모를 일이지만, 이미 죽을 각오를 하고서 부대원들은 출동한 것입니다. 그리고 폭탄을 다 쓴 다음에는 알카에다가 9.11 테러 때 쌍둥이 빌딩을 향해 비행기를 들이박았듯이 미국 군함에 날아들어 자폭을 하고 맙니다. 이 부대에 참여한 조선 사람의 순결한 정신을 기린 노래입니다.

애초에 일본은 미국 해군의 주력부대가 몰려있는 하와이의 진주만을 공격하여 거기 있는 항공모함과 잠수함을 폭파하면 자신들이 이길 수 있을 것이라고 판단했습니다. 그런데 그런 판단은 중대한 실수였음이 며칠 새에 드러납니다. 일본의 공격에 자극을 받은 미국인들이 너도 나도 대 일본 전쟁에 자원을 하고 나선 것입니다. 벌집을 쑤신 셈이 된 것이죠. 이래서 2차 대전의 절정인 태평양전쟁이 발발합니다. 결과는 1945년 8월 15일 원자폭탄 두 방을 맞은 일본이 무조건 항복함으로써 끝이 나지요. 이 덕에 우리는 얼떨결에 해방을 맞습니다. 그러니 친일파들의 놀라움이 어땠겠어요?

지은이는 '達城靜雄'입니다. 한글로 쓰면 좋겠지만, 이것이 일본말이어서 어떻게 읽는지를 몰라 쓸 수가 없습니다. 그렇다고 한글로 '달성정웅'이라고 쓰는 것은 이름의 주인한테 예의가 아닐 듯합니다. 그래서 한자로 쓴 것입니다. 이름을 이렇게 일본식으로 바꾸기 전의 이름은 '서정주'였습니다. 앞서 본 〈자화상〉과 〈국화 옆에서〉를 쓴 그 시인의 이름과 같죠. 이름만 같은 것이 아니라 실제 같은 사람입니다. 그러니 〈자화상〉의 앞부분에서

애비는 종이었다.

를 식민지 현실을 상징한 구절이라고 해석한다는 일이 얼마나 황당무계한 의도의 오류인가를 알 수 있습니다.

상황이 여의치 않아서 뜻하지 않게 이름을 바꾸는 것은 뭐 어쩔 수 없는 일이라고 변명할 수도 있는 일이고, 그런 일은 당시의 상황을 보면 어쩔 수 없는 구석도 없지 않습니다. 그러나 시를 쓰는 일은 영혼이 움직이는 일입니다. 남이 억지로 시킨다고 해서 충성심이 발동할 수 있는 것이 아닙니다. 스스로 그런 감정을 느끼지 않으면 쓸 수 없는 것이 시입니다. 물론 엉망인 작품은 뭐 얼마든지 쓸 수 있겠지요. 그러나 사

람을 감동시킬 만한 작품은 시인 스스로 그런 감정에 몰입해있지 않으면 절대로 쓸 수 없습니다. 그래서 당시를 살던 일반 백성들이 창씨개명을 하는 것과, 영혼을 노래하는 시인이나 문필가가 창씨개명을 하는 것은 그 질과 차원이 다른 것입니다. 이렇게 영혼을 울릴 만한 훌륭한 작품을 쓴 시인이 얼마 안 되어 다시 해방의 기쁨을 노래한 시를 썼다는 사실 앞에 우리는 그저 입을 딱 벌리고 놀랄 수밖에 없습니다.

밀어(密語)

순이야. 영이야. 또 도라간 남아.

굳이 잠긴 잿빛의 문을 열고 나와서
하늘가에 머무른 꽃봉오릴 보아라

한없는 누에실의 올과 날로 짜 느린
채일을물은 듯, 아늑한 하늘가에
뺨 부비며 열려있는 꽃봉오릴 보아라

순이야. 영이야. 또 도라간 남아.

저,
가슴같이 따뜻한 삼월의 하늘가에
인제 바로 숨 쉬는 꽃봉오릴 보아라

노천명

님의 부르심을 받들고서

남아면 군복에 총을 메고
나라 위해 전장에 나감이 소원이리니
이 영광의 날
나도 사나이였드면 나도 사나이였으면
귀한 부르심 입는 것을

갑옷 떨쳐입고 머리에 투구 쓰고
창검을 휘두르며 싸움터로 나감이
남아의 장쾌한 기상이어든

이제
아세아의 큰 운명을 걸고
우리의 숙원을 뿜으며
저 영미를 치는 마당에랴

영문(營門)으로 들라는 우렁찬 나팔소리

오랫만에

이 강산 골짜구니와 마을 구석구석을
흥분 속에 흔드네

[3 + 1 + 2] 형

제목부터가 선동성을 아주 강하게 드러내고 있죠? 자신이 여성이어서 부름에 따를 수 없다는 것을 강조함으로써 사내들이 해야 할 일은 전쟁에 참여하는 일이라는 것을 강조한 수법입니다.

일제 말기에 일본군은 세계 각지로 전쟁을 확대합니다. 만주 그 넓은 땅에 군대를 파견하여 곳곳에서 출몰하는 중국과 조선의 유격부대를 상대로 지루한 전쟁을 벌입니다. 전선은 필리핀, 대만, 싱가포르를 넘어 마침내 미국까지 뻗치죠. 그러다 보니 군인이 부족합니다. 그래서 조선의 젊은이들을 전쟁에 동원하려고 하죠. 그런데 남의 나라 전쟁에 어떤 정신 나간 놈이 목숨을 받치겠어요. 설령 자기 나라의 독립을 위한 전쟁에 나가려고 해도 몸을 사리는 것이 보통 사람들의 소심한 심사인데, 하물며 남의 나라 전쟁에 끌려 나가서 개죽음을 당하겠어요? 그러니까 사회 각계각층의 인사들을 동원하여 이들을 설득합니다. 그래서 남자들은 군대를 자원하도록 하고 여자들은 정신대에 자원하라고 사회 각계각층의 유명 인사들이 독려하고 다닙니다. 사람들에게 인기를 얻는 사람들이면 모두 동원합니다. 그러니 당연히 문학 판도 그런 환경에서 자유로울 수 있겠어요? 그래서 거의 모든 문인들이 그런 것을 선전하는 시와 수필, 연설문을 잡지에 싣습니다. 이 시 역시 그런 정책에 부응하여 쓰인 시입니다.

모윤숙

호산나·소남도(昭南島)

바다로 하늘로 수천 킬로
넘고 남음이 힘으론 모자라
구름 끝에
바람 사이에
네 모습을 헤아려본다
검은 얼굴아!
외로왔던 마래(馬來)의 처녀야!
네 슬픔이 너무 길어
네 아픔이 너무 진하여
너는 오래 일어나지 못하였다

가는 사람 오는 사람
산호로 장식한 무사
성서로 덕을 말하는 위인
세계의 문화를 짊어진 행인들이
수없이 네 옆을 지나오고 지나갔건만
너는 언제 한 번 웃어본 일이 있더냐?

언제 한 번 고향의 열쇠를 만져본 일이 있더냐?

네 영혼은 검은 채찍에 이미 흐렸고

네 사는 땅은 원수의 발 밑에 숨을 잃었었다

땅 밑으로 새어 흐르는 눈물

누가 알더냐? 누가 알더냐?

백 년이 넘도록

몇 조상이 바뀌도록

너는 위선자의 발 밑에서

떨고 파리하여 주저 앉았었나니

아무도 이 사슬을 풀어준 자 없었다.

2월 15일 밤!

대아세아의 거화!

대화혼의 칼이 번득이자

사슬은 끊이고

네 몸은 한 번에 풀려나왔다

처녀야! 소남도의 처녀야!

인제 사철 중얼거리는 물결소리와

야자나무에 불리는 바람들이

다시 네 가슴에 눈물을 가져오지 않으리라

머리 검고

뺨 붉은

마래의 처녀야!

풍겨오르는 네 땅의 흙내음과
불어오는 대양의 바람을
마음껏 힘껏 노래하고 춤추라
만리 넘어네 얼굴 모르나
거리엔 전승의 축배가 넘치는 이 밤
환호 소리 음악소리 천지를 흔든다
소남도! 대양의 심장!
문화의 중심지!
여기 너는 아세아의 인종을 담은 채
길이길이 행복되라!
길이길이 잘 살아라

[3 + 1 + 2] 형

소남도는 싱가포르를 말합니다. 일제 말기에 이르면 일본은 전선을 넓혀서 대만은 물론 동남아시아를 손에 넣기 위해 싱가포르를 공격하여 점령합니다. 바로 그 기쁨을 표현한 시입니다. 마래는 말레이시아를 말하는 것이죠. 그러니까 말레이시아의 한 여성에게 말하는 투로 쓰여진 시입니다.([3]) 여기에다가 감정을 극대화하기 위해서 묵직한 비유([1])와 과장된 묘사([2])를 넣었습니다. 얼마나 기뻤으면 다음과 같은 구절을 넣었겠어요?

대화혼의 칼이 번득이자

사슬은 끊이고

네 몸은 한 번에 풀려나왔다

대화(大和)는 일본을 가리키는 말입니다. 和는 옛날 발음이 '예'입니다. 왜(倭)와 음이 같죠. 그러니까 대화는 대일본을 말하는 것이고, 대화혼은 대일본의 혼을 말하는 것이겠죠. 사건을 찬양하는 시로는 손색이 없는 훌륭한 작품입니다.

이외에도 친일행적을 보여주는 수많은 작품과 시인이 있습니다만, 이 정도로 그치겠습니다. 더 건드려야 가슴만 아프니까요.

이 시들을 보면 재주가 재앙이라는 생각을 하지 않을 수 없습니다. 재능이 뛰어났기에 그 재능으로 이런 엄청난 실수를 하는 것이지요. 시에서 올바른 정신이 얼마나 중요한가 하는 것을 친일문학은 가르쳐줍니다.

이렇게 해서 오랜 시의 여행이 끝났습니다. 지루하지나 않았다면 좋겠네요. 하지만 그건 저도 장담을 못 하겠습니다. 쉽게 설명한다고 했지만, 기성 시인들이 쓴 시, 그 중에서도 온 국민이 읽어도 좋을 만한 중요한 시는 완벽에 가까운 모습을 하고 있기 때문에 어떤 점에서는 어려운 면도 있어서 공감하기 어려웠을 수도 있습니다.

그렇다고 해서 세상일이라는 것이 무조건 쉽고 간편한 쪽으로만 나갈 수도 없는 것입니다. 지금 우리가 이 책에서 다룬 것은 전문가들이 쓴 글입니다. 그래서 허술한 구석이 별로 없기 때문에 어쩌면 좀 무거웠을 수도 있습니다. 이 점은 저로서도 어쩔 수 없는 부분입니다.

다만, 이 책이 앞으로 시를 창작하고자 하는 학생들을 대상으로 썼기 때문에 여태까지 나온 이론서하고는 성격이 달랐다는 점 하나로 스스로 만족하고자 합니다. 창작하는 자와 단순히 감상하는 자는 시를 같은 시각으로 볼 수가 없습니다. 창작하는 자는 단순히 감상하는 자

보다 한 단계 더 깊고 가깝게 보아야 합니다. 그 점이 조금만이라도 드러났다면 더할 나위가 없겠습니다.

이 책에서 다룬 시는 모두 49편입니다. 원래는 50편을 채울까 했는데, 그렇게 하는 것은 아무래도 제 시각을 완벽하다고 주장하는 것만 같아서 1편 정도는 여러분이 여기에 실리지 않은 시 가운데서 뽑아 채우도록 하는 것이 좋을 것 같다는 생각에 49편으로 이 책을 마치고자 합니다. 완성은 여러분의 손에 넘깁니다.

모쪼록 부족한 이 책을 징검돌 삼아 여러분은 단순한 감상의 냇물을 건너 창작의 너른 벌판으로 달려가기 바랍니다. 거기에 무궁무진한 영혼의 세계가 기다리고 있습니다. 일생을 던져 달리다가, 설령 실패한다고도 후회하지 않을 그런 세계가 여러분의 앞에 있습니다.

『좋은 시의 비밀 2』에서 다시 뵙겠습니다. 고맙습니다.

좋은 시의 비밀 • 1

1판 1쇄 인쇄 | 2019년 8월 20일
1판 1쇄 발행 | 2019년 8월 25일

지은이 | 정진명
고 문 | 김학민
펴낸이 | 양기원
펴낸곳 | 학민사

등록번호 | 제10-142호
등록일자 | 1978년 3월 22일

주소 | 서울시 마포구 토정로 222 한국출판콘텐츠센터 314호(〒 04091)
전화 | 02-3143-3326~7
팩스 | 02-3143-3328

홈페이지 | http://www.hakminsa.co.kr
이메일 | hakminsa@hakminsa.co.kr

ISBN 978-89-7193-254-4(03810) , Printed in Korea

이 도서의 국립중앙도서관 출판사도서목록(CIP)은 e-CIP홈페이지(http://www.nl.go.kr/ecip)와
국가자료공동목록시스템(http://nl.go.kr/kolisnet)에서 이용하실 수 있습니다.
(CIP제어번호 : CIP2019026666)